MICHEL BRICE

BRIGADE MONDAINE

L'HOMME EN NOIR

VAUGIRARD

Les dossiers Brigade Mondaine de cette collection sont fondés sur des éléments absolument authentiques. Toutefois, pour les révéler au public, nous avons dû modifier les notions de temps et de lieu ainsi que les noms des personnages.

Par conséquent, toute ressemblance avec des personnes existantes ou ayant existé serait totalement involontaire et ne relèverait que du hasard...

ISBN 2-265-05435-6

Série « Brigade Mondaine »

DU MÊME AUTEUR
CHEZ LE MÊME ÉDITEUR

N° 1 : LE MONSTRE D'ORGEVAL
N° 2 : LE CARROUSEL DE LA PLEINE LUNE
N° 3 : L'ABOMINABLE BLOCKHAUS
N° 4 : LES SÉMINAIRES D'AMOUR
N° 5 : LE MARCHÉ AUX ORPHELINES
N° 6 : L'HÉROÏNE EN OR MASSIF
N° 7 : UN CHANTAGE TRÈS SPÉCIAL
N° 8 : LES REQUINS DE L'ÎLE D'AMOUR
N° 9 : LA CITÉ DES DISPARUES
N° 10 : LE CYGNE DE BANGKOK
N° 11 : LA MANTE RELIGIEUSE
N° 12 : LE JEU DU CAVALIER
N° 13 : LA CROISIÈRE INTERDITE
N° 14 : LE HAREM DE MARRAKECH
N° 15 : LA MAISON DES MAUDITES
N° 16 : LA PERMISSION DE MINUIT
N° 17 : LES CAPRICES DE VANESSA
N° 18 : LA VIPÈRE DES CARAÏBES
N° 19 : LE VOYOU DE MONTPARNASSE
N° 20 : LES FILLES DE MONSEIGNEUR
N° 21 : LA NUIT ARABE DE MONACO
N° 22 : LA FERMIÈRE DU VICOMTE
N° 23 : LA PUNITION DE L'AMBASSADEUR
N° 24 : LA SECTE DES AMAZONES
N° 25 : LES SIRÈNES DE L'AUTOROUTE
N° 26 : LE BOUDDHA VIVANT
N° 27 : LA PLANCHETTE BULGARE
N° 28 : LE PRISONNIER DE BEAUBOURG
N° 29 : LES ESCLAVES DE LA NUIT
N° 30 : LES POUPÉES CHINOISES
N° 31 : LES SACRIFIÉS DU SOLEIL
N° 32 : L'EXÉCUTRICE
N° 33 : LA PRÊTRESSE DU PHARAON
N° 34 : UN CANAL ROSE POUR CIBISTES
N° 35 : LES FANATIQUES DE LA VIDÉO
N° 36 : LES ANGES DE PIGALLE
N° 37 : SOSIES SUR MESURE
N° 38 : LA MARQUE DU TAUREAU
N° 39 : L'ÎLE AUX FEMMES
N° 40 : LA CHÂTELAINE DE L'ORDRE NOIR
N° 41 : LA PRINCESSE DES CATACOMBES
N° 42 : LA DISPARUE DE SUNSET BOULEVARD
N° 43 : LE PARFUM DE LA DAME EN GRIS

Nº 44 : LES FEMMES MYGALES DE CÔTE-D'IVOIRE
Nº 45 : LA DANSE DES COUTEAUX
Nº 46 : LES AMANTS DE SINGAPOUR
Nº 47 : LA VEUVE DU LAC
Nº 48 : LES FANTASMES DU NOTABLE
Nº 49 : LA BÊTE DU LUBÉRON
Nº 50 : CARNAVAL À VENISE
Nº 51 : LES NUITS BLANCHES DE LA TOUR EIFFEL
Nº 52 : LOVE TÉLÉPHONE
Nº 53 : GOLF-PARTY
Nº 54 : L'ENFER DU COLLECTIONNEUR
Nº 55 : LES SOMNAMBULES DU DOCTEUR MARLY
Nº 56 : LES ENVOÛTÉES DU MARABOUT
Nº 57 : LA TUEUSE D'HOMMES
Nº 58 : LA DIVA DU BOIS DE BOULOGNE
Nº 59 : LA FOLIE DE BARBE-BLEUE
Nº 60 : LE MANIAQUE DU PARKING
Nº 61 : LE BATEAU DES FILLES PERDUES
Nº 62 : LE DÉMON DU PEEP SHOW
Nº 63 : LES CHASSEURS DE MIREILLE
Nº 64 : LA PLAGE AUX NYMPHES
Nº 65 : NUITS DE CHINE
Nº 66 : LA FILIÈRE MEXICAINE
Nº 67 : LES SECRETS DE MADAME MAUD
Nº 68 : LA FEMME MASQUÉE
Nº 69 : TRANSPORT DE FILLES
Nº 70 : LA SECRÉTAIRE DU PATRON
Nº 71 : LA PANTHÈRE DES PALACES
Nº 72 : LES PROFANATRICES
Nº 73 : LA TENTATION DE CAROLINE
Nº 74 : LA LOUVE DES BEAUX QUARTIERS
Nº 75 : LES STRIP-TEASEUSES DU PETIT ÉCRAN
Nº 76 : LES MAÎTRESSES FEMMES DE SAINT-TROPEZ
Nº 77 : LE RODÉO DU PLAISIR
Nº 78 : LES PROIES DU COMMANDO
Nº 79 : LA FEMME-FAUCON
Nº 80 : LA TIREUSE D'ÉLITE
Nº 81 : LES VOIX DU DÉSIR
Nº 82 : LES TAXIS DE L'AMOUR
Nº 83 : L'ALLUMEUSE
Nº 84 : MAÎTRE ET ESCLAVE
Nº 85 : GIGOLO STORY
Nº 86 : LA CAVALIÈRE DE L'APOCALYPSE
Nº 87 : LES JEUX DÉFENDUS DE LA PRÉSIDENTE
Nº 88 : L'ÉVENTREUR AUX YEUX D'OR
Nº 89 : JEUNE FILLE AU PAIR
Nº 90 : L'INCONNU DU TRAIN BLEU
Nº 91 : LA CALL-GIRL DE MONTRÉAL
Nº 92 : LA GRANDE BOURGEOISE
Nº 93 : LE PIÈGE ESPAGNOL
Nº 94 : CLUB PRIVÉ

N° 95 : LA SORCIÈRE DE POMPÉI
N° 96 : VENGEANCE DE FEMME
N° 97 : LA DEMOISELLE DE PETITE VERTU
N° 98 : LE VAMPIRE DE BOURGOGNE
N° 99 : LA CHIENNE DE LUXE
N° 100 : L'ÉTALON DE SAUMUR
N° 101 : LES FIANCÉES SUR CATALOGUE
N° 102 : LA SIRÈNE DU LOCH NESS
N° 103 : L'OGRE DE LA BAIE DES ANGES
N° 104 : LES AMANTS MAUDITS
N° 105 : LA VÉNUS DE BELLE-ÎLE
N° 106 : LA BELLE DU CAP D'AGDE
N° 107 : LE JUSTICIER DU BOIS DE BOULOGNE
N° 108 : ÉCHANGE DE FEMMES
N° 109 : LES NOCES INFERNALES
N° 110 : LA VIE CACHÉE DU BANQUIER
N° 111 : L'APPRENTIE SORCIÈRE
N° 112 : DERNIER ROUND À MARSEILLE
N° 113 : LES JARDINS DU PLAISIR
N° 114 : DÉLIT D'INITIÉE
N° 115 : LE GRAND PRÊTRE DES ARDENNES
N° 116 : LES PASSIONS DU COLLECTIONNEUR
N° 117 : LA PAPESSE D'AVIGNON
N° 118 : LES BALLETS ROSES DE SAINT-MALO
N° 119 : LA LETTRE DE L'ENFER
N° 120 : FANTASIA POUR ROCK STAR
N° 121 : L'ENRAGÉE DU CERCLE POLAIRE
N° 122 : LE CLUB DES GIRONDINES
N° 123 : LA POSSÉDÉE DE SÉVILLE
N° 124 : LA REINE DU SCOOP
N° 125 : LE TOUR DE FRANCE DU TUEUR DES PLAGES
N° 126 : LA PUCELLE D'ORLÉANS
N° 127 : LE PARC AUX LOUPS
N° 128 : LA RELIGIEUSE DE BUDAPEST
N° 129 : LES DÉLIRES DE L'INSOMNIAQUE
N° 130 : LA LOLITA DU TGV
N° 131 : LES CHASSES DE LA GRANDE CHARTREUSE
N° 132 : LA DAME DE SHANGHAI
N° 133 : LA LOI DU TALION
N° 134 : LE BON PLAISIR DU ROI
N° 135 : LES NUITS BLANCHES DE SAINT-PETERSBOURG
N° 136 : UN CIRQUE D'ENFER
N° 137 : LES FRASQUES DU NOTAIRE
N° 138 : RÉSEAU EXTRA-CONJUGAL
N° 139 : NOTRE DAME DE CHARTRES
N° 140 : LES FAVORITES DU GRAND TURC
N° 141 : L'ARCHANGE DE FLORENCE
N° 142 : LE FANTÔME DE L'OPÉRA
N° 143 : LA DAME DE COMPAGNIE
N° 144 : LE CHOUCHOU DE LA PROF
N° 145 : SIMPLE DAMES À ROLAND-GARROS

Nº 146 : PARFUM DE STAR
Nº 147 : DÉRAPAGE EN FORMULE 1
Nº 148 : LES CHARMES DU BIZUTAGE
Nº 149 : POUPÉES SLAVES SANS VISA
Nº 150 : LES CHAÎNES DE LA PASSION
Nº 151 : NOBLESSE OBLIGE

CHAPITRE PREMIER

L'homme se sentit brusquement devenir écarlate. Une violente, une irrépressible bouffée d'adrénaline l'envahit. Il devina que son front agrandi par la calvitie précoce s'inondait de sueur. La voix de la fille assise à ses côtés, sur le banc, lui parvenait comme à travers un brouillard. Qu'est-ce qu'elle avait dit ? Il ouvrit la bouche plusieurs fois, incapable de prononcer un mot, de lâcher même un son. Il ressemblait à un poisson pas frais, une grosse carpe arrachée à son étang, et à laquelle l'air commençait à manquer cruellement. Un sourire retroussa la bouche large et rouge de la fille.

— Qu'est-ce qui vous arrive ? interrogea-t-elle ironiquement. Vous n'avez pas l'air dans votre assiette. C'est la chaleur ? Vous vous sentez mal ?

— Mais non. Je... Vous...

Jérôme Bachelot s'empourpra encore. A travers ses grosses lunettes d'écaille, ses yeux de myope semblaient prêts de se décrocher des orbites pour aller atterrir directement dans le décolleté de l'inconnue. A ce stade-là, d'ailleurs, est-ce qu'on pouvait encore appeler ça un décolleté ? La fille portait une sorte de robe ultra-légère à semis de fleurs multicolores qui tenait en même temps de la combinaison et de la blouse. Largement déboutonné, le haut de la robe se réduisait, chaque fois qu'elle bougeait, à deux vagues chiffons qui béaient littéralement sur une poitrine de rêve : des seins lourds et ronds qu'un soutien-gorge à balconnets en soie noire, très échancré, rehaussait en même temps qu'il les découvrait jusqu'à la naissance de leurs aréoles roses. Un rêve. Une véritable merveille. Bien entendu, les bretelles de sa robe-combinaison, ainsi que celles de son soutien-gorge noir, avaient glissé sur ses épaules.

— Vous n'êtes pas d'accord avec moi ? reprit-elle d'une voix rauque et chaude.

— Mais si. Je...

Elle ondula.

— On passe notre vie à se frustrer, roucoula-t-elle, à se refuser les plaisirs les plus innocents. C'est idiot. Pourquoi ne pas s'abandonner à ses pulsions ? Pourquoi ne pas faire ce qu'on a envie de faire au moment où on a envie de le faire ?

Jérôme Bachelot opina convulsivement. C'était le genre de discours qu'il avait passé son temps à tenir aux filles, quand il était plus jeune. Avec des succès, il faut bien l'avouer, mitigés. C'était pour ça qu'il avait fini par se marier. Il en avait plus qu'assez de rentrer seul chez lui et de se laisser tomber dans un lit aussi désertique que le Sahara. Avec Marina, sa femme, ça n'avait jamais été l'amour fou, mais au moins il avait un corps sous la main, deux cuisses qui s'ouvraient quand il le demandait, un ventre qui se prêtait de bonne grâce et dans lequel il s'assouvissait chaque fois que le besoin s'en faisait sentir. Il passa une main tremblante sur son crâne chauve. Cette fille qui lui tenait les mêmes propos que lui, autrefois, quand il essayait de draguer des nanas, c'était le monde renversé.

On racontait partout que les femmes avaient changé, mais là, franchement, c'était dingue. Et c'est elle qui lui avait adressé la parole la première, cinq minutes plus tôt ! Lui, il n'aurait jamais osé. Trop vieux pour elle, trop complexé surtout par sa calvitie, son physique de type gras, au visage poupin et rose de blond qui s'empâtait à l'approche de la quarantaine.

Non, il n'aurait même pas osé la regarder. Elle était

arrivée droit sur lui, à travers l'allée sablonneuse, entre les marronniers bien taillés des jardins de l'Observatoire, le long de l'avenue du même nom, à deux pas du Luxembourg. Elle s'était laissée tomber près de lui. De son grand sac en cuir fauve, elle avait sorti un paquet de cigarettes, des Stuyvesant, elle en avait pris une, et elle s'était tournée dans sa direction pour lui demander du feu.

Là, pour la première fois depuis deux ans, il avait regretté sa décision de cesser de fumer. Pas de briquet sur lui, pas la moindre allumette. Rien. Il se serait battu. La fille avait haussé les épaules et jeté sa cigarette en direction de la pelouse.

— Aucune importance, avait-elle dit. De toute façon, je fume trop.

Elle avait eu un petit rire rauque.

— Je fume trop, je bois trop, je baise trop. Je fais tout trop.

C'est à ce moment que Jérôme Bachelot avait commencé à rougir.

— Et j'ai la fâcheuse habitude, avait-elle repris, de parler aux gens que je ne connais pas. Surtout aux hommes qui me plaisent.

Les joues de Bachelot étaient en de plus en plus empourprées.

— Excusez-moi de vous avoir importuné, avait-elle fait en secouant ses beaux cheveux bruns.

Bachelot avait sursauté.

— Vous ne m'importunez pas ! Au contraire !

— C'est plus fort que moi, avait dit l'inconnue. Je suis horriblement extravertie. Et puis, franchement, je trouve idiot de résister à ses désirs, que voulez-vous. On n'a qu'une vie. Pas vrai ?

Plus écarlate que Jérôme Bachelot, à présent, c'était impossible ! Dans la douce lumière de ce jour d'été qui commençait à tomber comme une poudre d'or sur les jardins de l'Observatoire, la créature qui lui parlait était d'une beauté époustouflante. Même pas vingt ans. Une crinière brune tout ondulée, crantée, qui lui dévalait par boucles folles sur son visage, et qu'elle remontait à intervalles réguliers, qu'elle renvoyait en arrière, sur sa nuque, où on apercevait une ébauche de chignon en train de s'écrouler savamment. Un visage sensuel et triangulaire. Des yeux ensorcelants, cuivrés et sombres en même temps. Des yeux de louve en chasse. Une bouche épaisse et saignante, presque enfantine par moments, quand elle faisait la moue, mais qui, à d'autres, s'écartait sur de minuscules dents de fauve qui brillaient. Pas de bijoux. Rien qu'une chaîne au bout de laquelle un pendentif allongé en pierre noire semblait glisser comme une larme vers ses seins.

Ses seins... Rien qu'à y penser, Bachelot sentait son cœur palpiter. Plus bas, sa robe-combinaison à fleurs était aussi généreusement déboutonnée qu'en haut, s'ouvrant sur de longues jambes fines et nues. Par-dessous, en haut des cuisses, on devinait quelque chose de mauve et de bouleversant, une sorte de short ultra-mini en lycra luisant. Bachelot était obligé de mobiliser toute sa volonté pour ne pas plonger les mains sous sa robe et y fourrager comme un sauvage, sans souci des gens qui les entouraient.

Il y avait peu de monde, d'ailleurs, dans les allées ou sur les pelouses. Comme chaque année, août laissait Paris exsangue. Quelques touristes égarés. De rares enfants déjà revenus de vacances ou pas encore partis. Et puis des hommes. Des hommes comme lui, Jérôme Bachelot, célibataires occasionnels, prêts à toutes les aventures, partants pour toutes les folies, décidés à sauter sur toutes les occasions qui se présenteraient. Paris au mois d'août : le paradis des hommes mariés. La saison bénie où toutes les femmes qu'on croise dans la rue ont l'air de s'offrir, avec leurs robes légères et leurs corps bronzés.

Tout cela tenait d'ailleurs largement du rêve, pour Bachelot. Il ne se faisait pas beaucoup d'illusions sur ses capacités de séduction. L'absence de Marina partie dans le Sud-Ouest avec les enfants, au bord de la mer, sur le bassin d'Arcachon, ne changeait guère sa vie. Pour lui, le mois d'août, c'était surtout le moment où le travail tournait au ralenti, à la boîte. Pas trop de coups de téléphone, pas d'emmerdeurs, des horaires assouplis. Bachelot restait quasiment seul pendant un mois pour expédier les affaires courantes au cabinet Bézinac, (administrateur de biens, ventes, locations, expertises, rédactions d'actes, gérances d'immeubles et d'appartements), sis boulevard Berthier. Le soir, il rentrait sagement chez lui, dans le XIVᵉ, non sans s'offrir comme aujourd'hui un crochet par Montparnasse, son ancien quartier. Il s'installait sur un banc des jardins de l'Observatoire pour y lire *Le Monde*. Il se sentait bien. Heureux. En paix. Sans frustrations, c'est-à-dire sans désirs au-dessus de ses moyens. C'était un modeste, Jérôme Bachelot. Il savait qu'on ne gagne rien à baver d'envie devant des choses qu'on ne peut pas s'offrir.

Des choses ou des êtres...

La superbe créature brune se rapprocha de lui. L'or roux de ses yeux de cuivre pétillait.

— Vous savez pourquoi vous me plaisez ? questionna-t-elle de la même voix rauque, bouleversante. Je peux vous le dire franchement ?

Il noua l'une à l'autre ses mains moites en lâchant un « oui » inaudible.

— Vous ne ressemblez pas à tous ces types, reprit-elle, qui profitent de l'été pour essayer de sauter sur tout ce qui bouge, pour draguer toutes les femmes qui passent à leur portée pendant que Bobonne est aux bains de mer avec les gosses !

Elle soupira, puis laissa tomber avec une incontestable crudité :

— Si vous saviez ce que c'est exaspérant, tous ces bonshommes frustrés onze mois sur douze et qui ont la queue en chou-fleur sous prétexte que c'est le mois d'août !

Elle ébaucha une grimace de mépris.

— D'ailleurs, je déteste les hommes mariés. Vous ne l'êtes pas, j'espère ?

— Quoi ? coassa Jérôme Bachelot avec un air idiot.

— Marié. Non, je m'en serais déjà aperçue.

Bachelot fourra précipitamment sa main gauche dans la poche de sa veste en lin beige. Il aurait donné une fortune pour que l'alliance qu'il portait à l'annulaire se dissolve par l'opération du Saint-Esprit.

— Vous vous en seriez aperçue, fit-il sur un ton mal assuré.

Il était en nage. Sa chemise Lacoste bleu-gris s'auréolait de sueur. Une voix intérieure lui criait de laisser tomber, cette fille était trop belle pour lui, il n'en tirerait que des emmerdes. Une autre voix lui disait de foncer, de prendre des risques, de saisir aux cheveux cette chance qui s'offrait à lui, de s'y cramponner et de ne plus la lâcher.

On n'a qu'une vie...

— Vous vous appelez comment ? demanda-t-elle.

— Jérôme, fit Jérôme Bachelot.

Avant qu'il lui renvoie sa question, elle dit :

— Moi, c'est Tiphaine. Ou Tifany. Oui, c'est un drôle de prénom, mais mes parents sont des originaux.

Elle enchaîna en le tutoyant, et il comprit qu'on passait à la vitesse supérieure :

— Jérôme, murmura-t-elle, tu ne trouves pas que c'est une soirée à faire des bêtises ? De grosses bêtises...

Il ravala sa salive.

— J'adore les bêtises, articula-t-il d'une voix qu'il espérait décontractée.

Et il ajouta, avec l'intrépidité des néophytes :

— Les plus grosses sont les meilleures.

Il sentit les longs doigts de la fille qui atterrissaient sur sa cuisse, caressant doucement l'étoffe de son pantalon. Il tressaillit. Rien qu'à ce contact, son sexe, lové sagement dans son caleçon, fit un bond, se dressa et commença à gonfler. Les doigts de la fille remontaient lentement dans cette direction stratégique. Lentement, savamment, par petites pressions démoniaques.

Brusquement, elle s'arrêta et plongea ses yeux de cuivre dans les siens.

— Chez toi ou chez moi ? interrogea-t-elle carrément.

Il avait imaginé qu'ils iraient d'abord boire un verre ou dîner. Mais l'idée de cette fille affolante s'étalant nue dans le lit conjugal, exhibant ses formes sculpturales, profanant le sanctuaire où aucune femme hormis la sienne, depuis son mariage avec Marina, ne s'était jamais déshabillée, le fouetta.

— Chez moi, dit-il, haletant.

Il avait envie d'en finir vite, à présent, de la posséder, de l'entendre crier, de la voir se cabrer quand il la pénétrerait. Et tant pis pour les remords ! Tant pis pour la crise de culpabilité, demain ! Tant pis pour Marina, les gosses, le foyer sacré ! Comme disait Tifany, il fallait savoir s'abandonner à ses pulsions. Faire tout ce qu'on voulait faire au moment où on en avait envie.

On n'a qu'une vie.

Il lui attrapa le poignet. Ses yeux de myope roulaient comme des billes folles derrière les grosses lunettes.

— On y va ?

Elle retira doucement sa main.

— Hé non, on n'y va pas, laissa-t-elle tomber. Tu n'es pas antipathique, t'as l'air gentil, tu mens bien et, pour un type marié, tu n'es pas trop déplaisant. Mais les cartes sont truquées, mon pauvre vieux. Truquées depuis le début.

Jérôme Bachelot eut l'impression qu'on s'amusait à faire descendre des cubes de glace le long de sa colonne vertébrale.

— Truquées ? Quelles cartes ?

La fille s'était éloignée de lui. Elle rouvrit son grand sac de cuir et en ressortit son paquet de Stuyvesant. Ainsi, cette fois, qu'un superbe briquet Cartier en or à incrustations de diamants. Sous l'œil de Bachelot hébété, elle alluma une cigarette et en tira voluptueusement plusieurs bouffées. Puis :

— Vous n'êtes jamais passé à la télé ? demanda-t-elle.

Le vouvoiement était de retour. Bachelot eut l'impression que son esprit dérapait, quittait la route. De plus en plus ahuri, il répéta comme un disque rayé :

— Passé à la télé ? Passé à la télé ?

— Vous venez d'y faire vos débuts, cher Monsieur, dit la fille en quittant le banc. Félicitations.

Puis elle fit un grand geste en direction des arbres, dans l'allée opposée, de l'autre côté de la pelouse.

A ce signal, une silhouette se détacha alors, sous la pénombre des marronniers, et avança vers eux.

— Jérôme, je vous présente Fabrice, mon assistant, mon cameraman. Fabrice, Jérôme.

Blouson de toile noire, carrure d'athlète, cheveux noirs courts coiffés en arrière et lissés au gel, beau visage régulier qu'éclairaient un grand sourire et des dents parfaites, Fabrice Delcaux balançait négligemment au bout du bras gauche le camescope dont il venait de se servir, planqué derrière un arbre, tandis que Tifany Flow draguait le malheureux Jérôme Bachelot. Il avança aimablement la main droite pour saluer celui-ci. Bachelot transpirait toujours. Mais il avait changé de couleur. Il n'était plus du tout écarlate. Verdâtre et jaune, plutôt. Avec des nuances de gris vitreux dans le regard.

— Qu'est-ce que vous voulez ? siffla-t-il en négligeant la main qui se tendait vers lui.

La minute d'avant, il avait dégringolé du septième ciel, on l'avait fait retomber violemment de son rêve fou, tiré en plein vol. Il ne savait pas encore pourquoi on avait manigancé ce piège, mais il se haïssait d'y avoir foncé tête baissée. Quel crétin il avait été ! Quel naïf lamentable ! Imaginer un seul instant que cette grande fille belle comme une déesse, cette créature magnifique qui n'avait même pas la moitié de son âge, ait pu avoir envie de lui, c'était grotesque. Il se serait battu. Il s'était fait posséder comme un collégien. A son désir fou, succédaient maintenant la désillusion et la rage. Une rage froide, brutale. Il crispa les poings.

— Alors ? Vous accouchez ? Vous me dites ce que vous

voulez ? Chantage ? J'aime mieux vous prévenir qu'à part mon salaire, je n'ai pas un sou. D'ailleurs, qu'est-ce qui s'est passé avec cette... cette fille ? Rien ! Rien du toùt ! Vous perdez votre temps !

Il reprenait vite du poil de la bête. Il allait se jeter sur ce grand type brun et lui casser la figure. Peut-être même, pour faire bonne mesure, collerait-il deux ou trois baffes à la salope qui avait essayé de le ridiculiser. Il avança d'un pas. Le cameraman recula en riant.

— Hé ! protesta-t-il. Du calme. On ne vous veut aucun mal, rassurez-vous, et si vous ne voulez pas passer à l'antenne il suffit de le dire, la bande sera détruite sous vos yeux, ici même.

— Passer à l'antenne ? grogna Bachelot.

— Vous n'avez pas le câble ? intervint la jeune femme.

— Le câble ?

— Oui. Le câble. Les chaînes de la télévision câblée.

— Non, reconnut Jérôme Bachelot.

— Alors vous n'avez jamais entendu parler de *Caméra d'enfer*, l'émission-vedette de Paris-Câble ?

Ça lui disait vaguement. Très vaguement. On avait parlé dans les journaux de cette émission au « ton nouveau » qui faisait passer un frisson inédit dans les lucarnes de la télé. Quelque chose de jamais vu encore en France. Il n'y avait pas prêté grande attention. La télé n'était pas son fort. En dehors des polars américains de série B des années cinquante, tout l'endormait.

— Le principe de *Caméra d'enfer*, expliqua la fille en relevant ses mèches rebelles, est le même que celui de la caméra cachée. On monte un petit scénario, puis on accoste des gens. Ça marche ou ça ne marche pas. Avec vous ça a marché.

— Ça a couru, renchérit le cameraman en riant.

— L'image était bonne ? s'empressa Tifany sur un ton très « pro ».

— Parfaite. Impeccable, répondit Fabrice avant de se tourner vers Bachelot. Vous aussi vous étiez excellent.

— Ne vous foutez pas de moi, fit Jérôme Bachelot. Je me suis conduit comme un con.

— Je ne me moque pas. Vous vous êtes conduit comme un homme normal quand il a envie d'une femme.

— Pour le son, j'espère que ça ira aussi, fit Tifany en ressortant un micro-cravate minuscule d'entre ses seins, niché entre son soutien-gorge noir froufroutant et le fouillis de sa robe-combinaison à fleurs multicolores.

Elle rangea le micro dans son sac.

— L'innovation que j'ai apportée au système de la caméra cachée, reprit-elle, c'est moi. En toute modestie. Comme vous l'avez deviné, *Caméra d'enfer* est centré systématiquement sur le sexe, l'érotisme, la vie intime des gens, leurs rêves sensuels... Moi je sers d'appât. Je drague les types, je leur fais vivre pendant quelques instants le rêve que tout homme porte en lui et qui se réalise si rarement ; j'incarne la femme qui s'offre sans qu'on ait besoin de faire le moindre effort pour l'avoir. La fille qui fait les premiers pas. Qui drague comme un mec. Qui montre ses désirs. Qui chasse... Et Fabrice est là, planqué quelque part, filmant les réactions de ma « victime »...

Elle sortit de son sac une carte professionnelle frappée du logo de Paris-Câble.

— Ceci achèvera peut-être de vous convaincre que nous ne sommes ni des truands ni des maîtres chanteurs. Simplement un cameraman et une animatrice qui font leur boulot et qu'on paye pour ça. Un boulot un peu curieux, je le reconnais, mais pas pire qu'un autre, croyez-moi...

Jérôme Bachelot examina vaguement la carte. De toute façon, il n'avait plus le moindre doute. N'empêche qu'il se sentait salement floué. On lui avait tendu un panneau et il était tombé dedans. Il s'était ridiculisé à baver de désir sur cette fille en croyant qu'il lui plaisait alors qu'elle faisait simplement son travail. Il fit un gros effort sur lui-même pour paraître beau joueur.

— Chapeau, reconnut-il. Comme dragueuse, vous étiez très convaincante. Je vous aurais suivi jusqu'au bout du monde.

Elle soupira.

— C'est même ça le pire, dit-elle. Se rendre compte que n'importe quel type, vous entendez, n'importe quel bonhomme, est prêt à tout laisser tomber, à larguer sa femme et ses gosses, parce qu'une fille lui fait du rentre-dedans...

— Pas n'importe quelle fille, lâcha Bachelot galant. Une très belle fille.

Fabrice Delcaux émit un petit rire.

— Tifany est irrésistible ! Depuis que je bosse avec elle, je n'ai vu personne lui résister ! Aucun échec ! Zéro faute !

Bachelot haussa les épaules, fataliste.

— Les hommes fidèles, ça n'existe pas, il n'y a que les occasions qui manquent.

Tifany Flow ondula.

— Alors vous ne m'en voulez pas trop ?

— Vous en vouloir ? Mais pourquoi ? Vous m'avez fait rêver pendant dix minutes, vous m'avez donné l'illusion que j'étais un autre. C'est déjà pas si mal, de ne plus être soi-même pendant quelques instants.

— Qu'est-ce qu'on fait de la cassette ? interrogea le cameraman. On la détruit, ou vous nous donnez l'autorisation de la passer à l'antenne ?

Jérôme Bachelot se mordit les lèvres. Réfléchissant. La nuit était complètement tombée maintenant. Une nuit claire. Chaude. Avec une pleine lune magnifique. Pas le plus petit nuage dans un ciel bleu de Prusse où s'allumaient quelques étoiles. De l'avenue de l'Observatoire toute proche, leur tombait dessus la lueur argentée d'un lampadaire.

Solennellement, à la façon d'un flic américain rappelant ses droits constitutionnels à celui qu'il vient d'arrêter, le cameraman expliqua :

— La loi protège votre droit à l'image. En cas de diffusion, nous devons obtenir l'autorisation des personnes que nous avons filmées. Si vous ne nous donnez pas cette autorisation officielle — et c'est votre droit le plus strict de la refuser — l'affaire s'arrête là, on vous rend la cassette et on se quitte bons amis.

Bachelot eut un demi-sourire. Qu'est-ce que ça pouvait faire, après tout, que ce truc passe sur Paris-Câble ? Il n'avait pas cette chaîne à la maison. Et quand bien même Marina en entendrait parler, malgré tout, qu'est-ce qu'il avait fait de mal ?

— J'accepte, fit-il. Mais à deux conditions.

— Oui ?

— Je veux une copie de la cassette. Ça me fera un souvenir.

— Bien sûr.

— Et puis surtout je veux un baiser de Madame... A défaut du reste, je mérite bien ça, non ?

Tifany Flow éclata de rire.

— Accordé !

Il avait cru qu'elle lui collerait deux bons gros baisers sur les joues. Mais elle se coula contre lui, l'enlaça des deux bras, plaqua son ventre au sien, écrasa ses seins contre sa poitrine, et riva sa bouche à la sienne. Ses lèvres larges et rouges ouvrirent les siennes, sa langue glissa comme un serpent dans sa bouche, et se mit à le visiter partout avec une ardeur diabolique, tandis que, plus bas, il la sentait pousser son mont-de-Vénus contre son sexe regonflé à bloc au quart de tour. Quand elle se détacha de lui, il était à nouveau écarlate. Jamais aucune fille ne l'avait embrassé de cette façon.

— Merci, haleta-t-il. Je n'oublierai pas cette brève rencontre.

⁂

La Renault Espace bleue qui servait à Fabrice Delcaux à ranger son matériel de prises de vue et ses caméras, ronronnait doucement, stoppée boulevard Saint-Michel à un feu rouge, à hauteur de la Sorbonne.

— Bon sang, grogna l'assistant de Tifany, je croyais que c'était fini pour ce soir.

La jeune femme écrasa sa Stuyvesant dans le cendrier.

— Tu rigoles ou quoi ? C'est la meilleure heure. Celle où les mecs qui n'ont pas réussi à accrocher une fille commencent à paniquer. A n'importe quelle terrasse de bistrot, j'en lève quinze en cinq minutes !

A travers le pare-brise, elle lui montra un café illuminé, plusieurs rangées de chaises sur la place de la Sorbonne. Hormis quelques couples de touristes hagards d'une dure journée de monuments et de musées, pratiquement rien que des consommateurs mâles. Seuls. En chasse eux aussi.

— Regarde ça, fit-elle. Imagine tous ces braquemards prêts à se dresser au premier claquement de doigts comme des chiens savants !

— J'imagine, fit Fabrice Delcaux d'une voix un peu pincée.

D'abord, il y avait le vocabulaire de Tifany auquel il n'arrivait pas à se faire. Au début, il le lui avait reproché. Mais la jeune femme avait un argument imparable : « M'en bats les couilles », lui objectait-elle calmement. Elle lui rappelait aussi qu'elle n'était pas sortie de la cuisse de Jupiter, que ses premiers voyages elle les avait faits en RER et que, pendant longtemps, tout ce qu'elle avait connu c'était Sevran, les joies de la banlieue et la supérette où bossait sa mère. Tout ce qu'elle était, elle le devait à elle et à elle seule. A commencer par son nom et son prénom. D'après l'état civil, elle s'appelait Marie-Anne Jacquin. On ne va pas loin dans la vie, de nos jours, quand on se nomme Marie-Anne Jacquin.

Elle ne manquait pas une occasion de lui faire remarquer également qu'ils avaient une énorme différence d'âge : trois ans. Fabrice était de trois ans son aîné. Elle, elle n'avait que dix-neuf ans. Ils n'étaient pas de la même « génération », en somme. « Moi, je parle le langage des cités, disait-elle, comme les mômes de mon âge, la langue des banlieues, celle de la rue. La parole vivante des ados. Le public de *Caméra d'enfer*, c'est pas les ménagères de cinquante ans, c'est eux. »

A l'entendre, si Fabrice était choqué de la voir s'exprimer comme un charretier ivre, c'est qu'ils n'étaient pas du même milieu. Lui, il était né au Vésinet et son père était un gros avocat d'affaires qu'il avait à peine connu, parti six mois après sa naissance avec sa secrétaire. Pour être honnête, il fallait reconnaître qu'il n'avait pas lésiné sur la pension alimentaire. Si Fabrice n'avait même pas son certificat d'études, ce n'était pas sa faute. C'était celle de Fabrice lui-même. Comme le lui avait dit un psychologue, il avait voulu faire payer à son père, par sa scolarité désastreuse, le lâchage de sa mère. Ainsi s'était-il enfermé dans la « spirale de l'échec ».

Plus tard, il avait même trouvé encore mieux pour faire payer son salaud de père par procuration : il était devenu homosexuel. Et c'était l'autre raison pour laquelle il prenait cet air pincé quand Tifany évoquait avec délicatesse tous les « braquemards » qui, selon elle, étaient prêts à se dresser au premier claquement de doigts. Il les imaginait très bien, les engins en question. Rien que d'y penser ça lui faisait quelque chose. D'autant plus qu'à sa manière, lui aussi il appartenait à la catégorie des frustrés du mois d'août. Sam lui manquait.

Sam, c'était son amant de cœur. Son compagnon de tous les jours. Parti se faire dorer à Saint-Tropez comme n'importe quel plouc. C'était le côté pénible de Sam, ce goût pour Saint-Tropez. Ça et l'alimentation végétarienne. Même pas végétarienne : végétalienne. Sam ne mangeait que des légumes et rien d'autre. Hormis ces petits défauts, il n'avait que des qualités. Notamment de savoir le besogner, lui, Fabrice Delcaux, comme personne ne l'avait jamais fait avant lui. Sam était monté comme un bouc, et quasiment infatigable. Ce qui faisait une moyenne avec Fabrice, qui n'avait jamais bandé de sa vie. Rien. Ni avec une fille ni avec un garçon.

Il était né comme ça. Beau comme un jeune premier, baraqué en athlète, et parfaitement impuissant. Équipé, comme il le disait lui-même avec amertume et ironie, d'un cornichon tout mou entre les jambes. Des tas de filles en avaient pleuré de rage. Parce qu'il avait essayé aussi les femmes, avant de se résigner. Espérant à chaque fois on ne sait quel miracle. Mais le miracle n'était pas venu. Tifany elle-même, trois mois auparavant, quand ils avaient commencé à travailler ensemble, avait voulu en avoir le cœur net. Elle avait passé toute une nuit avec lui à essayer, comme elle le disait, de « réveiller la Belle au Bois dormant ». Mais la Belle avait le sommeil lourd, et Tifany en avait été pour ses frais. Comme les autres.

Ils étaient arrivés à proximité de la place Saint-Michel, envahie comme chaque soir de touristes, de bandes de jeunes à dégaines de routards, et de cracheurs de feu ou d'avaleurs de sabres prêts à s'exhiber dans l'une ou l'autre des rues piétonnes du quartier.

— Dès que tu trouves une place, tu t'arrêtes, fit Tifany. Je sens qu'il y a du gibier dans le coin.

Fabrice Delcaux grimaça. Arriver à stationner dans ce secteur, relevait des « coulisses de l'exploit ».

Finalement, ce fut plus facile qu'il ne le croyait. Un car de touristes déboîtait du trottoir, rue Saint-André-des-Arts, laissant de quoi loger quatre ou cinq Espace comme la leur. Par-dessus le marché, ils étaient juste devant une terrasse de brasserie et Fabrice n'eut même pas à sortir de la voiture pour filmer Tifany et sa nouvelle « victime ». Tranquillement installé à l'arrière de l'Espace, planqué derrière un store spécialement aménagé, avec une ouverture pour laisser passer l'objectif de la caméra, il ne risquait pas d'être dérangé par des passants trop curieux, comme cela arrivait parfois quand il travaillait dehors. D'ailleurs, qui faisait attention à lui ? La nuit était miraculeusement douce, les filles qui passaient, en shorts ou minijupes moulantes, semblaient plus belles les unes que les autres, les types rôdaient autour d'elles, avides comme des fauves en rut. Une atmosphère de fête légère flottait sur Paris. C'était une de ces soirées où on avait l'impression que plein de choses pouvaient arriver. L'œil vissé à la caméra, il se mit en embuscade.

Tifany traversa la terrasse et s'arrêta devant un homme seul à une table. Poing droit sur la hanche, elle lança une de ses phrases d'attaque favorites :

— Voulez-vous me dire ce qu'un type comme vous fait là, tout seul, cette nuit ?

L'autre releva le nez et ses yeux s'agrandirent. C'était gagné. De sa planque, Fabrice béait d'admiration. Il avait beau être habitué, il n'en revenait toujours pas. Maintenant, elle lui aurait demandé de lécher par terre ou de bouffer tous les mégots qui traînaient sur le trottoir, il l'aurait fait. Elle les rendait tous fous. Prêts à tuer père et mère dès qu'elle leur mettait sous le nez ses deux obus de chair, ou plongeait dans leur regard l'or cuivré de ses yeux magnifiques.

La drague durait depuis un quart d'heure lorsqu'il vit Tifany lui faire le signe convenu. La séquence était terminée. Fabrice Delcaux éteignit sa caméra et sortit de la voiture. Il y avait toujours alors un petit moment délicat. On ne pouvait jamais savoir comment le type réagirait. Il avait failli se faire casser la gueule deux ou trois fois. Un soir aussi, un bonhomme horriblement frustré avait voulu se jeter sur Tifany et la violer.

Dans leur genre, ils faisaient un boulot dangereux...

Cette fois, il n'y eut pas de cris, pas de menaces, pas de scandale ni de tentative de viol. Tout se passa le plus courtoisement du monde. L'homme piégé insista même pour leur offrir le champagne. Il avait quarante-cinq ans, il s'appelait Bernard Francisco et il était directeur à Paris d'une agence bancaire. Sa femme, elle, travaillait à Tours, au Commissariat à l'Énergie atomique.

— On fait partie, expliqua-t-il en riant, de ce que les sociologues appellent « les couples longue distance ». On se voit pendant les week-ends, on se retrouve à la première occasion, par le train ou en avion, et on se téléphone tous les soirs. Mais on a été obligés de sacrifier la vie commune à nos carrières respectives. On est célibataires à mi-temps, en somme.

Il montra la caméra légère que Fabrice avait emportée avec lui en les rejoignant et qui contenait le film où il apparaissait.

— Aucun problème pour que vous passiez ce truc à la télé, dit-il. Ma femme ne se fait pas la moindre illusion sur ma fidélité, ni moi sur la sienne. On s'aime, mais on n'a pas fait vœu de chasteté...

En les quittant, il eut à peu près les mêmes mots que Jérôme Bachelot, une demi-heure plus tôt, dans les jardins de l'Observatoire.

— Vous m'avez fait rêver, dit-il en s'inclinant avec élégance pour baiser la main de Tifany. Pendant un quart d'heure, j'ai eu l'impression que je plaisais à la plus belle fille du monde...

L'animatrice de *Caméra d'enfer* regarda sa « victime » se perdre dans la foule de la rue Saint-André-des-Arts.

— Celui-là, tu vois, je me le serais bien fait, murmura-t-elle entre ses dents.

Fabrice Delcaux hocha la tête.

— C'est peut-être pas trop tard pour rattraper le coup...

— Tu plaisantes ? sursauta Tifany. On a encore un sujet à mettre en boîte ce soir, dit-elle. La journée n'est pas finie.

— Hein ? protesta le cameraman. Mais j'en ai marre, moi ! Je suis fatigué !

Elle le toisa.

— Si tu voulais travailler à heures fixes, il ne fallait pas choisir ce boulot, dit-elle. Tu t'installes confortablement dans un métier où il n'y a pas de confort, mon pauvre vieux !

Il baissa la tête. Ce n'était pas la première fois qu'elle lui faisait la morale. Une vraie « pro ». Dure. Réaliste. Apre. Mûre avant l'âge. Comme elle disait quand des journalistes l'interviewaient : « J'ai dix-neuf ans et dix-neuf ans d'expérience ! » Il fallait reconnaître aussi qu'elle avait commencé tôt. Un an plus tôt, elle faisait ses premiers pas dans des films pornos. A dix-huit ans et demi, elle en avait déjà tourné une dizaine. A dix-neuf, elle arrêtait et entrait à Paris-Câble. Au bout d'un mois de *Caméra d'enfer*, elle devenait une vedette de la télé, et les producteurs de ses anciens films X ressortaient ceux-ci en cassette avec sa photo et son nom sur l'emballage. Elle n'en avait pas honte. Le porno, c'était un excellent souvenir, dans sa vie. Surtout le dernier long-métrage qu'elle avait tourné : *Blanche-Neige et les sept Nègres*. Une petite merveille du septième art. Elle y jouait le rôle de Blanche-Neige, bien sûr, et sept nains noirs lui faisaient sa fête dans toutes les positions et par tous les orifices. Une expérience fabuleuse, à l'entendre. Surtout à cause des dimensions phénoménales des membres de ses partenaires. A faire pleurer d'envie l'étalon le mieux pourvu par la nature...

— Alors qu'est-ce qu'on fait ? demanda Fabrice vaincu. On rembarque tout et on change de quartier ?

Elle secoua la tête.

— Non. On reste dans le coin. Emmène ta caméra, on va chercher un truc un peu original.

Le « truc original », comme disait Tifany, ils le trouvèrent dix minutes plus tard, en marchant sur les quais. Arrivés à la hauteur du pont de l'Archevêché et de la rue de Bièvre, Tifany montra en contrebas, sur la Seine, le long du quai de la Tournelle, trois péniches illuminées. Des péniches-bars ou restaurants. Elle désigna la plus lointaine, presque sous le pont de la Tournelle, un grand bateau blanc éclairé par des guirlandes d'ampoules. A ses rambardes étaient accrochés des ballons multicolores.

— C'est là qu'on va, décida-t-elle.

Résigné, Fabrice Delcaux la suivit sans protester.

Ils descendirent les escaliers de pierre menant au quai.

Sur les gros pavés inégaux, quelques couples se promenaient. Des amoureux blottis dans l'ombre de l'arche du pont s'embrassaient comme si c'était la dernière fois avant la fin du monde. Sur la péniche, curieusement baptisée *Scoumoune*, des gens achevaient de dîner aux chandelles, d'autres prenaient simplement un verre, heureux de jouir de cette nuit délicieuse, avec ce ciel aux mille étoiles au-dessus d'eux, la vue imprenable sur le chevet de Notre-Dame et les beaux immeubles de l'île Saint-Louis, sur l'autre rive.

Il fut décidé que Fabrice resterait sur le quai, planqué dans la pénombre, au pied de l'escalier, dans un renfoncement. De là où il se trouvait, il pouvait filmer n'importe quel endroit de la péniche. Il mit immédiatement en marche la caméra, filmant la jeune femme tandis qu'elle s'éloignait, grimpait d'une démarche dansante la petite échelle de bois, puis s'avançait sur le pont transformé en restaurant à ciel ouvert.

Parvenue là, Tifany hésita un instant, balançant des hanches dans sa robe-combinaison à fleurs largement ouverte en haut et en bas. Quelques types s'arrêtèrent de dîner en l'apercevant. Fourchette en l'air, bouche ouverte, ils la détaillaient. Ses longues cuisses nues. Son short mauve sous la robe. Son décolleté affolant, avec ce soutien-gorge noir dont les balconnets ressemblaient à deux mains en train de pousser ses seins, par-dessous, pour les aider à s'échapper de leur très relative prison. Elle était plus que belle. Sublime.

Au bout d'une minute, Tifany se décida. Tout au bout du pont, surplombant les eaux noires de la Seine, un homme était assis. Seul. La quarantaine. Les cheveux courts et bruns. Visage maigre et osseux. Lèvres minces. Costume de toile noir. Cravate et chemise noires. Devant lui, sur la table, une bougie à la flamme tremblotante, et un verre dont elle se paria intérieurement que c'était de la vodka. Il regardait la Seine fixement, absorbé dans ses pensées. Sans savoir pourquoi, la jeune femme se dit qu'il avait l'air d'un prêtre. D'un curé, ou d'un pasteur.

— C'est pas gagné d'avance, murmura-t-elle en effleurant du bout des doigts, entre ses seins, le micro-cravate caché sous son soutien-gorge.

Puis elle partit à l'assaut.

— A condition que vous ne me parliez pas de la chaleur, je veux bien accepter de boire un verre avec vous, attaqua-t-elle en se plantant devant la table du « prêtre ».

Il releva les yeux. Instantanément, elle frissonna, comme si un courant d'air glacé l'avait caressée.

— Vous ne devriez pas, murmura l'homme en souriant de ses lèvres minces.

— Je ne devrais pas quoi ?

Il l'observa en silence.

— Asseyez-vous si vous voulez. Mais vous serez déçue.

Le même courant d'air glacé la frôla.

— Déçue ? répéta-t-elle, au bord de perdre contenance.

La « proie » avait des yeux gris-bleu extraordinaires. On aurait dit deux pierres. Deux galets lavés dans l'eau d'un torrent. Et qui la regardaient comme si elle était transparente. Comme s'ils avaient le don de voir à travers elle, plus loin qu'elle.

— Je ne sais pas ce que vous cherchez, dit-il, mais vous ne le trouverez pas avec moi, je préfère vous prévenir d'avance.

Sa voix aussi était bizarre. Imperceptiblement métallique. Comme recomposée artificiellement.

Il avança une main maigre aux ongles parfaitement manucurés vers le dossier de la chaise vacante, en face de lui. Au passage, elle remarqua sa curieuse bague : en argent, avec un dessin compliqué gravé dessus, en relief, comme un soleil entouré de deux demi-cercles.

— Ne vous méprenez pas, reprit-il. Je vous trouve ravissante. Asseyez-vous.

Il souriait, mais ses yeux étaient toujours minéraux. Encore une fois, Tifany sentit le souffle froid qui l'enveloppait. Elle s'insulta intérieurement. Qu'est-ce qui lui prenait ? Pourquoi elle avait peur, tout à coup ? Est-ce qu'elle n'était pas irrésistible ? La plus belle, la plus séduisante, la plus ensorcelante ? Ce type qui paraissait insensible à son charme, elle allait le conquérir, le faire plier comme les autres, le rendre fou d'elle. Le faire baver d'envie. Elle s'assit.

— Je prendrai une vodka, moi aussi, dit-elle d'autorité.

L'homme leva le bras droit pour héler le serveur, puis il vida ce qui restait dans son verre.

— Deux vodkas frappées, commanda-t-il.

Un bateau-mouche passa lentement. Large comme un porte-avion. Illuminé comme un arbre de Noël. Et bourré de Japonais en train de photographier ou de filmer tout ce qu'ils ne pensaient même pas une seconde à regarder.

Le serveur déposa devant eux les deux vodkas.

— A votre beauté, fit l'homme en levant son verre.

— A l'amour, fit Tifany qui essayait de recentrer le débat.

Elle reprit :

— A l'amour et au désir. Car sans désir, aimer est un verbe passif et neutre.

C'était le genre de tirade en forme d'hameçon à laquelle ils mordaient tous infailliblement. Mais son interlocuteur n'était pas du modèle courant, elle commençait à s'en rendre compte.

— Vous avez l'impression que vous avez manqué d'amour ? interrogea-t-il avec douceur.

Et toujours ce même petit déclic métallique dans sa voix. Toujours ce même regard minéral, presque absent. Toujours aussi cette impression de froid. Elle ne le trouvait pas antipathique, pourtant. C'était autre chose. Un malaise qui n'excluait pas une certaine fascination.

— Moi ?

— Vous. Oui, vous.

— Sûrement. Je ne sais pas. Comme tout le monde.

Elle s'aperçut qu'elle balbutiait. Ce type la déstabilisait. Comment avait-il fait ? Elle décida de reprendre le dessus. A sa façon. Avec son vocabulaire à elle. Le langage de sa génération, comme elle disait. La parole des cités.

— Moi j'ai dix-neuf ans, fit-elle, et pas de temps à perdre avec les conneries sur l'amour et tout ce baratin qui vous prend la tête. Vous savez ce qui m'intéresse, moi ?

Elle avança le buste, offrant une vue plongeante sur son décolleté de plus en plus vertigineux.

— Ce qui m'intéresse, c'est de me faire baiser par les types qui me plaisent, reprit-elle avec une crudité très calculée. Quand je bande pour un mec, je ne vois pas pourquoi je ne le lui dirais pas. C'est pour ça que je vous ai accosté. Je vous choque ?

Il eut un large sourire, exhibant des petites dents très régulières, très blanches et curieusement pointues.

— Pas du tout, fit-il. Ce qui me choque c'est que votre cameraman soit resté là-bas à poireauter pendant que nous buvons, ici, bien confortablement installés.

Elle eut l'impression qu'on lui donnait un coup de poing dans l'estomac.

— Allez le chercher, reprit-il, et qu'il prenne un verre avec nous, ce sera plus sympathique, vous ne trouvez pas ?

Elle essaya de bluffer, mais elle savait déjà qu'elle était vaincue. Qu'est-ce que c'était que ce bonhomme ? Un extra-lucide ou quoi ?

Les yeux cuivrés de Tifany se mirent à étinceler de colère. C'était surtout à elle-même qu'elle en voulait. Elle avait mal joué son numéro, elle s'était comportée comme une idiote. Le pire, c'est qu'elle ne voyait pas où était la faille.

— La plupart des hommes, reprit son interlocuteur, se font des illusions considérables sur les femmes. Des idées stupides. Ils prennent leurs rêves pour la réalité. Ce sont des enfants. De vieux enfants incurables. Alors, quand on leur fait croire que leurs rêves se réalisent, quand on leur tend cette perche, ils ne courent pas, ils galopent.

La flamme dansante de la bougie, sur la table, se refléta dans ses yeux, y mettant deux points rouges minuscules.

— Surtout quand celle qui leur tend la perche est aussi belle que vous, dit-il. Et aussi douée.

Il lâcha un petit rire grinçant.

— Je suis sûr que vous ne devez pas souvent connaître d'échecs ?

— Pratiquement jamais, reconnut Tifany.

Elle affronta son regard.

— Vous êtes un cas rarissime.

— C'est également mon opinion, sourit-il avec ironie. En toute modestie bien sûr.

Ses yeux virevoltèrent autour d'elle. De nouveau la petite brise glacée l'enveloppa.

— Vous êtes belle, douée, ambitieuse, mais il faudra faire encore des efforts, dit-il en la détaillant. Vous sentez encore trop votre banlieue natale. Vous avez une agressivité qui fait votre force mais qui sera aussi votre faiblesse, un jour ou l'autre. Faites-y attention.

Il ferma les yeux, se concentrant.

— Je vois votre premier appartement, à Paris, rien qu'une petite chambre, un studio près du périphérique, à la Villette peut-être. Un lit par terre, le chauffage détraqué, une ampoule nue au plafond et trois meubles Ikéa.

Il se reprit, les yeux toujours fermés.

— Je me suis trompé pour le lit, fit-il. Ce n'est pas un lit, c'est un canapé-lit. Vous le dépliez tous les soirs, et il grince horriblement, ça vous agace, il est comme le symbole de votre pauvreté, vous vous jurez de devenir riche.

Tifany Flow ravala sa salive. En gros, tout ce que disait ce type était exact. A quelques détails près. Elle avait l'impression désagréable que quelqu'un était entré dans sa conscience, lisait dans sa tête, s'y promenait comme chez lui.

— Évidemment, continua-t-il, les yeux toujours fermés, vous avez rêvé de faire du cinéma, comme toutes les filles dans votre genre. Mais vous êtes pressée. Alors vous avez sauté sur la première proposition qu'on vous a faite, vous avez choisi le plus facile : les films pornos. Ça vous a amusée pendant quelques mois, l'expérience valait le coup.

Vous êtes audacieuse et sans complexes. Ceux qui vous disent que ce que vous avez fait était dégradant, vous leur éclatez de rire au nez. Vous vous proclamez fière de ce passé tout récent. Même si vous n'êtes pas mécontente d'en être sortie. Maintenant, vous entamez une deuxième vie. La télé. Des émissions sexy...

Un nouveau bateau-mouche passa. Aussi large que le précédent, illuminé lui aussi et bourré de touristes également. Les énormes projecteurs les balayèrent de lumière. La péniche-restaurant se mit à tanguer doucement. L'homme rouvrit les yeux.

— N'ayez pas peur, dit-il, je ne suis pas devin. Le caméraman, je l'ai vu quand vous êtes arrivée avec lui sur le quai, il est là-bas, dans l'ombre, au pied de l'escalier. Quant à votre micro-cravate, vous l'aviez mal dissimulé. Ou vous étiez trop pressée de me montrer vos seins. Je l'ai aperçu quand vous vous êtes penchée sur moi. Pour le reste...

Il toussota.

— Pur et simple talent de déduction. C'est mon métier de connaître l'âme humaine. De connaître, d'observer, de déduire et même d'imaginer.

Tifany haletait, troublée.

— Vous êtes prêtre ?

— Pas tout à fait. Médecin de formation. Psychothérapeute par vocation.

Il s'inclina par-dessus la table.

— Docteur Louis Malorsenna, se présenta-t-il.

— Tifany Flow, lui renvoya la jeune femme. Productrice à Paris-Câble. D'une émission de caméra cachée sexy, comme vous l'avez deviné.

Le docteur lécha sa lèvre inférieure.

— Tifany Flow, ce ne sont pas vos vrais nom et prénom.

Il ne la questionnait même pas. Il affirmait avec une tranquille assurance.

— En effet, reconnut Tifany. Mais mon vrai nom et mon vrai prénom, je les garde pour moi. Secret d'État.

— Je ne vous les demande pas.

Il sourit. Ses petites dents très blanches et très pointues brillèrent.

— Votre cameraman perd son temps là-bas, dit-il. Appelez-le. Nous n'allons pas passer toute la nuit sur cette péniche.

— Où va-t-on ? demanda-t-elle.

Elle se sentait perdue. D'habitude, c'était elle qui dirigeait les opérations. Même avec ses mecs. Elle avait toujours eu le pouvoir avec ses amants. Même avec Christian, alias Snarck, chanteur dans un groupe de rock qui montait, Logiciel. Et pourtant Snarck était du genre coriace.

— Chez moi, proposa carrément le médecin.

Il se leva.

— En tout bien tout honneur, ça va sans dire, reprit-il. D'ailleurs, nous emmenons votre petit ami.

— Ce n'est pas mon petit ami, dit-elle un peu trop vite. C'est mon assistant cameraman.

— De toute façon, vous ne serez pas seule avec moi, n'ayez pas peur.

— Je n'ai pas peur, protesta Tifany en se levant elle aussi.

Elle fit un grand signe de la main à Fabrice Delcaux qui sortit aussitôt de l'ombre. Le psychothérapeute régla les consommations, et l'entraîna vers la passerelle en bois qui les reconduisait vers le quai.

« Pas peur »... Tifany repensait à ce qu'elle venait de dire. Si, elle avait peur. Mais de quoi ? Elle n'aurait su le préciser. Par-dessus le marché, c'était un genre de peur très particulière. Pas désagréable. Au contraire. Délicieuse ou presque. Et qui lui chauffait le ventre étrangement. Un mélange de peur et de désir. Voilà. Elle désirait ce type. Aussi incroyable que cela paraisse, elle avait envie de ce bonhomme plus petit qu'elle, maigre, sec, avec ses yeux comme des galets, son rire métallique et ses intuitions fulgurantes, à la limite de la double vue ou de la magie. Elle en avait une envie folle, dangereuse. Comme un vertige. La fascination de l'oiseau qui voit s'approcher le serpent de son nid. Elle avait envie de lui et elle l'aurait. Quand ils seraient chez lui, pensa-t-elle, elle saurait faire comprendre à Fabrice de se tirer.

Le cameraman les avait rejoints.

— Terminé pour ce soir, lui lança-t-elle. Je t'expliquerai. Le docteur nous offre un verre chez lui. Tu viens.

Fabrice soupira. Il était tard, et son lit lui paraissait la chose la plus désirable du monde. Mais Tifany était la patronne. Son « chef ». On ne discutait pas ses décisions.

— C'est où ? demanda-t-il.

— Près du parc Montsouris, indiqua le docteur Malorsenna. Mais je préfère vous avertir tout de suite : ne vous attendez pas à un palais, c'est mon ancien appartement, je l'ai mis en vente il y a deux mois et presque tous les meubles sont déjà partis. En attendant, j'habite à l'hôtel. Mais une chambre d'hôtel, c'est tout de même moins agréable pour boire un verre qu'un appartement, même démeublé.

Ils remontèrent l'escalier de pierre conduisant au quai de la Tournelle. Fabrice ouvrait la marche, Tifany le suivait. Le docteur était derrière, montant lentement. Et ricanant en silence. Les derniers mots qu'il avait prononcés lui paraissaient d'un comique achevé.

« Moins agréable pour boire un verre, compléta-t-il intérieurement. Mais surtout moins discret pour vous effacer tous les deux de la surface de la terre... »

CHAPITRE II

Il leur avait dit de ne pas s'attendre à un palais, et pourtant c'en était un. Même désert, sans meubles, avec des ampoules nues aux plafonds, l'appartement où Tifany et son assistant cameraman venaient de pénétrer, au troisième étage d'un bel immeuble en pierre de taille de l'avenue Gazan, était fabuleux. Plus fabuleux encore parce qu'il était vide. Des pièces immenses aux parquets en lames de fougère luisants. Des salons lambrissés en cerisier. Des couloirs où il aurait fallu se déplacer à vélo. Des plafonds à caissons. L'animatrice de *Caméra d'enfer* et son assistant étaient allés de pièce en pièce en poussant des cris d'admiration. L'appartement du docteur Malorsenna faisait au bas mot cinq cents mètres carrés.

— Ben merde ! s'écria Tifany, impressionnée mais essayant de reprendre le dessus avec sa gouaille habituelle, ça rapporte tant que ça la psycho-machin ?...

— Psychothérapie, fit le petit homme de sa voix imperceptiblement métallique. Oui. Quand on est bon. Ça peut rapporter beaucoup. Enormément.

— Et vous êtes bon, vous ? interrogea Fabrice Delcaux.

— Je crois, émit le petit homme. Sans me vanter, je pense que je suis le meilleur. Il faut toujours être le meilleur dans sa spécialité, vous ne croyez pas ?

Ils s'étaient arrêtés dans l'un des salons, près d'une des fenêtres donnant sur les frondaisons du parc Montsouris. Tifany le dévorait des yeux. De plus en plus subjuguée. Fascinée. Ce type ressemblait si peu aux hommes qui lui plaisaient habituellement que ça tenait du prodige. En temps normal, elle n'aimait que les grands baraqués, les armoires à glace avec des triples muscles. Pourtant ce petit homme malingre la bouleversait. Elle en avait le ventre tordu de désir. Rien que l'idée de ses mains osseuses courant sur son ventre, ses seins, ouvrant ses cuisses, entrant dans son sexe offert, la fouillant, la possédant, elle en devenait folle.

— Il y a tellement de détresses, tellement de mal de vivre, en ce monde, que la clientèle ne manque jamais, reprit doucement le docteur.

— Quelle est votre méthode ? interrogea Fabrice.

— J'en utilise plusieurs. Tout dépend du cas à traiter. Gestalt-thérapie. Rebirth. Cri primal. Bioénergie. Même l'hypnose éricksonienne, dans certains cas très précis, peut donner d'excellents résultats.

Il passa une main dans ses cheveux noirs.

— J'ai réussi de cette façon à guérir certains problèmes d'impuissance qui paraissaient incurables, ajouta-t-il en plantant ses yeux dans ceux du cameraman.

Celui-ci rougit violemment. Envahi du même sentiment que Tifany, tout à l'heure, sur la péniche : celui qu'on avait pénétré dans sa conscience, qu'on se baladait dans son âme comme dans un moulin.

— J'ai eu un patient, l'année dernière, reprit le docteur, qui était devenu homosexuel par résignation, parce qu'il se croyait définitivement impuissant, alors qu'en réalité il adorait les femmes, et que son impuissance n'était due qu'à un blocage psychologique d'enfance.

Fabrice Delcaux sentit son pouls s'accélérer. Qu'est-ce que c'était que ce type ? Un sorcier ?

— Vous l'avez soigné comment ? interrogea-t-il en s'efforçant de prendre un ton détaché.

Leurs voix résonnaient dans l'espace vide, prolongées par un effet d'écho étrangement caverneux.

— Oh ! ça ne s'est pas fait en un jour. Il a fallu remonter jusqu'à ses refoulements les plus lointains. Ses inhibitions.

Le tout, vous savez, c'est de retrouver la « boîte noire ». Comme après un accident d'avion...

Il esquissa un sourire.

— A propos d'avions, savez-vous qu'à chaque fois qu'un Boeing ou un Airbus s'écrase quelque part, ma clientèle triple du jour au lendemain ? Vous n'imaginez pas le nombre de phobies que ce genre d'événement produit. Même chez des gens qui ne fréquentent jamais les aéroports. Je les appelle les « handicapés du ciel ».

Il pivota soudain sur lui-même.

— Mais on bavarde, on bavarde, et je ne vous offre même pas de vous asseoir. Ni de boire. Attendez-moi un instant, fit-il. Je vais chercher des chaises et des verres.

De son pas nerveux, il se dirigea vers le fond de l'immense salon, faisant craquer le parquet sous ses chaussures noires.

Il se ravisa et revint vers eux.

— Je crois qu'il ne reste plus qu'un fond de vodka et du whisky. Qu'est-ce que vous préférez ?

— Whisky, fit le cameraman.

— Et vous ? interrogea le psychothérapeute en posant sa main gauche sur le bras nu de Tifany.

— Vodka, s'il vous plaît, murmura-t-elle.

En même temps, ses yeux tombèrent sur la main osseuse du médecin. Elle faillit sursauter.

Il avait six doigts à la main gauche. Six doigts ! Deux auriculaires ! Elle n'avait jamais vu ça.

Elle se mit à trembler de tout son long comme si elle avait frôlé un pylône à haute tension.

Déjà, le docteur Malorsenna avait quitté la pièce.

— Qu'est-ce que c'est que ce mec ? grogna Fabrice Delcaux dès qu'ils furent seuls. On ferait mieux de foutre le camp. Ce type me flanque les boules.

— Pars si tu veux, lâcha Tifany, moi je reste.

— Tu veux te le faire ? Mais tu es dingue ! Je t'assure, ce mec n'est pas normal. Crois-moi !

Elle ne répondit pas. Dingue elle l'était. Et en effet, ce

mec, comme disait Fabrice n'était pas normal. Et c'est ça justement qui la mettait dans tous ses états. Les gens normaux courent les rues.

Curieusement, la découverte de la petite monstruosité anatomique qui affectait sa main gauche ne la dégoûtait pas. Au contraire. Elle la confirmait dans l'idée que Malorsenna ne faisait pas partie de l'humanité courante.

— Franchement, j'ai les jetons, protesta encore le cameraman. Ce type est dangereux.

Tifany haussa les épaules. Utilisant sa formule favorite, celle qu'elle employait pour clore une conversation inutile :

— M'en bats les couilles.

Fabrice Delcaux avait vu juste : ce type était dangereux. Très dangereux. D'abord, il ne s'appelait pas Malorsenna, mais Benefacto. Marc Benefacto. Docteur en médecine, effectivement, et psychothérapeute, comme il l'avait expliqué à Tifany et à son assistant. Mais ce n'était là que la part émergée de l'iceberg. La plus négligeable de ses activités multiples. Celles-ci, comme les poupées russes, s'emboîtaient les unes dans les autres presque à l'infini.

Tapissée de grandes portes le placard, la cuisine où il se trouvait à cet instant était aux proportions du reste de l'appartement. Assez vaste pour y loger deux studios de bonne taille. Et totalement vide. Seul un réfrigérateur-congélateur occupait l'un des angles de la pièce.

Il l'ouvrit. Des bouteilles de lait s'y trouvait. Et derrière, un très joli pistolet automatique avec son chargeur de rechange. Un CZ 83. Il écarta les bouteilles et s'en empara. C'était une arme agréable à tenir dans la main. Tout en acier, pourvue d'une platine sélective à double effet, d'un canon fixe et d'un chargeur en quinconce à quinze coups. L'un des meilleurs modèles de 7,65. Poids raisonnable. Souffle modéré. Compacité. Légèreté. Faible recul. Détonations discrètes. Et puissance de feu considérable. Tout pour plaire. Sans compter la précision exceptionnelle du tir.

D'une pression du pouce, il dégagea la sûreté. Puis il quitta la cuisine.

Ces deux jeunes gens, ce garçon et cette fille étaient charmants, mais ils s'étaient trouvés au mauvais endroit au mauvais moment. Quelle idée, aussi, de filmer à son insu le docteur Marc Benefacto, grand maître de la Loge Mithraïque Rénovée, Fils des Atlantes et détenteur des ultimes secrets de Planetah la lointaine, l'astre des astres, l'étoile aux mille soleils, la planète par excellence qui ne pouvait que s'appeler Planetah comme la Terre s'appelle Terre !

Dès l'instant où Benefacto avait découvert qu'ils le filmaient, ils étaient condamnés. Quoi qu'il arrive. Où qu'ils aillent.

Ils allaient mourir sans savoir pourquoi. Mais sait-on jamais vraiment pourquoi on meurt et même pourquoi on vit ?

Il retraversa rapidement d'interminables couloirs qu'éclairaient de faibles ampoules nues, dépassa le salon où il avait laissé Tifany et le cameraman, entra dans l'une des pièces voisines et vérifia que tout était prêt. Puis il regagna le grand salon et en ouvrit la double porte.

— Venez avec moi, dit-il à ses invités.

Ceux-ci le suivirent dans la pièce qu'il avait choisie pour en terminer. Un autre salon un peu moins vaste que le précédent, et encore moins bien éclairé. Mais les rideaux étaient restés accrochés aux fenêtres, d'épais panneaux de velours or un peu fanés qui ajoutaient une impression insolite à cette grande salle vide. Trois chaises étaient poussées contre un mur. Et sur le parquet, une grande bâche en plastique transparent, comme celles qu'on utilise pour protéger les meubles quand on fait des travaux, était étendue. Le docteur Benefacto venait de l'y placer.

— Entrez, dit-il.

Tifany et Fabrice firent quelques pas dans la pièce. Intrigués. Où étaient les bouteilles et les verres annoncés ? La grande bâche ne recouvrait pas tout le parquet. Benefacto les poussa en avant.

— Veillez à bien marcher là-dessus, leur indiqua-t-il en désignant la feuille de plastique.

Ils n'eurent pas le temps de se demander pourquoi il leur faisait cette recommandation. A toute vitesse, il recula de dix pas. Puis sa main droite jaillit de la poche de sa veste, prolongée par le CZ 83. Tifany et Fabrice virent le canon scintiller au bout du bras de l'homme. Ils n'eurent même pas le temps d'avoir peur. Il y eut une première détonation sèche et un miaulement à travers l'espace. Fabrice fut projeté en arrière comme s'il avait reçu une formidable ruade de cheval. Sa caméra valsa aux pieds de Tifany. Il alla heurter le mur, puis s'écoula, se repliant sur lui-même, avec au front une grande blessure écarlate, juste au-dessus de l'intersection des sourcils.

Déjà, le petit homme vêtu de noir relevait le bras, visant cette fois Tifany.

Mais celle-ci fit quelque chose qu'avec son sixième sens et ses intuitions fulgurantes, il n'avait pas prévu. Au lieu de se tétaniser d'horreur et de terreur et d'attendre le coup mortel, elle réagit !

D'abord, elle plongea à terre et roula sur elle-même. Sidéré de cette résistance inattendue, Benefacto tira. Et rata sa proie. La balle alla s'enfoncer derrière elle, dans le mur. Le temps qu'il revienne de sa surprise, elle avait encore roulé plusieurs fois au sol dans de grands froissements de plastique. Elle ne savait pas ce qu'elle faisait, elle ne réfléchissait pas, elle ne calculait rien. Ses chances de sauver sa peau étaient probablement nulles, mais elle n'allait pas se laisser tuer sans au moins tenter d'échapper à son sort. Sa main rencontra la caméra qui était tombée à terre lorsque Fabrice avait été frappé. Elle l'empoigna et la balança en avant. L'appareil vola à travers la pièce et atteignit le médecin en plein visage. Celui-ci poussa un cri bref. Son arme, son précieux CZ 83, était tombé au sol.

Déjà, Tifany s'était relevée. Des deux mains, aussi fort qu'elle put, elle tira la feuille de plastique à elle. Benefacto, qui se trouvait dessus, vacilla, perdit l'équilibre, et tomba à genoux. Il se redressa et plongea en avant, pour rattraper son arme. Tempes battantes, Tifany se précipita aussi dans la même direction. Ils se retrouvèrent l'un contre l'autre. Plus rapide, Benefacto récupéra le pistolet. Elle attrapa son poignet droit à deux mains, essayant de bloquer l'arme en direction du sol, tandis que lui tentait de la relever et d'en diriger le canon vers son ventre. Elle haletait. Le visage du médecin, tout près du sien, était décomposé, creusé par l'effort. Défiguré. Une sorte de ricanement silencieux tordait ses lèvres, un rictus de haine et de fureur. Ce n'était plus un être humain qu'elle affrontait, c'était une espèce de robot, une machine à tuer. Elle se dégagea. Elle avait suivi des cours de self-défense, deux ans plus tôt. Essayant de rameuter ses souvenirs, elle se rappela un coup qui suffisait, en principe, à mettre KO l'adversaire. Un « chassé-cuisse ». On déplie la jambe d'un coup sec, et le talon part en plein dans le muscle comme un boulet de canon. Elle fonça de tout son élan et frappa.

L'homme vacilla. Mais cette fois, le pistolet ne lui échappa pas. Il le releva et tira. Et la manqua à nouveau. Elle en profita pour lui saisir une seconde fois le poignet et tenter de lui arracher son arme. De rage, avec sa main libre, la gauche, il la cogna en plein visage. Cueillie à la pommette, Tifany sentit comme une gerbe d'étincelles qui éclataient devant ses yeux. Des larmes brouillèrent sa vue. Elle se dit que le type allait à nouveau tirer et que cette fois il ne la raterait pas.

D'instinct, elle se colla à lui, le saisissant par son veston. En même temps, elle remonta son genou droit à toute allure. Elle se souvenait de ce que disait Glaviot, à Sevran, dans le gang qu'elle avait fréquenté quand elle avait quatorze ans : « C'est dans les couilles que c'est le meilleur. Ça leur remonte jusqu'aux amygdales et ça y reste coincé ! » Glaviot n'avait pas son pareil dans les bagarres entre gangs.

Transformé en arme de jet, son genou s'écrasa contre les bijoux de famille du docteur Benefacto. Celui-ci ouvrit la bouche, une bouche toute ronde d'où ne s'échappait pas le moindre son. Le revolver s'échappa de sa main droite. La douleur, comme un bouquet de feu d'artifice, l'avait traversé tout entier, était remontée à travers son corps, et explosait dans son cerveau avec une puissance telle qu'elle paralysait jusqu'à ses capacités vocales. Il restait là, littéralement tétanisé, les yeux écarquillés, bras battant l'air, jambes écartées, avec ce brasier infernal qui lui ravageait le ventre.

Avec une souplesse ahurissante, Tifany bondit en arrière et se rua vers la porte du salon. Elle l'ouvrit et vola à travers les couloirs, essayant désespérément de se souvenir de la topographie compliquée des lieux. Un instant, elle paniqua. Elle n'arrivait pas à retrouver la sortie ! Il fallait absolument qu'elle y réussisse. L'autre n'allait pas rester éternellement foudroyé par la douleur, si insupportable soit-elle.

Elle la trouva enfin et jaillit sur le palier.

Quelques secondes plus tard, par bonds désespérés, elle galopait à travers la rue Gazan déserte.

Elle était sauvée.

⁂

Le docteur Marc Benefacto remonta son pantalon et reboucla sa ceinture. L'examen de ses parties intimes était édifiant. Un hématome violacé couvrait tout son bas-ventre et la douleur était infernale.

Par-dessus le marché, il venait de subir avec cette fille un échec cuisant. Ses lèvres minces émirent un petit claquement désapprobateur.

— Quel gâchis, fit-il.

Gâchis, c'était le mot. Il y avait maintenant une petite conne qui se baladait dans la nature, qui allait trouver les flics et les ramener jusqu'ici.

Heureusement, aucun lien ne subsistait plus entre cet

appartement et lui. En réalité, il n'y en avait jamais eu. Il n'y avait jamais habité et il ne lui avait jamais servi de cabinet de consultation, comme il l'avait laissé croire à Tifany et au cameraman. Acheté cinq ans plus tôt en société civile immobilière par trois de ses très proches « collaborateurs », ceux-ci se l'étaient revendu plusieurs fois entre eux avant de s'en débarrasser définitivement. Une méthode qui avait la vertu de brouiller les pistes et de rendre les recherches difficiles.

Depuis un mois, ce cinq cents mètres carrés était la propriété d'un diplomate actuellement en poste au Venezuela qui ne l'habiterait que dans un an. Benefacto en avait gardé les clés à l'insu de son nouveau propriétaire. Surtout à cause de la particularité que présentait l'immeuble dans lequel se trouvait cet appartement. Adossé à celui où lui-même habitait, rue de l'Amiral-Mouchez, une rue parallèle à la rue Gazan, il suffisait de grimper jusqu'au sixième et de monter sur les toits pour passer d'une maison à l'autre. Sans effort particulier puisque les toits des deux immeubles étaient en terrasse.

Il soupira. Il allait maintenant falloir qu'il efface toutes les traces d'empreintes qu'il avait pu laisser ici. Puis qu'il emballe ce crétin de cameraman ainsi que sa caméra dans la feuille de plastique, et emmène le tout chez lui. En passant par les toits bien entendu. Ensuite, il faudrait encore faire disparaître le cadavre.

Et il avait intérêt à faire vite. Dans moins d'un quart d'heure, les flics seraient ici, il fallait faire place nette.

Il se mit au travail, songeant à la grande et belle fille brune qui l'avait accosté, sur la péniche.

Tôt ou tard, cette salope allait regretter d'être née.

CHAPITRE III

Boris Corentin, au son de la voix de Ghislaine, s'arracha au spectacle qui s'étendait sous ses yeux. Un moutonnement sombre et magnifique dans la nuit tiède, celui des arbres du Bois de Boulogne, qui formaient une masse compacte, mouvante et noire, au-dessus de laquelle brillait une lune qui commençait à s'écorner sans rien perdre encore de son aveuglant éclat d'argent. Le balcon de l'appartement de sa maîtresse et complice dominait Paris, le Bois, les rues paisibles et silencieuses de Neuilly.

— Alors ? répéta Ghislaine de la salle de bains. Tu viens ?

Il traversa le salon, la salle à manger, le couloir et, lorsqu'il déboucha dans la salle de bains, il la vit qui barbotait au milieu d'un bain de mousse neigeuse et pétillante. Du carrelage au plafond, toute la pièce était verte et noire. Dans une niche, au-dessus de la baignoire, une statue de marbre blanc, réplique d'une sculpture grecque, représentait une Vénus décapitée exhibant pour l'éternité une paire de fesses fabuleuses.

— Qu'est-ce que ça signifie ? gronda Ghislaine. Tu n'es pas encore à poil ?

A vrai dire, il était déjà à moitié nu. Torse nu pour être plus précis. Il se défit rapidement de son pantalon et enjamba la baignoire.

— Notre dernier bain ensemble avant mon départ, murmura Ghislaine. Je veux que tu en gardes un souvenir ineffaçable.

Elle partait demain pour Monte-Carlo, rejoindre des amis qui avaient une propriété sur le Rocher, et elle ne serait pas de retour avant trois semaines. Boris songea avec une légère mélancolie qu'il allait rester seul à Paris. Dans trois jours, Aimé Brichot, son coéquipier depuis quinze ans, allait aussi s'en aller en vacances, rejoindre Jeannette et les enfants qui l'attendaient au Cap Ferret. Lui, comme chaque année, irait se bronzer en Bretagne vers octobre ou novembre. Privilège des célibataires...

Il s'était assis dans la baignoire, face à Ghislaine, mais la part la plus virile de lui-même émergeait de la mousse, se dressant fièrement comme une figure de proue. Ghislaine avança les doigts, caressant doucement cette hampe dont les dimensions, malgré les années, continuaient de l'étonner. Et même de la captiver.

— Nom d'un chien, murmura-t-elle. C'est trop beau pour être vrai ! Il faut que je voie ça de plus près !

C'est à cet instant, bien sûr, que le téléphone se déchaîna... Ghislaine lâcha quelques jurons bien sentis.

— A cette heure-là, c'est sûrement pour toi, fit-elle, déjà résignée. Vas-y.

Boris se détacha d'elle à regret, sortit de la baignoire, ceignit une serviette éponge blanche, et cavala à la recherche de l'appareil.

Debout, face à une grande glace murale qui lui renvoyait son image, l'athlète brun aux cheveux bouclés noirs sur lequel les années ne semblaient pas avoir de prise et qui répondait au nom de Boris Corentin, inspecteur divisionnaire, policier vedette de la Brigade Mondaine, section des Affaires Recommandées, la section à risques, à coups durs et coups fourrés, écoutait la voix de son coéquipier qui s'égosillait au bout du fil.

— Me faire ça ! A moi ! Tu te rends compte ? Alors qu'on était sur le point de boucler l'enquête sur Avenarius ! Jeannette va être folle furieuse quand je vais lui annoncer que je retarde de huit jours mon départ pour le Cap Ferret !

En un mot, le commissaire divisionnaire Charlie Badolini, chef de la Brigade Mondaine, l'avait appelé en personne, un quart d'heure plus tôt, pour lui annoncer la bonne nouvelle. Une très grosse affaire démarrait et il n'était pas question de la confier à qui que ce soit d'autre qu'à Boris Corentin et Aimé Brichot, ses deux policiers vedettes.

— Avant de me contacter, Baba[1] a essayé de t'appeler, évidemment, précisa Brichot. Il est tombé sur ton répondeur. Alors il s'est rabattu sur moi. Avec mission d'essayer de te retrouver et de te faire passer le message : il nous attend tous les deux à huit heures demain matin dans son bureau.

Boris se déplaça d'un mètre pour attraper, sur une commode en marqueterie Louis XV son paquet de Gitanes légères et son briquet. Il en alluma une.

— Et l'affaire Avenarius ? demanda-t-il. Qu'est-ce qu'elle devient, dans tout ça ?

Cela faisait une quinzaine de jours qu'ils enquêtaient sur une de ces affaires bien sales et bien moches comme ils en rencontraient un peu trop souvent à leur goût. Un nommé Joop Avenarius, soixante et un ans, citoyen hollandais mais vivant en France depuis une dizaine d'années, avait été retrouvé dans la Marne, flottant entre deux eaux. En soi, la nouvelle n'aurait pas fait deux lignes dans les quotidiens du lendemain, si Joop Avenarius n'avait eu son heure de gloire, vingt ans plus tôt, en tant que précurseur du « baby-porno », ce genre de spectacles où des gosses de dix ans tiennent tristement la vedette et qui se vendent en général sous le manteau.

Arrêté vingt fois en Hollande, condamné, relâché, Joop Avenarius avait fini par quitter son pays natal pour s'installer dans une ferme délabrée de la région de Coulommiers. Officiellement, il n'avait plus aucune activité répréhensible

1. Surnom donné à Charlie Badolini par les inspecteurs de la Brigade Mondaine.

et vivotait de la vente, sur les marchés, de curieux jouets en métal peint qu'il fabriquait lui-même. Ce qui était surprenant, c'est qu'il avait de temps en temps des rentrées d'argent considérables. Alcoolique au dernier degré, il passait le plus clair de ses soirées dans les bistrots de Coulommiers à exhiber sans discrétion des liasses de marks, de dollars, de pésètes ou de francs. Quand on lui demandait d'où venait ce pactole, il répondait qu'il bénéficiait d'une rente aux Pays-Bas.

Très vite, Boris et Aimé s'étaient convaincus que la rente en question n'était que le produit de multiples chantages opérés par Joop Avenarius sur d'anciens complices. De là à imaginer qu'une de ses victimes, excédée, l'ait liquidé en le jetant dans les eaux glauques de la Marne, il n'y avait qu'un pas.

Depuis quelques jours, leur enquête les orientait vers certaines communautés eucharistiques hollandaises où l'on prônait la libération des tabous, l'abandon de l'interdit de l'inceste, le droit à la différence et la pédophilie. Certains pasteurs de ces communautés étranges, en rupture avec leur hiérarchie, avaient jadis été en contact avec Joop Avenarius. Encore quelques jours, et Boris et Aimé pourraient établir leurs identités avec certitude. Il ne resterait plus alors qu'à confier la suite des investigations à leurs homologues des Pays-Bas.

— Pour l'affaire Avenarius, répondit Brichot, Baba nous confiera ses intentions demain.

— Et la nouvelle enquête ? C'est quoi ?

— Mystère et boule de gomme. Baba m'a seulement conseillé de regarder la télé, ce soir...

— La télé ?

— Oui. Pas n'importe quoi. Une émission de Paris-Câble qui passe dans un quart d'heure. L'ennui, vois-tu, c'est qu'à la maison on n'a pas le câble. Ghislaine l'a, bien sûr ?

— Oui.

— Alors je pensais que tu pourrais la regarder pour nous deux. Ça s'appelle *Caméra d'enfer*. C'est un truc de caméra invisible, si j'ai bien compris. Attends, j'ai noté le nom de la fille qui fait ça. Voilà. Tifany Flow.

— Tifany Flow... murmura Boris. Ça me dit quelque chose. Ce n'est pas cette animatrice dont l'assistant a été tué, il y a quatre ou cinq jours ?

— Possible, murmura Brichot. Ça ne me dit rien. La Crime doit déjà être sur le coup, en tout cas.

— On verra bien, fit Boris. Quoi qu'il en soit, je regarde l'émission et on en reparle demain matin, OK ?

— OK, répondit Brichot en écho. A demain, vieux frère.

Lorsqu'il se retourna après avoir raccroché, la première chose que vit Boris ce fut la silhouette de Ghislaine, étendue nue, magnifique, au milieu du lit.

— Tu ne vas quand même pas me dire que tu repars en chasse dès cette nuit ? gémit-elle.

— Non, fit Boris en s'allongeant contre elle.

Ses doigts crépitèrent dans les boucles blondes de son buisson pubien.

— On a toute la nuit devant nous, la rassura-t-il.

Sous le contact de sa main, elle eut une brève secousse électrique. Les deux obus de chair élastique de sa poitrine tressautèrent.

— Alors, viens, prends-moi, souffla-t-elle en écartant les jambes. Baise-moi, Boris, baise-moi à en crever !

Lorsqu'il pénétra en elle, il eut l'impression de s'enfoncer dans un puits de velours. Ghislaine lâcha un cri bref. Puis son bassin se mit à osciller à un rythme de plus en plus frénétique, allant à sa rencontre avec de grands claquements de chair avides.

⁂

Sur l'écran, Tifany Flow, roulant des hanches, traversait une terrasse de bistrot bondée et s'arrêtait à hauteur d'un consommateur seul devant un verre de bière.

— Voulez-vous me dire ce qu'un type comme vous fait

là, tout seul, cette nuit ? interrogea-t-elle d'une voix rauque.

Télécommande à la main, Boris baissa le son. C'était le début de la troisième séquence de *Caméra d'enfer*, sur Paris-Câble, et il avait déjà pu se faire une idée assez précise de ce qu'était l'animatrice de cette émission. Une fille ravissante d'abord. Époustouflante même. Du genre à qui on ne peut rien refuser. Les types qu'elle accostait tombaient comme des mouches. Elle les draguait avec autant d'audace et même de brutalité que si elle avait été un homme. En usant des mêmes trucs que ceux-ci. En employant les mêmes phrases. Certains de ses « victimes » essayaient de battre en retraite, mais elle les poussait dans leurs retranchements, elle les harcelait, elle ne les lâchait pas. Boris qui avait derrière lui de longues années de drague appréciait en connaisseur. Sauf que c'était troublant de voir une femme dans ce rôle inversé. Le gibier qui se retrouve chasseur.

Il soupira. Autant en pensant à la nouvelle enquête qui allait démarrer demain matin que parce que, au bout du lit, entre ses jambes, Ghislaine s'était prosternée et, tournant superbement sa croupe monumentale au poste de télévision, souverainement indifférente aux exploits de Tifany Flow, s'empalait jusqu'au fond de la gorge sur un engin fabuleux qui la suppliciait délicieusement.

⁂

Il faisait une journée éblouissante. Pas un seul nuage dans le ciel et déjà, à huit heures du matin, une température qu'on pouvait sans exagérer qualifier de méditerranéenne. Boris Corentin, en blouson de toile, jean et chemise Lacoste bleue, attaqua les marches de gerflex de l'escalier A conduisant au second étage du 36 quai des Orfèvres en petite foulée rasante. Après le sas en verre épais sur le palier du deuxième, il passa, au fond du couloir, devant la cage vitrée des gardes à vue. Ensuite, c'était le bureau des Affaires Recommandées où Rabert et Tardet[1] mijotaient au-dessus de leurs dossiers.

L'énorme Rabert releva la tête en apercevant Boris.

— Vous tombez bien ! s'écria-t-il. Je crois que Baba vous attend. L'inspecteur Aimé Brichot est déjà dans son bureau.

— Je sais, fit Boris, c'est comme si j'y étais moi aussi.

Il ressortit, traversa le secrétariat de Charlie Badolini et frappa à la double porte. On lui cria d'entrer et il pénétra dans le grand bureau Empire du chef de la Brigade Mondaine où flottait un brouillard tabagique à couper au couteau. Il y avait assez de fumée dans le bureau du patron pour y tourner *Quai des brumes* sans effets spéciaux. Boris loucha dans le cendrier du chef de la Brigade Mondaine qui commençait déjà à se remplir de cadavres de Job Spéciales, les fameuses cigarettes ultra-nicotinisées qu'il faisait venir de Corse presque en contrebande. Badolini était dans une de ses bonnes périodes : celles où il renonçait provisoirement à arrêter de fumer. Le reste du temps, il essayait des « cures » aussi diverses qu'inopérantes, et la vie devenait impossible pour ses subordonnés.

— Ah ! Boris, grogna Badolini. On n'attendait plus que vous, asseyez-vous. L'inspecteur Brichot me disait que l'enquête sur Joop Avenarius touchait à sa fin ?

Boris se laissa tomber dans un fauteuil à côté d'Aimé Brichot.

— En effet, acquiesça-t-il. Avenarius s'était effectivement retiré des affaires, mais ses anciens complices continuaient leur juteux trafic de cassettes pédophiliques. Ils ont même fignolé le système en faisant venir de malheureux gamins de Manille ou de Thaïlande, quand ce n'est pas de Roumanie ou de l'une des nouvelles républiques nées de l'éclatement de l'ex-URSS. En gros, le centre du trafic se situe en Hollande, près de Haarlem, dans une prétendue communauté eucharistique où œuvrent des pasteurs aux opinions... disons très avancées.

1. L'autre équipe d'inspecteurs des Affaires Recommandées.

Joop Avenarius était resté en contact avec tout ce joli monde, et faisait sans doute chanter la plupart d'entre eux. Quand à savoir qui l'a liquidé... Évidemment, nous n'en sommes qu'à la première partie de l'enquête. Celle-ci doit être maintenant poursuivie à Haarlem par nos homologues hollandais. Pour les ramifications françaises de ce trafic...

Charlie Badolini le fixait, mâchoires contractées. Il l'interrompit.

— En somme, vous pourriez dès maintenant réunir dans un rapport préliminaire vos conclusions provisoires, rapport que vous confieriez à la police des Pays-Bas. Pour la partie qui les concerne, bien entendu ?

— Pourquoi pas ? fit Boris.

— Quand à la suite de l'enquête sur le territoire français, Rabert et Tardet pourraient très bien s'en charger, n'est-ce pas ?

— Tout aussi bien que nous, répondit Boris, en sortant son paquet de Gitanes légères de la poche de son blouson.

— Parfait, fit Badolini. Vous avez regardé, hier soir, comme je l'ai conseillé à l'inspecteur Brichot, l'émission de Tifany Flow ?

— En effet, murmura Boris.

— Et qu'est-ce que vous en pensez ?

— Rien de particulier. Elle fait bien son boulot.

— C'est une vedette qui monte, fit Badolini, et les vedettes du petit écran, de nos jours, sont plus importantes que les hommes politiques, je ne vous apprends rien. Ce serait déjà une raison de vous mettre sur cette affaire.

— Quelle affaire ? interrogea Brichot. Si j'ai bien saisi ce que m'a dit Boris hier soir, son cameraman a été tué, le cadavre a disparu, et...

— Et tout cela relève du crime crapuleux, c'est-à-dire de la Brigade Criminelle, compléta Badolini. En un sens vous avez raison. Mais cette histoire nous concerne aussi directement. C'est d'ailleurs Durocher[1] en personne qui me l'a

1. Le commissaire divisionnaire Jean Durocher, patron de la Brigade Criminelle et alter ego hiérarchique du patron de la Mondaine.

dit pas plus tard qu'hier soir quand il m'a téléphoné. Pour une fois la Crime ne verrait aucun inconvénient à ce qu'on piétine ses plates-bandes.

Il se leva et marcha lentement vers l'une des fenêtres, que mitraillaient des rayons de soleil brûlants.

— Il y a plusieurs raisons à cela, reprit-il. La première, c'est que le jeune homme qui a été tué, Fabrice Delcaux, l'assistant cameraman de Tifany Flow, est le fils de Maître Delcaux, Hannibal Delcaux, célèbre avocat d'affaires, homme de pouvoir et d'influence, ami intime de quelques chefs de gouvernement, et que celui-ci tient tout particulièrement à ce que la recherche de l'assassin soit confiée à des as. Vous en l'occurrence, Messieurs.

Il pivota sur les talons.

— Mais il y a aussi une autre raison, reprit-il. L'assassinat de Fabrice Delcaux a eu un témoin. Ce témoin — que la presse a reçu la consigne de ne pas évoquer jusqu'à nouvel ordre — c'est Tifany Flow elle-même. Voilà le second motif pour lequel on a besoin de mes meilleurs éléments. Et mes meilleurs éléments, que voulez-vous, c'est vous.

Il s'arrêta au milieu de la pièce.

— Je ne vous ai pas demandé de regarder *Caméra d'enfer* pour rien, dit-il. Je voulais que vous ayez une idée du genre d'émissions que fait cette jeune femme. C'est en effet lors d'une de ses expéditions de dragues bidon qu'elle a fait la connaissance du futur assassin de Fabrice Delcaux.

Il alla écraser sa cigarette dans le cendrier puis en alluma une autre. Ensuite, il résuma à grands traits les circonstances de la rencontre de Tifany Flow avec le très étrange psychothérapeute, sur une péniche-restaurant du quai de la Tournelle.

— Un certain docteur Malorsenna qui les a ensuite emmenés, elle et le cameraman, dans son appartement en lisière du parc Montsouris, rue Gazan, histoire d'y prendre un dernier verre. Inutile de vous préciser que ce n'était pas son appartement et qu'il n'existe aucun Malorsenna psychothérapeute ou autre. L'appartement, totalement vide, a été acheté il y a quelques mois par un diplomate actuellement en poste au Venezuela. Il ne l'a jamais habité, il ne l'a même jamais vu. C'est une amie qui l'a acheté pour lui, à titre de placement.

— Et avant ? Quel en était le propriétaire ? interrogea Brichot.

— Une SCI. Vous pourrez consulter tous ces détails dans le dossier que je vais vous remettre, mais je doute que ça vous avance beaucoup.

Il se rassit à son bureau.

— Toujours est-il que le prétendu Malorsenna s'est volatilisé, et que le lieu du crime, passé au peigne fin par les inspecteurs de la Criminelle, n'a livré aucun secret. A part les cartouches de 7,65 qu'on y a retrouvées, enfoncées dans le mur, et qui témoignent de la lutte acharnée et courageuse de Tifany Flow pour échapper au tueur. En dehors de ça, rien, le corps du malheureux Fabrice Delcaux s'est également envolé. Et, bien entendu, aucune trace d'empreintes n'a pu être relevée.

Il releva un index nicotinisé.

— Mais Tifany Flow a pu donner un signalement très précis de leur agresseur. N'oubliez pas que, pour une raison encore inconnue, il avait l'intention de les liquider tous les deux. Il n'avait donc aucune raison de se cacher. Le détail le plus marquant qu'elle a pu fournir, c'est l'anomalie anatomique du pseudo-Malorsenna. Celui-ci possède six doigts à la main gauche. Deux auriculaires.

— Ça ne doit pas passer inaperçu, fit remarquer Brichot.

— A condition de l'approcher. Bref, ce type est affecté d'une malformation congénitale très rare qu'on appelle polydactylie.

Boris réfléchit.

— En somme, Tifany Flow est une future victime idéale, dit-il. Le seul témoin d'un meurtre. La seule à pouvoir identifier l'assassin avec certitude.

— Elle est en danger et il faut la protéger, approuva Badolini.

— Et vous avez pensé à nous comme baby-sitters, compléta Boris.

— On ne peut rien vous cacher. Mais si le côté « Mondaine » de cette histoire vous échappe encore un peu, j'ai quelque chose sous la main qui achèvera de vous convaincre du contraire, dit-il en ouvrant l'un des tiroirs de son bureau Empire.

Il en sortit une vidéo-cassette qu'il brandit sous le nez de Boris et d'Aimé.

— *Blanche-Neige et les sept nègres*, annonça-t-il mi-figue mi raisin. Un petit joyau de cinémathèque ! Dont la nommée Tifany Flow est la vedette. Oui, Messieurs, si vous l'ignoriez encore, cette charmante jeune femme a été une star du porno avant de devenir une égérie du petit écran. Et elle n'en a pas honte, elle le revendique haut et clair dans toutes ses interviews. Je me suis procuré cette cassette, vous vous en doutez, pour que vous sachiez vraiment à qui vous allez avoir à faire.

Il sortit la cassette de son emballage plastifié et se dirigea vers le magnétoscope et le poste de télévision posés sur un meuble bas, à droite de son bureau.

— J'aurais pu, dit-il, choisir dans la filmographie de Tifany Flow une autre petite merveille. Il y en a dont les titres laissent rêveurs : *La grande touffe, l'Arrière-train sifflera trois fois*... Mais il paraît que celui-ci est le meilleur. Alors...

Il engagea la cassette dans son logement. Très vite, après le générique, commença le traditionnel déballage de chairs variées, de toisons de toutes les couleurs, de postures diverses et de gémissements de plaisir post-synchronisés en studio qui caractérise n'importe quel spectacle hard. L'adaptation du célèbre conte de Blanche-Neige était plutôt libre, à tous les sens du terme, et les sept nains de l'histoire étaient remplacés par sept Noirs, sept petits hommes qui s'offraient Blanche-Neige sous toutes les coutures, d'abord séparément, puis à la fin tous ensemble, en une joyeuse partouze géante.

Sur l'écran, Grincheux venait de faire son apparition. Tout nu, hormis son long bonnet pointu de nain. Un petit bonhomme à la tête énorme et rasée brillante comme un caillou. Des mains également larges et puissantes. Le reste de son corps était comme un assemblage de nœuds de muscles maladroits et difformes. Mais surtout, il y avait son sexe, un engin incroyable, une espèce de tuyau noir gigantesque qui se dressait presque à la verticale, équipé d'une tête large et ronde comme une massue.

Sur ses petites jambes en arceaux qui lui donnaient une curieuse démarche chaloupée, il traversa la chambre de Blanche-Neige. Celle-ci était étendue et vêtue d'une seule petite culotte de dentelle noire. Le nain rapprocha les lèvres de la petite culotte qu'il écarta délicatement, de manière à entrevoir la fente de son sexe humide et touffu. Un sourire déformait son visage prognathe. Il continua pendant un certain temps son exploration manuelle. Tifany Flow se tordait sur elle-même, lâchant des gémissements de plaisir qui n'avaient pas l'air simulés. A un moment, elle roula sur le ventre. Alors, très vite, le nain se glissa entre ses jambes. Agenouillé, son membre battait contre les fesses majestueuses de la fille. De la main droite, il les ouvrit, caressant la forêt noire qui s'épanouissait dans le sillon de sa croupe, jouant doucement avec les grandes lèvres de son sexe, chatouillant son clitoris qui, filmé en gros plan, rosissait et durcissait à vue d'œil.

Enfin, d'une poussée il l'empala jusqu'à la garde et... Charlie Badolini bloqua l'image.

— Il me semble que ça suffit pour votre édification, non ? demanda-t-il.

Ils hochèrent tous deux la tête. Tout de même un peu émus. Pour être policier, on n'en est pas moins homme.

— Je ne m'étais pas trompé, murmura Boris. Tifany Flow est quelqu'un qui fait son boulot avec une conscience professionnelle au-dessus de tout éloge.

— Ce serait dommage qu'un tueur la retire de la circulation, compléta Brichot qui se sentait la gorge curieusement asséchée.

— En tout cas, ne vous plaignez pas trop, émit Charlie Badolini. Vous pourriez être garde du corps de quelqu'un de moins appétissant.

Il lissa ses rares cheveux gominés façon danseur de tango.

— Et n'oubliez pas, les stars de la télé, de nos jours, c'est sacré. Plus important que les rois, les reines ou les ministres ! Des institutions nationales ! A manier avec une délicatesse extrême ! Et à ne pas contrarier, surtout ! Que ses moindres désirs soient pour vous des ordres !

— On marchera comme sur des œufs, patron, le rassura l'inspecteur principal Aimé Brichot en se levant.

CHAPITRE IV

« L'institution nationale » nommée Tifany Flow se trouvait dans son bureau, au huitième étage de la tour tout en verre, acier et béton qui abritait les locaux de Paris-Câble et qui surplombait le périphérique, en bas de l'avenue de la Grande-Armée. Elle était assise devant des dossiers qu'elle ne lisait pas. Autour d'elle, la moquette grise du sol était jonchée de papiers froissés. Deux énormes ventilateurs ronronnaient, à sa droite et à sa gauche. Regard dans le vague, langue tirée, elle léchait une glace aux fruits de la passion qu'elle venait de se faire monter par l'un des vigiles du rez-de-chaussée. Elle raffolait de la glace aux fruits de la passion.

Elle raffolait aussi de la vue qu'elle avait de son bureau. Tout Paris étendu à ses pieds, avec ses coupoles, ses clochers, ses immeubles innombrables, et ses rues comme de profondes entailles sillonnées par des êtres qui, de loin, ressemblaient à des fourmis. Paris. Paris à ses pieds. La fourmilière qu'elle voulait conquérir. Ce bureau, à Paris-Câble, ce n'était qu'un début. L'embryon, l'ébauche d'un commencement. Sa plate-forme de départ. Elle voulait aller plus loin. Devenir une star. Une vraie star. La reine de Babylone.

Elle entendit un grognement qui montait de sous le bureau. C'était Seigneur. Son chien. Son pitbull. Un vrai fauve, croisement de bulldog et de terrier anglais, comme tous les pit qui se respectent et descendent en droite ligne de ces bêtes de combat qui en Grande-Bretagne, au Moyen

Age, s'affrontaient à des taureaux[1]. Un molosse à l'endurance phénoménale. Trapu, pattes arquées, poitrail jaune, mâchoire carrée faite pour broyer tout ce qui passe. Une vraie terreur. La bête préférée des jeunes des banlieues qui les entraînent comme des champions olympiques et viennent avec eux rouler les mécaniques aux Halles. L'animal favori des dealers aussi, qui cachent la drogue dans le collier de leur monstre et se servent de celui-ci pour impressionner les mauvais payeurs. Tifany adorait son pit. Un caïd hargneux et vindicatif. Il était comme elle, au fond. Une bête de combat. Il en voulait. On racontait que c'était le seul animal qui pète les boulons à l'âge adulte. En Allemagne, à Essen, récemment il a fallu pas moins de dix flics et huit balles pour abattre un pit qui s'était attaqué à son maître, comme ça, sans raison, lui arrachant la moitié de la gueule d'un coup de mâchoire.

Seigneur était adorable avec elle, tendre et fidèle. Les autres en avaient peur. Ici, à Paris-Câble, comme chez elle, dans son immeuble, on évitait très soigneusement de l'approcher. Elle aimait ça. Elle aimait faire peur.

Sa glace aux fruits de la passion à la main, elle s'agenouilla sous le bureau. Seigneur ne grognait jamais pour rien. Quand il montrait les dents, c'est que quelqu'un approchait.

Quelqu'un approchait effectivement. On frappa à la porte vitrée de son bureau. Un store à lamelles blanches y était suspendu. Dans certaines occasions, Tifany fermait ce store. Quand elle avait une envie soudaine. Celle de se faire jouir toute seule, par exemple, assise à son bureau, une main plongée sous son pantalon, entre ses cuisses. Ou quand elle convoquait l'un des deux ou trois employés de Paris-Câble qui ne lui paraissaient pas trop repoussants. Sylvain, par exemple, de la publicité. Ou Mathieu, du service financier. Elle décrochait son téléphone et elle leur disait : « Je m'emmerde. Tu serais gentil de venir me

1. Pitbull vient de *pit*, arène, et du *bull*, taureau.

lécher. Oui, tout de suite, pas demain. » Et les types rappliquaient ventre à terre, ils en redemandaient. Quand elle avait son compte, elle les renvoyait. Ils auraient bien voulu continuer, mais elle ça ne l'intéressait pas.

Seigneur bondit de sous le bureau, babines retroussées. On ouvrait la porte. Tifany traversa la pièce, shootant au passage dans des dizaines de bouts de papier roulés en boule.

— Qu'est-ce que c'est encore ? interrogea-t-elle de sa voix la plus revêche.

Deux hommes apparurent. Un grand et un petit. Un balaise comme elle les appréciait, avec des épaules trapézoïdales sous son blouson, des cheveux noirs bouclés, un regard noir, et de grandes mains mates qui vous donnaient irrésistiblement envie de les sentir vous courir sur tout le corps. Le petit était chauve, cravaté, avec une moustache blonde en brosse et des yeux de myope derrière de grosses lunettes complètement démodées.

— Inspecteur divisionnaire Boris Corentin, fit Boris avec son sourire le plus aimable. Et voici mon coéquipier l'inspecteur principal Aimé Brichot.

Il ajouta qu'ils avaient pris rendez-vous avec elle deux heures plus tôt.

— Ah oui, les flics ! lâcha-t-elle avec une moue de dédain. Ta gueule !

C'était pour Seigneur qui grondait toujours, pas pour les deux policiers.

— N'ayez pas peur, dit-elle en montrant le pitbull. Il ne mord que sur mon ordre.

— Nous n'avons pas peur, lâcha Boris qui avait instantanément identifié la race de l'animal.

Il la regarda.

— Il n'y a pas de mauvais chiens, il n'y a que de mauvais maîtres. Si le vôtre nous saute à la gorge, ajouta-t-il en souriant, on saura dans quelle catégorie vous ranger. Mais un peu tard...

Tifany donna une tape sur l'arrière-train du pit qui regagna en grognant ses pénates sous le bureau de sa maîtresse. Puis elle recommença à lécher sa glace, tirant comme une écolière une longue langue rose et pointue.

— On peut s'asseoir ? interrogea Boris.

— Si vous voulez, fit Tifany en haussant les épaules. Mais franchement, je ne vois pas ce que je pourrais vous dire de nouveau. J'ai déjà tout raconté à vos collègues de la Criminelle.

Le téléphone sonna. Elle répondit brièvement puis raccrocha. Le téléphone sonna de nouveau. Elle répondit encore. Puis elle appela le standard et demanda à ce qu'on ne lui passe plus d'appels jusqu'à nouvel ordre. Boris la regardait évoluer dans le bureau. Mince, grande, magnifique. Une silhouette de rêve malgré ces fringues invraisemblables, ce jean tout râpé et déchiré et ce tee-shirt noir où s'alignait une grande inscription rouge sang en travers de ses seins : *BAD GIRL*. Il s'assit. Imité par Brichot qui choisit quand même le siège le plus éloigné du pitbull.

— Nous ne sommes pas là pour que vous nous parliez de l'affaire, émit Boris, mais pour vous protéger.

Tifany avait posé une fesse sur le bureau. Soulevés par les ventilateurs, ses beaux cheveux noirs ondoyaient dans le vent.

— Me protéger ? hoqueta-t-elle. Qu'est-ce que c'est que cette connerie ?

— Ce n'est pas une connerie, protesta Boris. C'est votre vie qui est en jeu.

— Ma vie ? glapit la jeune animatrice. Mais vous voulez la gâcher, ma vie ! Non, mais vous me voyez en train de me balader partout avec deux pandores à mes basques ?

Boris négligea l'insulte.

— Écoutez fit-il, essayez d'être raisonnable. Votre assistant, Fabrice Delcaux, a été tué il y a quatre jours et son cadavre a disparu. Vous-même avez failli y passer. Pardessus le marché, vous connaissez l'assassin, vous l'avez vu, vous lui avez longuement parlé, vous pourriez l'identifier. Et vous vous imaginez qu'il va vous laisser comme ça, bien tranquille, à évoluer dans la nature ? Vous rêvez ou quoi ?

Les yeux cuivrés de Tifany foncèrent.

— Vous essayez de me faire peur, dit-elle, mais ça ne prend pas. Je ne veux pas être emmerdée par deux flics. Si ce type m'attaque, je suis de taille à me défendre, croyez-moi !

Elle se pencha sous le bureau.

— Et puis j'ai Seigneur, ajouta-t-elle en flattant les flancs du pitbull. Et croyez-moi, Seigneur ne compte pas pour du beurre.

Elle tapa du plat de la main contre le bureau.

— En un mot, dit-elle sèchement en jetant dans la corbeille à papiers le cornet à moitié grignoté de sa glace aux fruits de la passion, je ne veux pas vous avoir dans les pattes vingt-quatre heures sur vingt-quatre.

Resté silencieux pendant cet échange de bons procédés, Brichot surveillait toujours le pitbull du coin de l'œil. Une histoire hallucinante lui était revenue en mémoire. Où est-ce qu'il l'avait lue ? Il ne s'en souvenait pas. Elle s'était passée récemment aux États-Unis. Un policier, mordu à la cuisse par un pitbull, avait réussi à dégainer son arme et à tirer, logeant une balle dans le poitrail de la bête. Insensible à sa propre douleur, le chien, quoique grièvement blessé, n'avait pas desserré la mâchoire. Bien au contraire, il avait enfoncé ses crocs encore plus profondément, sectionnant le fémur du policier. Celui-ci avait tiré une seconde balle. Dans la tête cette fois. Le chien était mort sur le coup. Mais toujours sans lâcher prise. Il avait fallu utiliser une barre de fer pour ouvrir enfin sa terrifiante mâchoire...

Tifany s'était relevée. Elle marcha jusqu'à la baie vitrée.

— Vous voyez, dit-elle en montrant une partie de l'immense panorama. Par là c'est Paris. Mais par là-bas c'est les banlieues. C'est d'où je viens. Les cités. Les gangs. La dépouille. Les dealers. Les loubards. Les gardes à vue. Les bagarres à la batte de base-ball ou au couteau. Les combats de rue, et les supermarchés qu'on fait flamber, comme ça, une nuit de week-end, parce qu'on s'emmerde trop. C'est mon monde. Et vous voudriez que j'aie peur d'un dingue que je n'ai vu qu'une seule fois et que je ne reverrai jamais ? Ce type est un maniaque. Il a voulu nous tuer comme ça. Pour jouir. Pour s'amuser. Par hasard.

Boris hocha la tête.

— Peut-être. N'empêche que maintenant, hasard ou pas, il ne peut plus vous laisser en vie. C'est vous ou lui.

— J'ai été capable de le dérouiller, oui ou non ?

— En effet, mais...

Elle effleura sa pommette gauche, là où le pseudo-docteur Malorsenna l'avait frappée. Il ne restait plus de l'hématome qu'une très légère ombre bleue, à peine un souvenir.

— J'aime mieux vous dire que c'était pas de la tarte, ce mec, grinça-t-elle. Mais je m'en suis sortie.

— Vous n'aurez peut-être pas autant de chance la prochaine fois.

Elle haussa les épaules et lâcha :

— M'en bats les couilles de la prochaine fois.

Charmante nature. Boris soupira. Il aurait pu lui répondre qu'elle pouvait se battre ce qu'elle voulait, eux ils avaient une mission, celle de la protéger, que ça lui plaise ou pas, et qu'ils iraient jusqu'au bout. Il préféra s'abstenir. Les dernières paroles de Charlie Badolini lui sonnaient encore dans les oreilles : « Les stars de la télé, c'est sacré ! Des institutions nationales ! A ne pas contrarier, surtout ! Que les moindres désirs de Tifany Flow soient pour vous des ordres ! »

D'accord, mais qu'est-ce qu'on faisait quand le désir de la jeune femme était qu'ils disparaissent de son horizon en quatrième vitesse ?

On faisait ce qu'ils firent. A regret. On battait en retraite. Quitte à revenir à la charge à la première occasion avec de meilleurs arguments.

Dans le hall de Paris-Câble où des plantes vertes géantes

faisaient des efforts héroïques pour ressembler à une forêt vierge, Boris s'arrêta pour allumer une Gitane légère.

— Qu'est-ce que tu penses de tout ça, Mémé ? interrogea-t-il son coéquipier.

Aimé Brichot était blanc de rage.

— De tout ça quoi ? De cette fille ? Franchement, que je la préfère quand elle est à poil, en train de se faire culbuter par les nains de Blanche-Neige. Sauf ton respect, *my dear*.

Il se gratta la moustache.

— Qu'est-ce qu'on fait maintenant ?

Boris réfléchissait, tirant sur sa Gitane légère.

— Pour le moment, on laisse tranquille Tifany Flow. M'étonnerait que le tueur vienne jusqu'ici pour lui régler son compte. Il attendra qu'elle rentre chez elle, ce soir. Et nous, alors, on sera en planque. En attendant, on pourrait peut-être demander aux collègues de la Criminelle de nous faire visiter les lieux du crime, je veux dire l'appartement de la rue Gazan. Je sais bien qu'officiellement on n'est pas sur ce coup-là, mais ça m'intéresserait quand même de jeter un coup d'œil. Qu'est-ce que tu en penses, Mémé ?

Aimé Brichot pensait tout comme sa flèche. La grande porte vitrée de Paris-Câble coulissa électroniquement, s'ouvrant à leur approche. Tout de suite la chaleur s'abattit sur eux. Soleil de plomb. Azur parfait. Et des rues quasiment désertes.

CHAPITRE V

Tifany Flow raccrocha le téléphone et consulta sa montre, un modèle rarissime, fabriqué à cent exemplaires et « designé » par un ancien amant à elle. Le cadran représentait une femme nue, debout, dont les bras fixes indiquaient midi pour l'éternité, tandis que ses jambes tournaient pour donner l'heure. A 14 h 45, par exemple, ou à 21 h 15, elle s'offrait dans le plus grand écartement, dévoilant une intimité dont aucun détail anatomique n'avait été oublié. Pour le moment, il était 18 h 30, les jambes de la fille étaient jointes, posées l'une sur l'autre.

Autour d'elle, dans les couloirs, c'était le chassé-croisé habituel des employés qui s'en allaient ou qui couraient d'un bureau à l'autre pour se communiquer des nouvelles urgentes. Dans une demi-heure, tout l'étage serait vide. Seuls les studios d'enregistrement, plus bas, continueraient à tourner toute la nuit. Le téléphone sonna de nouveau, une demande d'interview d'un magazine de télé. Elle inscrivit le rendez-vous avec le journaliste sur son agenda puis raccrocha.

Elle regarda d'un œil morne les deux écrans d'ordinateurs allumés en permanence sur son bureau. Sa journée de travail était finie, mais elle n'avait guère travaillé. De toute façon, son planning pour les nouvelles séquences-piège de *Caméra d'enfer* était établi depuis longtemps. Quant au nouveau cameraman, celui qui allait remplacer Fabrice Delcaux, il n'arriverait que dans trois jours. Un grand professionnel qu'il avait fallu aller débaucher dans la concurrence.

On frappa à sa porte vitrée. Seigneur gronda mais elle le fit taire. Elle cria d'entrer. Un long jeune homme blond, très pâle, avec un collier de barbe clairsemé, apparut. Il tenait un paquet à la main. Elle ne l'avait encore jamais vu. Il lui plut immédiatement, surtout à cause de son air timide. Elle adorait voir rougir les timides.

— On vient d'apporter ça pour vous, fit-il. Un coursier.

— Donne.

Elle tutoyait d'emblée les subalternes. Ça aussi, c'était un truc qu'elle avait piqué aux hommes. Aux milliers et milliers de chefs de service qui intimidaient leur secrétaire ou leur assistante de cette façon, qui prenaient de l'ascendant sur elle. On met plus facilement la main aux fesses d'une fille à qui on dit tu.

Lorsque le type fut près d'elle, elle ouvrit le paquet. C'était un livre. L'auteur l'avait dédicacé « à la merveilleuse Tifany Flow, grande-prêtresse de l'érotisme post-moderne. » Encore un con. Elle balança le bouquin à l'autre bout du bureau et se réintéressa au garçon blond.

— Approche, fit-elle.

Sans bouger de son fauteuil, quand il fut près d'elle, elle allongea le bras et lui caressa les fesses. Il les avait plates et dures, bien musclées sous son jean. Il se tortilla et rougit de confusion et de surprise. Comme une fille.

— Tu es mignon, toi, souffla-t-elle. Je ne t'ai encore jamais vu.

— Je travaille en bas à la réception, indiqua le garçon d'une voix hachée. On m'a engagé il y a deux jours.

— Et tu t'appelles comment ?

— Barnabé.

Il était toujours debout devant elle, rougissant comme un collégien. Elle descendit le zip de son jean et glissa les doigts dans l'ouverture. Elle s'énerva un peu parce que ses bagues s'accrochaient à la fermeture Éclair. Elle l'atteignit. Il lui parut d'une taille tout à fait respectable sous le caleçon.

— Tu as bien cinq minutes, Barnabé, dit-elle.

Ce n'était pas une question. Elle descendit pour caresser les boules douces qui roulèrent sous ses doigts. L'idée de s'offrir ce garçon qu'elle ne connaissait pas l'instant d'avant lui chauffait le ventre. Elle retira la main.

— Va baisser le store, Barnabé, commanda-t-elle.

Le garçon obéit. Elle remarqua qu'il tremblait. Il fit jouer les lames métalliques blanches qui retombèrent les unes sur les autres, empêchant qu'on aperçoive quoi que ce soit de ce qui se passait dans le bureau de Tifany. C'était suffisant. Elle ne fermait jamais la porte à clé. D'ailleurs, ses collègues n'aimaient pas trop entrer chez elle. A cause de Seigneur, bien sûr. Une bête qui a cent kilos de pression dans la mâchoire, ça intimide.

Barnabé revenait près d'elle d'un pas hésitant. Toujours aussi rouge. Le bout de ses doigts tremblait. Parce qu'il était un mec, après tout, et que les mecs, en principe, ça prend des initiatives, il essaya de paraître ce qu'il n'était pas et commença à défaire bravement la boucle de son ceinturon.

Elle l'arrêta.

— Non, c'est pas de ça dont j'ai envie.

Il y eut une lueur d'incompréhension dans le regard du jeune homme. Elle lui montra la moquette, sous son bureau.

— Passe là-dessous, dit-elle.

D'une tape, elle vira Seigneur qui alla se lover un peu plus loin en grondant sourdement.

— N'aie pas peur, dit-elle, il ne te fera rien, il n'est pas jaloux. Au contraire, il adore voir sa maîtresse jouir.

Le garçon s'était agenouillé sous le bureau. Elle le regarda, tout tremblant et soumis. Comme des milliers de femmes, songea-t-elle, des milliers de secrétaires accroupies entre les jambes de leur patron, dans des milliers de bureaux de par le monde. Sauf que là c'était un garçon. Légitime revanche...

Elle défit rapidement son jean, le baissa jusqu'à ses chevilles, puis dénoua les cordons de son string noir. Une toison luxuriante, une épaisse touffe bouclée en relief apparut au bas de son ventre. Elle rejeta le buste en arrière, faisant basculer le dossier de son fauteuil à quarante-cinq degrés et écarta les cuisses. Entre ses jambes ouvertes, le garçon avait les yeux fixes et fous ; la touffe noire du pubis de Tifany descendait vers le renflement du sexe et formait comme un écrin à la longue fente rectiligne de chair tendre et rose qui semblait palpiter sous ses yeux. C'était une vision si inouïe qu'il ne pouvait en détacher le regard. Il restait immobile, fasciné, comme s'il voulait photographier ce qu'il voyait. Il haletait. La sueur perlait à ses tempes. Avec un gémissement rauque, il finit par lui empoigner les jambes, les ouvrit encore, et voulut s'enfouir la tête entre ses cuisses. Elle le bloqua.

— Attends un peu, dit-elle.

Elle glissa vers son propre ventre une main chargée de bagues, écartant d'un doigt ses grandes lèvres, les dépliant délicatement. Puis elle se caressa avec lenteur, avec un soin minutieux et régulier. Le plat de son index se fixait une seconde sur le promontoire rouge du clitoris, puis descendait, plongeait dans les profondeurs humides des muqueuses, et remontait encore et caressait en tournant la crête de plus en plus enflammée qui se dressait à l'orée des poils. Son souffle s'accélérait. Un long frisson gonflait son ventre. Cela dura trois minutes, puis elle retira sa main. Elle attrapa la nuque du garçon. Le poussant vers elle, elle chuchota :

— A toi maintenant. Fais-moi exploser !

Il se rua avec toute la fougue de son âge comme s'il essayait de rentrer en elle, de s'y enfoncer. Elle crut qu'il ne saurait pas y faire. Elle avait laissé la main sur sa nuque pour le guider au cas où. Mais à sa surprise, elle sentit le plaisir irradier en elle très vite. Le garçon entourait son clitoris de petits coups de langue efficaces, précis, rapides. Puis il descendait, plongeait dans son ventre qu'il visitait avidement, à s'en décrocher la mâchoire. Puis il remontait et s'enroulait à nouveau autour du clitoris. A chaque fois, le contact de sa barbe blonde sur ses chaires ajoutait un surcroît de plaisir. Par ondes brûlantes et concentriques, elle sentit la jouissance qui la gagnait. Elle se mit à donner de grands coups de hanches.

— N'arrête pas ! N'arrête surtout pas ! cria-t-elle tandis que son bassin chaloupait à un rythme de plus en plus convulsif.

Le garçon n'avait aucune envie d'arrêter. Il y allait au contraire de plus en plus vite, s'enfonçant du nez, de la bouche, du menton, dans la moiteur tropicale du ventre de Tifany. Celle-ci tressautait, comme si elle avait été allongée sur une ligne à haute tension. Elle criait des ordres saccadés : « Plus vite ! Plus loin ! Plus haut ! Plus fort ! » Puis elle sentit que la foudre, née dans son ventre, remontait à toute allure, envahissait son corps, explosait partout en elle.

Elle hurla, cabrée, soulevée, cognant si fort de son bassin le visage de Barnabé qu'il faillit partir à la renverse.

Quand elle eut repris ses esprits et se fut rhabillée, elle attrapa le garçon par les hanches et l'approcha d'elle. Elle était toujours assise à son bureau.

— Tu t'es conduit comme un petit dieu, fit-elle presque tendrement. Tu m'as étonnée. Je n'aurais pas cru ça de toi. Tu avais l'air si gauche, si timide. Mais finalement tu m'as fait jouir comme une reine. Bravo. On recommencera.

Il était à nouveau debout devant elle, au coin de son bureau. Il avait repris son allure d'employé soumis, docile. Mais il avait le visage métamorphosé. Luisant de l'humidité du ventre de la jeune femme. Et marqué de plaques rouges. Il s'était tellement activé de la bouche que ses lèvres étaient un peu gonflées, comme tuméfiées.

— Peut-être même que je te laisserai me baiser un de ces jours, ajouta-t-elle.

Elle laissa ses mains glisser le long des hanches de Barnabé, puis redescendit la fermeture Éclair de son jean, y enfonça les doigts, et cette fois dégagea un sexe dont l'érection était déjà imposante.

— Pas mal, fit-elle rêveusement.

Elle soupesa le membre lourd qui battait la chamade en gonflant encore et en se redressant. La grosse veine bleue qui le sillonnait palpitait, gorgée de sang. Elle fit aller et venir sa main de haut en bas. Le jeune homme lâcha un gémissement.

— Je ne voulais pas que tu me tringles comme ça, dit-elle. Tu en avais beaucoup trop envie. Tu m'aurais sabotée.

Elle accentua la pression de sa main. Le membre devenait de plus en plus rigide, gros et long. Elle caressa le gland du bout des doigts, puis redescendit jusqu'à la racine, remonta, redescendit. Le jeune homme vibrait sur lui-même comme un arbre en pleine tempête. Elle continua à monter et descendre encore quelques instants, et il capitula, jouissant à grands jets entre ses doigts, se vidant d'un flot lourd et épais, dont quelques gouttes retombèrent sur la moquette, bues aussitôt par celle-ci. Main toujours refermée sur lui, elle attendit qu'il se fût calmé. Puis elle desserra son étreinte, chercha un kleenex dans un tiroir de son bureau et s'essuya les doigts.

— Tu vois, dit-elle doucement. Tu m'aurais sabotée, et j'ai horreur de ça.

Elle prit son paquet de Stuyvesant, en offrit une à Barnabé qui refusa. Elle allait en prendre une lorsqu'elle entendit soudain Seigneur qui grondait. Elle se pencha.

— Qu'est-ce qu'il y a ? Tu n'es pas content parce que j'ai branlé ce jeune homme ?

Elle riait, mais elle voyait qu'il se passait quelque chose. Le pit s'était redressé. Il se tenait comme en arrêt sur ses pattes arquées. Son mufle carré se retroussait sur des canines redoutables.

— Il ne va pas me sauter dessus ? bafouilla Barnabé qui se rhabillait.

— Non. Ce n'est pas à toi qu'il en a.

Le pit lâchait des petits grondements menaçants. Ses babines continuaient à se retrousser.

— Il y a quelqu'un, fit Tifany à mi-voix.

— Hein ? Quelqu'un ? Où ?

— Dehors. Dans le couloir. Devant la porte.

Elle posa la main sur la tête de Seigneur. Elle savait qu'ainsi il ne bougerait pas tant qu'elle ne lui en aurait pas donné l'ordre.

— Va voir, demanda-t-elle à Barnabé.

Le jeune homme se dirigea vers la porte et l'ouvrit.

Personne devant le bureau de Tifany Flow.

Personne non plus dans le long couloir.

Il marcha vers les bureaux voisins, à droite d'abord, puis à gauche.

Vides.

Il revint sur ses pas.

Tout au bout du couloir, un bruit attira alors son attention.

Celui des portes de l'ascenseur qui se refermaient en coulissant.

Il courut, mais arriva trop tard. L'ascenseur redémarrait. Au-dessus des portes, il vit les chiffres lumineux qui déclinaient rapidement. Ils dépassèrent le rez-de-chaussée, puis ce furent les sous-sols. Premier, deuxième, troisième enfin. Alors Barnabé réintégra le bureau de l'animatrice.

— Sûrement une femme de ménage, dit-il.

— Sûrement, oui, murmura Tifany en tirant sur sa cigarette.

Seigneur ne grondait plus. Mais elle, Tifany, ne parvenait pas à chasser de sa tête une sale petite pensée inquiétante, désagréable, très désagréable.

Il était là. Il était passé devant son bureau. Il avait failli y entrer. Comprenant qu'elle n'était pas seule, il y avait renoncé.

Mais Il reviendrait.

Il ne l'avait pas oubliée. Il ne la lâcherait plus tant qu'il ne l'aurait pas supprimée.

L'ascenseur était vide. C'était toujours comme ça, à cette

heure-là. Après sept heures du soir, il n'y avait plus personne dans les bureaux de Paris-Câble, au moins aux étages de l'administration et de la production. Adossée contre une des parois, avec Seigneur à ses pieds, Tifany Flow glissa la laisse autour de son poignet, ouvrit son grand sac de cuir fauve et vérifia qu'elle y avait bien rangé sa bombe paralysante. D'accord, elle n'irait pas loin avec un truc de ce genre, mais ça désarçonnerait peut-être son agresseur le temps de fuir. Sinon, de toute façon, que pouvait-elle faire ? Acheter un flingue ? Se procurer une matraque anti-émeute ?

Il ne fallait pas qu'elle panique, surtout. Elle essaya de se mettre dans la tête du tueur. De réfléchir à sa place. L'ennui, c'est qu'il était beaucoup plus doué qu'elle à ce genre de sport. Elle songea à la fascination qu'elle avait ressentie devant lui, l'autre soir. Ce désir étrange, irrésistible. L'appel du gouffre. Comme un vertige suicidaire. Oui, elle avait été comme un oiseau devant un serpent, avec ce petit homme maigre, osseux, aux lèvres minces et aux yeux glaçants.

Qui était ce type ? Pourquoi avait-il voulu les tuer tous les deux ? Au fond, depuis la mort de Fabrice Delcaux, elle ne s'était guère posé la question. Elle avait essayé de se rassurer en pensant qu'ils étaient tombés sur un détraqué, un maniaque. Elle avait essayé de tout refouler. La politique de l'autruche. Malheureusement, ça ne servait à rien. Comme l'avait dit le grand flic brun, ce matin, lui, il ne l'avait pas oubliée. Oui, c'était ce flic qui avait raison, même si ça lui faisait mal au cœur de le penser.

L'ascenseur continuait sa descente, elle avait appuyé sur le bouton du troisième sous-sol, là où se trouvait garée sa voiture, une vieille Alfa 75 Twin Spark rouge. Elle se ravisa, bloqua l'ascenseur, puis le reprogramma en appuyant sur le bouton du rez-de-chaussée. Elle venait de *lire dans la tête* du pseudo-docteur Malorsenna. S'il l'attendait ce serait à la descente de l'ascenseur, elle l'aurait parié. A condition bien sûr que ce soit lui dont Seigneur avait repéré la présence, tout à l'heure, dans le couloir du huitième étage, devant son bureau.

Lorsqu'elle se retrouva dans le hall de l'immeuble, avec son pitbull en laisse, elle prit l'escalier qui conduisait aux parkings souterrains. Personne ne l'empruntait jamais. Elle-même le prenait pour la première fois. Un vrai cloaque, un dépotoir de canettes de bière vides, de baskets et de vieux journaux dans lesquels tout Paris semblait être venu se torcher, baignant dans une odeur de rat crevé, d'urine...

Quand elle fut devant la porte du troisième sous-sol, un épais panneau métallique peint en vert, elle hésita, cherchant à se souvenir de l'endroit où se trouvait la porte de l'ascenseur par rapport à celle de l'escalier. A gauche ? A droite ? Elle paria pour la droite. Une main engagée dans son sac, crispée sur la bombe aérosol, elle tira lentement la porte. Par miracle, elle ne grinçait pas.

Le parking ressemblait à un mastaba futuriste dédié à la déesse bagnole. Pylônes de béton brut. Rampes au néon presque toutes détraquées. Cinq ou six voitures étaient rangées, ici ou là, sous les rares éclairages verdâtres du néon. L'Alfa 75 de Tifany était la plus lointaine.

Seigneur gronda.

Au même moment, la jeune femme aperçut le tueur, sur la droite, à dix mètres d'elle.

IL était là. IL l'attendait.

Embusqué, comme elle l'avait prévu, dans un renfoncement du mur, juste contre l'ascenseur. Si elle l'avait pris, elle serait déjà morte.

Elle avait marqué un point contre lui. *Elle avait lu dans sa tête.*

L'homme lui tournait le dos. En costume sombre, comme l'autre fois. Elle voyait sa nuque maigre émergeant du col blanc de la chemise.

Seigneur lâcha un aboiement aigu, et l'homme se retourna sur lui-même. Une fraction de seconde, elle vit briller le canon de son arme.

Celle-ci toussa deux fois. Les détonations explosèrent dans le sous-sol désert avec un bruit d'obus de mortier. Les projectiles s'enfoncèrent dans le ciment brut, à droite et à gauche de Tifany.

Elle avait plongé au sol, lâchant son sac ainsi que la laisse du pitbull. Il partit en avant sans un bruit, ombre féroce, bien dressée et silencieuse, cavalant sur ses petites jambes arquées et visant déjà, de loin, la gorge de l'ennemi.

Celui-ci le vit grandir dans sa direction. Il l'identifia immédiatement. Une de ces bêtes fauves, un de ces *devil dogs* comme les appellent les Américains, dont les mâchoires sont de véritables étaux. Un de ces monstres dressés pour tuer, ou pour s'entre-tuer.

Il s'arc-bouta, jambes écartées, et il le visa. La bête n'était qu'à trois mètres, elle allait lui sauter dessus. Si elle enfonçait ses crocs dans son bras ou sa jambe, ce serait trop tard, il le savait. La particularité la plus redoutable des pitbulls, c'est que leur cerveau est capable de sécréter un taux d'endorphine[1] bien supérieur à la normale qui les rend insensibles à la douleur. Son pistolet automatique CZ 83 bien en main, il tira.

Une fois. Deux fois.

Touchée en plein poitrail, la bête continuait à se rapprocher. Il voyait ses petits yeux jaunes cruels briller dans la pénombre.

Une troisième fois.

Le chien vacilla mais se reprit, se ramassa sur lui-même et s'apprêta à bondir.

Le quatrième projectile le cueillit en plein vol, lui faisant exploser la boîte crânienne.

— Non ! hurla Tifany.

Béante d'horreur, elle venait d'assister à la mort de son pit. Elle en oubliait qu'elle-même jouait sa vie. C'est seulement quand elle vit Seigneur s'affaler comme un jouet en peluche, heurtant le tueur dans son élan et le renversant,

1. Sorte de morphine naturelle produite par l'organisme.

qu'elle réalisa qu'elle était folle. Détalant sur ses espadrilles lacées noires, elle se précipita à travers le parking, vola littéralement jusqu'à sa voiture et s'y engouffra. L'instant d'après, elle faisait rugir le moteur de l'Alfa. Celle-ci tourna sur elle-même dans un miaulement de pneus. Le dingue s'était relevé, avait rejeté la dépouille du chien et il tirait, mains jointes autour de la crosse d'acier, comme à l'entraînement. Deux projectiles s'enfoncèrent dans la carrosserie, un autre fit voler en éclats la vitre arrière. Tifany tournait comme une folle à la recherche de la sortie, trop paniquée pour l'apercevoir. Elle se paya deux pylônes, y laissant des bouts d'aile et un rétroviseur, mais c'était vraiment le dernier de ses soucis. Finalement, elle aperçut le mot « SORTIE », en grosses capitales noires, peint sur un mur et prolongé d'une flèche. Elle écrasa le champignon. A cet instant, la silhouette mince du pseudo-Malorsenna se dressa devant elle. Tenant toujours son arme à deux mains, il essayait de la viser à la tête, à travers le pare-brise. Elle fit encore rugir l'accélérateur. Au dernier moment, l'autre dut faire un bond sur le côté pour ne pas être écrasé. Quand il se retourna, l'Alfa disparaissait, au bout du parking, et attaquait la longue rampe menant à la surface.

Tifany était tirée d'affaire. Au moins pour cette fois. Mais Seigneur était mort, et il était mort à sa place, pour la protéger. Elle fondit en sanglots.

Elle savait aussi qu'elle ne pouvait plus refuser l'aide et la protection des deux flics qu'elle avait envoyés sur les roses ce matin. Ils avaient raison et elle tort. Le dingue ne la laisserait jamais tranquille. Tant qu'elle serait vivante, elle représenterait pour lui un danger mortel.

CHAPITRE VI

Les fenêtres étaient ouvertes sur la fournaise de la nuit.

L'appartement du docteur Marc Benefacto, rue de l'Amiral-Mouchez, n'avait rien à envier à celui où il avait tué le jeune cameraman, rue Gazan. Les deux rues étaient parallèles et les deux immeubles s'adossaient l'un à l'autre. Cossus. Luxueux. Massifs. Construits à une époque où on ne lésinait pas sur la pierre de taille, le balcon en fer forgé, les escaliers de service et les salons de soixante mètres carrés.

A cet instant, il se tenait dans ce qu'il appelait son cabinet de consultation. Murs tapissés de moire verte. Lustre de Murano au plafond. Bibliothèques d'acajou aux murs. Lumières douces et fauteuils de cuir. C'est là qu'il opérait, là qu'il recevait ses patients en psychothérapie. Et le plus officiellement du monde. Ses diplômes de médecine n'avaient rien de bidon. Quant aux méthodes de thérapie qu'il utilisait, bien d'autres que lui s'en servaient qui n'étaient nullement des charlatans. Le dérapage, si dérapage il y avait, était ailleurs.

Le lustre était éteint. Seule brillait une lampe de bureau 1925 en métal chromé, une rareté dénichée chez un antiquaire. Sa lueur arrondie tombait sur la chevelure noire de Mme Alliran, agenouillée entre les jambes du docteur Benefacto et qui le suçait avec une conviction toute religieuse.

Religieuse était le mot. On n'a pas tous les jours l'occasion de pomper jusqu'à l'os un dieu vivant, le grand maître de la Loge Mithraïque Rénovée en personne, Fils des Atlantes et détenteur des secrets de Planetah la lointaine, Sa Sainteté Benefacto en chair et en os. Micheline Alliran n'avait pas mis longtemps à tomber dans les cingleries magicoïdes et apocalyptiques qu'il débitait avec autant de naturel qu'il respirait. Il avait tout de suite deviné qu'elle avait des dispositions au mysticisme, c'était un don qu'il possédait, il savait repérer au pif les illuminées. Les illuminées friquées bien sûr, les seules qui l'intéressait.

Elle avait aussi de très nettes dispositions pour la fellation.

Elle avait relevé sa jupe pour se mettre à genoux sur le tapis afghan. Il l'avait empêchée de la retirer, ainsi que sa veste de tailleur mauve. Ça l'excitait davantage qu'elle le suce habillée en bourgeoise, en grande bourgeoise couverte de colliers et de bijoux. Elle l'avait pris dans sa bouche, elle montait et descendait, serrant et desserrant les lèvres avec une conviction au-dessus de tout éloge. Ses joues se creusaient sous l'effort, puis se regonflaient quand elle redescendait et qu'il la réenvahissait. Brusquement, il la bloqua, les mains sur la nuque.

— Doucement, fit-il. Plus doucement.

Ses parties intimes étaient encore un peu douloureuses, mais ça il n'allait quand même pas le lui raconter, ni pourquoi une fille, quelques jours plus tôt, lui avait décoché dans les couilles un coup de genou homérique. Il avait même hésité quand Mme Alliran lui avait demandé d'un air humble, comme chaque fois :

— Je peux ?

Il avait failli dire non. Mais il trouvait ça trop bête de se passer d'une fellation. Alors, comme chaque fois, il avait fait pivoter son fauteuil de manière à se trouver parallèle à son bureau et il avait défait la ceinture de son pantalon. Elle s'était occupée du reste. Heureusement, il n'y avait qu'une lumière allumée. Il ne tenait pas à ce qu'elle se pose des questions idiotes en apercevant les restes d'hématome qui couraient sur ses testicules et ses cuisses en auréoles violâtres.

Elle recommença à le lécher de bas en haut.

— Plus lentement, insista-t-il d'une voix un peu secouée.

Il voulait en avoir pour son argent. Pour son argent ! Cette expression le fit rire intérieurement. Non seulement c'était elle qui le pompait, mais en plus elle le payait neuf cents francs l'heure de consultation (non remboursables par la Sécurité sociale !). Et par-dessus le marché, elle avait réalisé tous ses avoirs, vendu ses trois immeubles, et annoncé son intention d'investir dans l'une ou l'autre des innombrables fondations de la Loge Mithraïque Rénovée. Tout cela en moins de deux mois, puisque c'est seulement deux mois plus tôt qu'elle était venue le voir pour la première fois. Le décès brutal de son mari, mort dans un accident de voiture, l'avait perturbée. La dépression l'avait rendue boulimique. Elle passait son temps assise près de son frigidaire à le dévaliser. Une maladie à laquelle elle sentait qu'elle n'échapperait pas toute seule. Elle en avait parlé à des amies. L'une d'elles l'avait dirigée vers le docteur Benefacto.

Il avait commencé par lui expliquer qu'elle se punissait à cause de la mort de son mari. Elle se sentait coupable de sa disparition. Alors elle se transformait en poubelle, oui, c'était le mot exact. Dans sa détresse, elle se considérait comme un vide-ordures, un gouffre dans lequel elle engloutissait tout ce qui lui tombait sous la main. Jusqu'à la nausée. Ensuite, ils avaient travaillé tous les deux sur son « œdipe ». Puis il était passé à la vitesse supérieure, il avait commencé à lui parler de l'Amour, de la Paix et de la Joie avec des majuscules. Le B.A.-BA de son enseignement « spirituel ». De fil en aiguille, on en était arrivé à évoquer Mithra[1], ses mystères et son culte. Il avait parlé aussi de la

1. Dieu perse de l'Antiquité représenté sous la forme d'un héros égorgeant un taureau, Mithra était appelé aussi *Sol invictus*, soleil invaincu. Cette religion envahit l'Empire romain et rivalisa pendant plusieurs siècles avec le christianisme. Pendant les cérémonies, on pratiquait des sacrifices rituels de taureaux.

Maison de Renaissance que possédait en Normandie, près de Bayeux, la Loge Mithraïque Rénovée, l'immense manoir de Bourgainville (aussi appelé Cité de Mi à cause de Mithra) où se retrouvaient les fidèles de la Loge, ceux qui étaient déjà en marche vers la Lumière. Mme Alliran était partante pour marcher vers la Lumière. Elle avait passé huit jours à Bourgainville. Elle en était revenue conquise. Prête pour une longue « cure de purification ».

Il fallait encore qu'elle franchisse le « mur de feu », lui avait-il expliquée, en la fixant de ses yeux gris-bleu comme si elle était transparente. Il lui avait parlé de ses frustrations, de ses refoulements, de l'épanouissement sexuel enfin qui l'attendait quand elle se serait débarrassée de sa « cuirasse émotionnelle » et qu'elle serait devenue vraiment « cosmique », c'est-à-dire initiée en bonne et due forme, capable d'accéder à la hiérarchie supérieure de la Loge, au cercle très fermé de ceux qu'on appelait les Grands-Mi. Pour le moment, elle faisait partie des Petits-Mi, ceux qui n'avaient pas le droit de participer aux séances de « communion galactique » présidées par Benefacto. Elle n'était pas encore assez réceptive aux voix de Planetah.

Elle s'était déclarée avide d'accéder à ces béatitudes. Il lui avait alors expliqué que le seul moyen d'être pénétrée par les voix de Planetah était d'être en contact avec quelqu'un qu'elles avaient déjà envahi. En contact intime. Très intime. Elle avait pigé au quart de tour.

Il regarda ses deux mains plongées dans la chevelure bouclée de sa cliente. Le Fils des Atlantes, détenteur des secrets de Planetah, n'avait pas seulement six doigts à la main gauche, comme l'avait remarqué Tifany Flow, mais par-dessus le marché il n'en avait que quatre à la droite, et ça la productrice de *Caméra d'enfer* ne l'avait pas vu. Phénomène de polydactylie absolument rarissime qui faisait de lui une exception totale, même de ce simple point de vue physique. Un être à part. Un élu. Sa grosse bague en argent disparaissait et réapparaissait dans les boucles de la chevelure dense de Micheline Alliran. En relief, deux cornes de taureau y étaient gravées, entourant un soleil. Une minuscule inscription courait à l'intérieur du soleil : *Sol invictus*.

Il lâcha un nouveau soupir. Il commençait à se détendre. Une bonne fellation avait toujours la vertu de le calmer, de lui laver le cerveau. Et il en avait besoin, après ce qui s'était passé dans le parking, tout à l'heure, sous l'immeuble de Paris-Câble. Cette petite salope lui avait échappé une seconde fois. Il se serait battu. Heureusement qu'il avait quelques clientes de prévues dans la soirée, comme Mme Alliran, pour oublier ce nouvel échec. Cela faisait quelque temps qu'il fixait certaines de ses consultations le soir, et même parfois tard dans la nuit. Pas avec les patients normaux, évidemment, pas avec ceux qui ignoraient tout de la Loge et de ses secrets. Mais avec ceux qu'il avait jugés aptes à l'initiation. Il prétendait que c'était la nuit que se faisaient le mieux entendre les voix de Planetah...

Mme Alliran le caressait maintenant du bout de la langue, suivant le tracé sinueux de la grosse veine bleue, puis l'engloutissant à petits coups, comme un jeune animal qui lape. Elle s'activait infatigablement. Mais ça ne lui faisait pas oublier la silhouette de Tifany Flow, hélas. La petite garce. Il avait eu la peau de son chien mais pas la sienne. Dire qu'il avait imaginé que ce serait un jeu d'enfant, pour lui, de liquider cette salope ! Déjà deux fois qu'il la ratait. Il fronça les sourcils. Jamais deux sans trois...

Micheline Alliran continuait à y aller de la bouche avec une belle ardeur. Elle franchissait le « mur de feu » à vue d'œil, et se débarrassait de sa « cuirasse émotionnelle » comme on se déloque. A ce train-là, elle entrerait dans le cercle magique des Grands-Mi dès la semaine prochaine, il allait lui annoncer la bonne nouvelle tout à l'heure.

Il ricana intérieurement. La semaine prochaine, il n'y aurait plus de Loge Mithraïque Rénovée, plus d'adeptes, plus de Grands ni de Petits-Mi. Plus rien. Même plus de docteur Benefacto. Ni de Tifany Flow, bien sûr, cette petite conne qui l'avait filmé, qu'il avait tenté de liquider en vain, et qui était le seul témoin du meurtre du cameraman. C'était le hasard qui l'avait mise sur la route du docteur, mais tant pis pour elle, elle allait le payer de sa vie, il ne pouvait pas laisser de traces derrière lui.

Il avança les mains et, par-dessus le corsage de soie sauvage, empoigna les seins de Mme Alliran. Bouche pleine, elle miaula de plaisir à cette caresse. C'était une grande et belle femme aux formes mûres, enveloppées. De la catégorie des pulpeuses. Poitrine lourde, avec de longues pointes roses qu'il adorait tirailler. Hanches larges. Fesses rondes et puissantes de Vénus callipyge. Pas assez grosse à son goût, à vrai dire. L'une des petites perversions secrètes de Marc Benefacto, c'était les obèses, les exceptionnellement grasses. Les « surcharges pondérables majeures » comme on dit pudiquement. Cent kilos ne lui avaient jamais fait peur. A une époque, il s'était même spécialisé dans les obèses. Il s'était intitulé psycho-nutritionniste. Il traitait les problèmes de poids par l'hypnose, le magnétisme ou la thérapie cognitive. Avec même des réussites assez spectaculaires, parfois. Il se tapait aussi ses patientes au passage, cela va sans dire.

Mme Alliran, même si elle avait l'air d'une maigre au regard de bien d'autres, était tout de même très appétissante. Et ultra-douée pour les plaisirs buccaux. Il se demanda si elle en avait pompé beaucoup, pour avoir une technique pareille. Ou alors c'était de naissance. Il se dit qu'il la regretterait, quand elle partirait en fumée avec les autres. Mais il ne pouvait plus reculer, maintenant. Une nouvelle vie l'attendait, à l'autre bout du monde, là-bas, en Australie. Où l'attendaient aussi des dizaines de nouvelles Micheline Alliran. Dans huit jours, l'opération Apocalypse serait terminée. Il rêva. Songeant au vacarme que ça allait faire dans les médias. Une fois de plus, on parlerait du pouvoir effrayant des « sectes ». Dans la Loge Mithraïque Rénovée, le mot secte était banni, cela va sans dire. La

Loge n'était même pas une église. C'était la voie de la Vérité et de la Vie. La seule voie possible.

Il la repoussa doucement. Elle dressa un visage un peu congestionné, rouge, essoufflé. Sa bouche luisait. Un fil de salive reliait sa lèvre inférieure à l'extrémité de son membre.

— Levez-vous, dit-il de son étrange voix métallique.

Elle obéit. Il la caressa, glissant sur ses hanches, descendant le long de ses cuisses, passant sous sa jupe et remontant jusqu'à sa culotte de soie qu'il commença à masser par-dessus l'étoffe, épousant de la paume le renflement de son pubis. Elle se mit à haleter. Il n'arrivait pas à détacher sa pensée de l'opération Apocalypse. Tous les membres de la Loge étaient convoqués pour ce jour-là au manoir de Bourgainville, à la Cité de Mi, en Normandie. La télé et les journaux parleraient de « suicide collectif », de « folie », de « délire ». On essaierait de fouiller le mystère de la vie de Marc Benefacto, le gourou de la Loge, comme disent ceux qui ne savent pas. Dans la Loge Mithraïque, on ne parlait jamais de gourou non plus. Benefacto était le Fils des Atlantes...

Il coulissa des doigts dans l'échancrure de la culotte et trouva les lèvres du sexe de Mme Alliran. Elles étaient brûlantes et trempées. La jeune femme eut un sursaut parce qu'il s'enfonçait en elle, la visitait, coulissait presque jusqu'au poignet. Elle écarta les cuisses pour qu'il la viole plus à l'aise. Mais ce n'était pas ça non plus qu'il voulait. Il se retira et, sans rien dire, la fit pivoter sur elle-même. Elle se laissa faire. Des deux mains bien à plat, elle s'appuya sur la surface de chêne luisante du bureau. Et elle baissa la nuque avec docilité. En silence. Comme une jument, pensa-t-il, qui attend placidement de se faire enfiler par l'étalon. Une jument, oui. Il se le répéta avec un certain mépris. Une bête. Une femelle.

Il releva sa jupe en la roulant au-dessus de ses reins. Elle avait des cuisses solides, larges et rondes comme des colonnes. Elle ne portait ni collants ni bas, vu la chaleur. Il baissa son slip. Ses fesses puissantes et blanches s'étalèrent sous ses yeux. Elle creusa le dos, ce qui eut pour effet de faire saillir davantage sa croupe. Puis il lui écarta les fesses à deux mains et fonça en elle. Il se regarda aller et venir dans son sexe. Quand le pieu de chair sortait, il entraînait avec lui le pourtour luisant de ses lèvres intimes. Quand il replongeait en elle, l'anneau des muqueuses redisparaissait. C'était le genre de spectacle qui l'avait toujours fasciné.

Pas assez cependant pour qu'il oublie le reste. Ses soucis. Cette fille à liquider. Et puis le « suicide collectif » du manoir de Bourgainville, les derniers préparatifs de la fiesta à mettre au point. Ça urgeait maintenant. Pas tellement à cause des inspecteurs du fisc qui commençaient à s'intéresser d'un peu trop près à la Loge. Pas à cause des redressements que ça annonçait. Non. Tout était venu de ce salaud de Garoudy. Serge Garoudy, Grand-Mi de 5e Classe (la dignité la plus élevée au-dessous de lui), mais surtout expert financier de la Loge. Un artiste du virement électronique. Seulement l'artiste s'était décidé à trahir ses complices. On le disait prêt à révéler aux autorités compétentes les liens de la Loge avec la « Coupole[1] » sicilienne. Benefacto en avait reçu la confirmation de Scotti en personne. Scotti c'était l'Occhio. Le chef de la « Coupole ». Si on l'appelait l'Occhio, c'était parce qu'il n'avait qu'un œil. Et aussi parce qu'à l'occasion il ne détestait pas faire arracher les deux yeux de ceux qu'il avait condamnés.

Garoudy n'aurait pas les yeux arrachés. On n'avait plus le temps de finasser. Il partirait en fumée avec les autres, dans le grand bûcher « sacré » du manoir de Bourgainville.

A cette pensée, il accéléra ses coups de boutoir, puis se déversa à longs jets, tandis que Micheline Alliran criait de bonheur d'être inondée par le Fils des Atlantes en personne.

1. Les chefs de la Mafia en Sicile.

CHAPITRE VII

Tifany se réveilla trempée de sueur. Dans son cauchemar, le dingue aux yeux glacés, le tueur de Fabrice Delcaux, se battait avec Seigneur, son pitbull, et c'était lui qui avait le dessus, lui qui enfonçait ses petites canines dans les flancs du chien, lui qui lui arrachait la truffe à coups de dents, qui le déchiquetait et se redressait, triomphant, ensanglanté, hurlant un grand rire de victoire.

Elle se redressa sur son lit. C'était presque la réalité. Seigneur était mort. Fabrice était mort. Elle avait failli laisser sa peau, tout à l'heure, dans le parking de Paris-Câble. Elle repoussa la couette blanche qui recouvrait son lit immense, un modèle japonais posé presque à même le sol, et se releva.

Elle avait les tempes qui battaient. Quelle heure était-il ? Elle chercha sa montre à terre, dans un fouillis de compact-disques et de bandes dessinées sa seule lecture depuis qu'elle était en âge de lire. Elle regarda le cadran où la petite femme affichait une drôle de position, une patte en l'air, à la verticale, et l'autre posée sur le chiffre 2. Il était deux heures du matin.

Le marbre glacé du sol l'envahit d'une bienheureuse fraîcheur. Après l'attaque du parking, elle avait essayé de contacter les deux flics qui étaient venus la voir dans la matinée pour lui offrir de la protéger. Mais ils étaient introuvables au Quai des Orfèvres, on lui avait dit de rappeler le lendemain matin.

Elle avait peur maintenant. Peur comme une petite fille.

La présence des deux policiers l'aurait rassurée. Surtout le grand brun aux yeux de feu noir, avec sa carrure et ses larges mains mates.

Elle se dirigea vers la salle de bains pour s'y laver le visage à l'eau fraîche. Il lui fallait traverser toute la pièce, un loft immense, un ancien atelier de confection, sous des toitures en verrières, au quatrième étage d'un petit immeuble de la rue de Mazagran, presque au coin du boulevard Bonne-Nouvelle, à deux pas de la rue Saint-Denis. L'appartement de Tifany occupait toute la surface de la bâtisse. Le reste de l'immeuble, transformé en bureaux, était désert la nuit. Pas de concierge non plus. Pas de vis-à-vis puisqu'il n'y avait pas de fenêtres, rien que ces immenses verrières sous lesquelles on étouffait l'été et gelait l'hiver.

Elle trébucha contre quelque chose et jura. A tâtons, elle chercha l'interrupteur et alluma. Tant pis pour Rhabia, sa copine d'enfance et de galères, sa plus vieille amie, venue provisoirement vivre chez elle un mois plus tôt et qui dormait à l'autre bout du loft, dans une « chambre » créée de toutes pièces en aménageant autour de son lit trois paravents. Rhabia avait fait partie du même gang qu'elle, à Sevran. Elles s'étaient retrouvées à Paris, et elles avaient survécu comme elles pouvaient. En montrant ce qu'elles avaient de mieux. Leur cul évidemment. Dans des strips minables, dans des peep-shows. Dans des pornos aussi, ceux où Tifany était engagée et où elle s'arrangeait pour que Rhabia le soit aussi. Quitte à tourner des scènes lesbiennes, elle préférait que ce soit avec sa plus vieille copine.

Des néons mauves style boîte de nuit baignaient maintenant l'espace de leur lueur étrange. Ces éclairages, c'était une idée de Snarck, quand Tifany et lui vivaient ensemble. Il trouvait que ça faisait moderne. Ça faisait surtout bizarre. Le mauve des néons transformait toutes les autres couleurs, les dénaturait. Le jaune virait au vert et le bleu au violacé. Quant aux visages, ils paraissaient carrément inquiétants. Lorsqu'elle recevait des amis, on aurait dit qu'ils jouaient un remake du *Bal des vampires*.

Sur les deux grands tapis orientaux qui recouvraient en partie le sol du loft, gisait un amoncellement d'objets hétéroclites. Tifany siffla d'exaspération. Rhabia avait des qualités, mais elle était franchement bordélique. Elle laissait tout traîner. La femme de ménage venait tous les deux jours, mais dans les intervalles Rhabia s'arrangeait pour tout saloper. Tifany repoussa de son pied nu quelques cintres, des assiettes sales, des chapeaux, des fringues, des chaussures, encore des compact-disques. Il y avait des chaises renversées et des coussins un peu partout. Demain, décida-t-elle, elle aurait une véritable explication avec Rhabia.

Quand elle arriva devant la porte de la salle de bains, elle s'aperçut qu'elle était fermée. La voix de son amie lui parvint, de derrière le battant.

— Attends, je sors dans un instant.

Immédiatement, Tifany comprit de quoi il s'agissait. Officiellement, Rhabia ne se droguait plus depuis trois mois. Devant elle, elle se bornait à fumer des joints. Du shit bien tassé, des pétards vraiment explosifs, chargés au maximum. Elle se faisait aussi des lignes de coke, certains soirs. Mais elle ne touchait plus à la vraie saloperie. Celle qui tue. L'héroïne. Du moins officiellement.

Elle tambourina contre la porte.

— Ouvre ! Je sais très bien ce que tu fais !

Elle entendit des bruits furtifs, des choses qu'on déplaçait, puis des chuchotements. Son sang ne fit qu'un tour. Rhabia n'était pas seule.

— Ouvre ! Je veux savoir qui est là ! Tu entends ? Ouvre immédiatement !

Son amie se décida à obtempérer. La petite salle de bains était plongée dans la pénombre. Seule la faible lampe au-dessus du lavabo était allumée. D'un coup d'œil, Tifany embrassa la scène, et mesura l'ampleur des dégâts.

Uniquement vêtue d'un slip de soie blanche, Rhabia

inclinait la tête sur l'épaule gauche. Ses beaux cheveux bouclés d'un noir luisant encadraient un visage à la bouche lourde et sensuelle, aux grands yeux vert sombre qui trahissaient ses origines kabyles. Très mince, menue même, mais avec des fesses cambrées à réveiller un mort et de gros seins aux aréoles brunes, elle était une assez bonne incarnation de la volupté. Mais une volupté pourrie jusqu'au cœur, désespérée et désespérante. Irrécupérable ? Tifany avait essayé de croire le contraire. Le spectacle que lui donnait Rhabia, cette nuit, l'emplissait de la certitude amère qu'elle ne s'en tirerait jamais.

Assise sur le rebord de la baignoire, bras garrotté avec une cravate, elle attendait patiemment que Franck ait terminé de préparer le mélange, sur la petite table qui servait habituellement de coiffeuse. Franck, Tifany l'avait vu deux ou trois fois déjà. Il ne lui plaisait pas. Un grand type aux cheveux noirs et longs, toujours bronzé, regard brutal et veule en même temps, costume blanc et pompes en croco. Un ami, avait prétendu Rhabia. Tifany, en tout cas, n'avait aucune envie que l'ami de son amie devienne son ami.

— Qu'est-ce que vous foutez chez moi ? grogna-t-elle.

Sur la petite table, un verre d'eau, une cuillère et un briquet. Franck achevait de préparer le mélange, faisant chauffer la petite cuillère avec la flamme du briquet.

— Sois gentille, implora Rhabia. Franck s'en va tout de suite. Laisse-le terminer.

Seringue en main, il s'approcha du bras garrotté de la jeune femme, chercha la veine et enfonça. Tifany regarda fixement le sang remonter dans la seringue, puis redescendre lentement. Lorsque ce fut terminé, Franck remballa son matériel, embrassa Rhabia sur le front et s'en alla sans un mot.

Tifany se sentait découragée. Elle alla s'affaler dans l'amoncellement des coussins du loft. Rhabia vint la rejoindre. Elle titubait un peu. Comme chaque fois, du rose remontait à ses pommettes. Elle était allée chercher une boîte de Coca dans le frigo, qu'elle vida d'un trait. Puis elle s'assit en face de son amie et commença à se gratter partout. Les bras, les jambes, les seins, les épaules. De longues griffures rouges couvrirent très vite son beau corps à la chair pâle.

— Pourquoi tu ne m'as pas dit que tu avais recommencé à te shooter ? interrogea-t-elle.

Rhabia se grattait toujours.

— J'avais peur que tu me vires, dit-elle faiblement.

Tifany secoua la tête, excédée.

— Tu me prends pour qui ? Moi aussi j'ai été accro à cette merde, je ne vais pas te faire la morale ! Mais tu avais juré que tu arrêtais, alors je ne comprends pas...

Rhabia baissait les yeux, elle avait arrêté de se gratter.

— Écoute, l'héro c'est pas le pire, c'est qu'une conséquence. Si j'ai repiqué, c'est qu'on m'a virée.

Tifany sursauta.

— Virée de quoi ? De ton job ?

Quinze jours plus tôt, Tifany lui avait déniché un poste au standard d'une radio FM.

— Oui. Compression de personnel.

Elle renifla.

— Depuis, termina Rhabia, je tapine rue Saint-Denis.

Elle releva la tête.

— Voilà, maintenant tu es au parfum. Fous-moi dehors si tu veux, mais je n'y peux rien, au moins pour le moment.

Un élan de tendresse jeta Tifany vers son amie. Elle se glissa près d'elle et la caressa. Elles n'étaient homosexuelles ni l'une ni l'autre, mais c'était bon et doux, parfois, de s'embrasser, ou même de dormir ensemble enlacées. Et si parfois elles jouaient sur le lit, la tête de l'une enfouie entre les jambes de l'autre, c'était plutôt un témoignage d'amitié qu'un geste véritablement sensuel.

— Idiote, lâcha Tifany, je ne vais pas te lourder pour ça.

Ses mains couraient le long du dos de Rhabia, épousant la cambrure de ses reins, puis le double rebond de ses fesses parfaites. L'idée de Rhabia faisant la pute, Rhabia s'offrant nue, dans une chambre sordide, s'ouvrant pour deux cent cinquante francs à des inconnus, la bouleversait. Les doigts de l'animatrice de *Caméra d'enfer* glissèrent sous le slip blanc, gagnant le sillon profond de la croupe de son amie. Rhabia grogna de plaisir mais se dégagea très vite.

— Il faut que je parte, dit-elle d'une toute petite voix.

— Hein ?

— Oui. C'est à cette heure-ci que je tapine. D'habitude, tu dors ou tu n'es pas rentrée. Alors tu ne t'es aperçu de rien...

La perspective de rester seule dans ce grand appartement, seule dans cet immeuble inhabité la nuit, n'enchantait pas Tifany. Elle repensa à l'homme en noir. Peut-être qu'il était là, tout près, dans la rue ? Elle n'avait pas parlé de toute cette histoire à Rhabia. La malheureuse avait bien assez de soucis comme ça. Elle savait seulement que le cameraman était mort dans des circonstances et pour des raisons encore mal élucidées. Elle n'avait pas posé d'autres questions.

— Je t'accompagne, décida soudain Tifany.

— Quoi ?

— Oui, je veux te voir tapiner.

Dix minutes plus tard, deux silhouettes presque jumelles s'éloignaient sur le trottoir de la rue de Mazagran en direction de la rue Saint-Denis. Tifany s'était contentée de réenfiler un jean et de passer son tee-shirt noir habituel, celui où était inscrit *BAD GIRL* en travers de ses seins. Rhabia, quant à elle, avait revêtu sa tenue de combat. Porte-jarretelles noir, jupe de cuir noir ultra-courte, bustier en cuir à balconnets lacé par-devant.

A quelques mètres en arrière, une autre silhouette les suivait, marchant silencieusement, s'arrêtant régulièrement pour ne pas se faire repérer.

⁂

Sabine. Celle-là s'appelait Sabine et elle était complètement fondue dans sa tête. A elle, Benefacto n'avait pas eu besoin de faire beaucoup de cinéma. Quand elle était venue le voir, la moitié du travail était déjà accomplie. A trente-trois ans, c'était une vieille routière des thérapies charlatanesques. Elle avait fait trois ou quatre « *rebirth* »[1], tâté de la « gestalt » aussi, et du « cri primal ». Mariée, deux enfants, elle souffrait d'un problème original : quand elle se promenait dans la rue, quand elle était dans le métro ou dans un autre endroit public, elle prétendait entendre des voix qui lui commandaient de se déshabiller, de se mettre carrément à poil, comme ça, devant tout le monde. Elle ne l'avait encore jamais fait, mais elle craignait de succomber un jour et de passer à l'acte.

Le bon docteur Benefacto l'avait classée dans la catégorie des phobiques et il la traitait par la thérapie comportementale. Selon lui, elle associait sa propre nudité à des fantasmes enfantins de punition. Si elle voulait se déshabiller dans la rue, c'est qu'elle cherchait à être arrêtée, emprisonnée, condamnée pour attentat à la pudeur. Quant aux voix qui la poussaient à se dévêtir, il ne lui avait évidemment pas dit qu'elles n'existaient que dans sa tête. Il lui avait expliqué que c'étaient de « mauvaises » voix. Des voix du démon. Il allait lui en faire entendre des « bonnes ». Celles de Planetah bien sûr.

Elle était blonde, maigre et physiquement elle n'était pas du tout son genre. Mais il était capable de dépasser ses goûts personnels. D'autant qu'elle faisait des efforts. Il l'avait convaincue de faire, à l'insu de son mari, un gros emprunt à sa banque et de lui confier l'argent. Il le placerait et elle toucherait des intérêts dix fois plus importants que les traites qu'elle aurait à rembourser. C'était la méthode qu'il utilisait quand il tombait sur des proies aux

1. « Re-naissance ». Traitement qui consiste à faire retrouver par le patient ses premiers instants de vie, les émotions et les traumatismes liées à sa naissance.

revenus trop modestes. Il les poussait à signer des prêts hypothécaires. Si le « client » hésitait, il parlait de la fin du monde, imminente selon lui. « Vous n'aurez pas à rembourser, l'Apocalypse va survenir, toutes les dettes seront effacées. »

Bien des adeptes galvanisés n'hésitaient pas à vendre tout ce qu'ils possédaient, à réaliser leur patrimoine pour l'offrir à l'organisation créée par le Fils des Atlantes. Moyennant quoi, on les nommait Grands-Mi, et ils avaient droit au tatouage Soleil-Taureau sur l'épaule gauche, le signe de reconnaissance des fidèles de Mithra, reproduisant le dessin que lui-même portait sur sa bague. Sabine Frontenac était en passe de devenir Grande-Mi.

Pour le moment elle était nue dans le bureau de consultation du docteur Benefacto, rue de l'Amiral-Mouchez. Les fenêtres étaient toujours ouvertes sur la nuit et le silence de Paris. Dès qu'elle était arrivée, comme d'habitude il s'était placé, debout, face à elle, en attente d'une communication exclusive des Esprits de Planetah.

Ceux-ci n'avaient pas tardé à parler par la bouche du médecin.

— Energie brute... Amour total... Oasis de la liberté...

Les Esprits de Planetah ne s'exprimaient pas toujours de façon très claire, mais ils avaient de la suite dans les idées. D'autant plus que Benefacto savait les traduire. En gros, les Esprits voulaient que Sabine se mette à poil. Au fond, ils lui disaient la même chose que les « mauvaises » voix qu'elle-même entendait, mais pour le bon motif.

Elle ne bougeait pas. L'éclairage indirect de la lampe chromée du bureau détaillait ses côtes saillantes, ses seins menus, les os de ses hanches et ses fesses maigres. Parvenu derrière elle, Benefacto s'arrêta.

— Vous entendez ? souffla-t-il d'une voix de transe.

Elle lâcha un « oui » étouffé.

— Ils parlent ! Les Esprits parlent ! Ils disent... Ils disent...

Elle tremblait sur elle-même, suspendue aux révélations du maître.

— Ils disent que l'Harmonie...

Il resta silencieux un long moment. Puis il murmura :

— L'Harmonie est au bout de la voie la plus étroite.

Elle sentait son souffle précipité contre sa nuque. Sa main glissa sur son échine, puis s'insinua dans le sillon de ses fesses, visitant ses orifices intimes.

— La voie la plus étroite, répétait-il. La voie la plus étroite...

Il la força à se prosterner, à genoux sur le tapis d'Orient, il la disposa comme il voulait, visage entre les bras, fesses en l'air, cuisses ouvertes, très écartées. Elle lui offrait ainsi une vision imprenable sur les trésors cachés de sa croupe. Curieusement pour une blonde, elle était très velue, ses poils d'or montaient et bouclaient très haut autour du puits froncé de ses reins.

— L'Harmonie est au bout de la voie étroite, répétait-il.

Il s'installa derrière et elle sentit son sexe qui s'appuyait entre ses fesses maigres, juste à l'orée de son anus. C'était quelque chose qu'elle n'avait jamais supporté que lui fasse son mari. Elle avait toujours refusé avec indignation qu'il la possède par là. Jusqu'ici, d'ailleurs, elle avait toujours dit catégoriquement non quand des hommes manifestaient le désir de la prendre de cette façon.

Mais le docteur Benefacto c'était autre chose. D'abord il ne lui demandait pas son avis. Ensuite, est-ce qu'on refuse la verge du Fils des Atlantes ? Est-ce qu'on peut repousser une pareille visitation ? Et puis ce n'était pas vraiment lui qui la prenait. Ou pas seulement. C'étaient aussi les Esprits de Planetah qui étaient en lui et qui lui commandaient de la sodomiser. Dents serrées, mains recroquevillées à s'en faire entrer les ongles dans les paumes, elle se prépara à l'assaut.

Il fut si violent qu'elle en eut le souffle coupé. D'un seul élan, il la défonça comme s'il voulait la traverser. Elle eut l'impression qu'une boule de feu la pénétrait et la faisait exploser de l'intérieur.

Elle ne put s'empêcher de hurler.

Mais pas seulement de douleur. De plaisir aussi, d'un obscur plaisir fou. Ce membre, ce bélier furieux qui la forçait, qui lui transperçait les entrailles, déclenchant une douleur qui lui remontait jusqu'au cœur, ce membre était lui-même habité, inspiré, mû par les Esprits. C'étaient les Esprits qui la sodomisaient. Qui la prenaient par cette voie étroite au bout de laquelle, ils l'avaient dit, se trouvait l'Harmonie. « Enculée par les Esprits ! se répéta-t-elle avec ferveur. Enculée par l'Ame de Planetah ! » En d'autres circonstances, elle n'aurait jamais prononcé un mot pareil, plutôt crever. Mais les circonstances n'étaient pas normales. Elle haletait, elle griffait le tapis maintenant, reins brûlés comme si on l'avait travaillée au fer rouge. Elle n'avait jamais connu un pareil bonheur.

A mille lieues de ce délire, le docteur Benefacto cogitait de plus belle. Cette femme qu'il labourait, il l'avait déjà presque oubliée. Certes il trouvait un vif plaisir à lui ouvrir le cul, à la perforer, à jouir en elle, et à se faire payer par-dessus le marché pour cette « séance de thérapie ». Mais elle aussi, elle allait disparaître dans les flammes du manoir de Bourgainville. Elle aussi, elle allait partir en fumée, sacrifiée à un impératif qu'elle ignorait. Son mari n'en saurait rien, c'était une brute, un crétin, un sceptique en un mot, elle n'était pas parvenue à le convertir aux charmes de la Loge Mithraïque Rénovée. Tant pis pour lui. C'est sans le prévenir qu'elle partirait pour Bourgainville, dans huit jours. Et plus tard, il apprendrait que sa femme faisait partie des morts « volontaires », des sacrifiés du grand holocauste.

Il aurait voulu déjà que ce bûcher apocalyptique soit derrière lui. Il avait hâte que tout soit terminé. Un grand chapitre de sa vie allait se clore. Dans la tragédie, comme il avait commencé. Dans le feu aussi, puisque quinze ans plus tôt, de l'incendie de sa maison, près de Paris, où sa femme et ses deux enfants étaient morts, il était sorti indemne. Indemne ? Pas vraiment pourtant, car s'il n'avait pas été brûlé, il avait été asphyxié à tel point que, plongé dans un coma profond, les médecins l'avaient considéré comme perdu. Mort cliniquement. Alors que lui, pendant ce temps-là, flottait « en esprit » au-dessus de son propre corps, observant la salle d'opération, les infirmières, les appareils que les praticiens manipulaient pour tenter de le réanimer. Puis une « lumière » mystérieuse l'avait environné, ravi en extase. Enfin, au bout de trois jours et trois nuits de mort, il s'était senti renaître, redescendre sur terre, et s'était réveillé sur son lit d'hôpital. A la stupéfaction de tous ceux qui étaient déjà prêts à l'enterrer.

C'est depuis ce moment qu'il se considérait comme un « initié ». Depuis ce moment aussi qu'il s'était senti pousser des ailes. La vocation de fondateur de religion était née en lui. Les esprits l'habitaient. Il avait l'étoffe d'un Maître spirituel. D'un Messie. Il ne lui restait plus qu'à rassembler des disciples.

Est-ce qu'il y croyait vraiment, à tous les baratins mystiques qu'il débitait à ces derniers ? Oui et non. C'était plus compliqué que ça. Il croyait à son propre pouvoir. Et ce pouvoir était si immense, si illimité, qu'il ne pouvait lui venir que d'ailleurs. D'une autre planète. D'un autre monde.

Il sentit que la jouissance montait, elle venait, elle bouillonnait du plus profond de lui. Il ferma les yeux. Il glissa les mains sous la femme et lui attrapa ses maigres seins dont il tirailla les pointes, les tournant comme s'il voulait les dévisser. En même temps, dans sa tête, la cavalcade continuait. Il imaginait le château en flammes, dans huit jours. Quel spectacle ! Et quel dommage ! Il ne serait pas là pour en jouir.

Ils allaient tous mourir. Les soixante Elus de Mi. Les soixante initiés de la Loge Rénovée. Des plus grands aux plus petits Mi. Tout allait s'envoler en fumée. Même les domestiques, eux aussi membres de la secte, sous-Mi en quelque sorte. Il revit les clochetons du manoir de Bourgainville, les longues pelouses en pente, l'étang. Dans la Cité de Mi, quand le temps le permettait, on vivait nu, on se promenait nu. Et on laissait parler ses désirs sans souci du qu'en dira-t-on puisqu'on était entre soi. On s'abordait, au détour d'un chemin, et on s'offrait en toute simplicité. Le paradis, en somme. L'âge d'or. Qui allait finir en enfer.

Il fallait tout effacer maintenant, tout détruire pour empêcher une catastrophe mille fois plus grande. De toute façon, il avait préparé ses arrières depuis des années. Récemment encore, il avait fait transférer des sommes considérables sur des comptes australiens. Quatre cents millions de francs, par exemple, à la Commonwealth Bank of Sydney. Cent autres millions sur trois banques suisses. Au nom de Malorsenna. Louis Malorsenna. Cette identité d'homme nouveau qu'il avait été assez bête pour révéler à Tifany Flow et au cameraman.

Et le plus beau, c'est que Marc Benefacto allait périr dans les flammes avec les autres. Du moins officiellement. Ça aussi, il l'avait préparé de longue date. Un coup du tonnerre. Le plus beau sans doute de toute sa vie. On allait retrouver son cadavre, à lui aussi, dans les cendres du manoir de Bourgainville. Et les recherches seraient closes.

Et il serait libre de renaître à l'autre bout du monde.

La femme couinait parce qu'il tiraillait un peu trop fort ses pointes de seins. Il eut envie d'en finir. Furieusement, il s'enfonça en elle encore plus loin, plus profond. La foudre du plaisir le traversa et Sabine Frontenac lâcha un grand hurlement. Un cri de folle.

A la suivante, songea le docteur Benefacto en se relevant. Il était tard et il commençait à sentir la fatigue lui tomber dessus. Mais Barbara Vasseur, sa dernière patiente de la nuit, était un morceau de roi, et il ne voulait pas la rater.

CHAPITRE VIII

Tifany Flow alluma une Stuyvesant et s'adossa au mur de l'immeuble. En se demandant ce qu'elle foutait là, cette nuit, au coin de la rue Blondel et de la rue Saint-Denis. « On va me prendre pour une pute, moi aussi », se dit-elle. A vrai dire, elle s'en moquait pas mal. Ce qui la choquait un peu, c'était le savoir-faire de sa copine Rhabia. Depuis une demi-heure qu'elles étaient ici, elle était déjà montée trois fois avec des clients. Et ça recommençait. Elle venait de redisparaître avec un type dans l'immeuble où, lui avait-elle expliqué, elle sous-louait un petit studio, au cinquième. A un prix exorbitant, d'ailleurs. Ce qui l'obligeait à travailler à la chaîne.

N'empêche que le naturel de Rhabia l'étonnait. La scandalisait presque. Elle se demanda si elle n'était pas un peu jalouse au fond. Un peu plus attachée à sa copine qu'elle ne le soupçonnait elle-même.

— Combien pour la pipe ?

Tifany sursauta. A deux pas d'elle, un grand type maigre et barbu. La peau sur les os. Et un regard fiévreux qui tournicotait comme un radar.

Elle lui balança presque son mégot dans la figure.

— Je ne suce pas, connard, lui cracha-t-elle, indignée.

Et s'étonnant elle-même de cet accès de respectabilité qui ne lui ressemblait pas.

— Ah ouais ? fit l'autre sans se démonter. Et qu'est-ce que tu fais, alors ? On peut t'enculer ?

— Ce que je fais, ça te regarde pas, minable. Va te

chercher une autre fille. Regarde, c'est pas ça qui manque. Et maintenant tu te casses, ou je t'arrache la gueule avec les ongles.

Elle devait avoir l'air assez convaincue de ce qu'elle disait car l'homme s'éloigna. Elle le vit s'arrêter un peu plus loin auprès d'une petite Asiatique au soutien-gorge noir qui se mit à onduler du ventre et du cul en lui parlant. Les négociations ne traînèrent pas. Elle s'engouffra bientôt dans un immeuble avec le barbu.

Elle vit Rhabia ressortir avec son client et lui adresser un clin d'œil complice.

— Celui-là, souffla-t-elle en se rapprochant, je croyais qu'il n'en finirait jamais. Les peine-à-jouir c'est ma phobie.

Le regard de Tifany fonça.

— J'aimerais te voir avec un type, dit-elle.

L'instant d'avant, jamais elle n'aurait cru qu'elle prononcerait une phrase pareille, mais elle l'avait lâchée. Elle n'en revenait pas elle-même. Oui, elle devait être jalouse. Jalouse de tous ces hommes qui caressaient son amie. Rhabia lui jeta un coup d'œil étonné, puis haussa les épaules.

— Si ça t'amuse, pourquoi pas ?

Cinq minutes plus tard, un grand type portant costume, cravate et attaché-case s'arrêtait près d'elle. Le marchandage s'effectua à voix basse, comme d'habitude. Puis Rhabia fit un signe à Tifany.

— Viens, dit-elle seulement.

Tifany pénétra dans l'immeuble derrière son amie. L'entrée était sale, obscure, lépreuse. Les portes des boîtes à lettres, le long d'un des murs étaient toutes arrachées. Traînaient encore des odeurs de dîner. Cuisine africaine mélangées à des effluves de pot-au-feu bien français. Tous trois gravirent en silence les cinq étages. Sur le palier du cinquième, la porte d'un des studios était entrouverte. Tifany y aperçut une Noire gigantesque assise sur le visage de son client, un Blanc qui semblait vouloir s'enfouir complètement en elle. La Noire, mains sur ses énormes cuisses chocolat, le laissait faire placidement, fredonnant entre ses dents une chanson de son pays.

Les escarpins noirs à hauts talons de Rhabia claquèrent sur le parquet de son propre studio. Tifany embrassa le décor. Un grand lit, une table de chevet en bois blanc, un bidet et un lavabo près de la fenêtre aux rideaux rouges tirés. Vraiment le minimum.

— Allez, déshabille-toi fit durement Rhabia au client, on va pas passer la nuit ici.

L'autre la regarda. C'était un grand type genre cadre supérieur. Costume de bonne coupe. Chemise bleu ciel propre. Cravate rayée bleu et blanc. Style homme d'affaires de province. VRP.

— Je m'appelle Guillaume, annonça-t-il.

— Moi c'est Lady Di, répliqua Rhabia hargneuse. Alors tu te décides ? Tu te déloques et puis tu te laves les mains. Et puis aussi ton oiseau, hein ?

Le client sortit trois billets de cent francs qu'il posa sur la table de nuit, puis retira sa veste et la plia soigneusement ; il dénoua sa cravate, deboutonna sa chemise. Il déboucla enfin son pantalon qui glissa à terre.

Il y eut un silence sidéré de la part des deux filles.

— Mince ! siffla enfin Rhabia. Un dingue !

Le type exhibait un sexe de bonne taille, déjà un peu gonflé et palpitant. Mais encadré par les dentelles noires d'un porte-jarretelles.

— Ça va pas ! lâcha Rhabia. Moi je baise pas les gonzesses !

Le type arbora un grand sourire décontracté. Comme si c'était tout naturel de se balader avec des sous-vêtements de femme sous son costume de VRP.

— Je ne suis pas une gonzesse, protesta-t-il. Ça me fait plaisir de porter ça, c'est tout.

Rhabia hocha la tête.

— Si ça t'amuse, après tout, moi ça ne me gêne pas. Du moment que tu payes.

Elle se secoua.

— Bon, alors, tu le laves, ton oiseau ?

Il fit comme elle disait. Rien que de se toucher, il arborait maintenant une belle érection, un vrai pieu, une énormité congestionnée qui dressait le nez fièrement hors des dentelles noires du porte-jarretelles.

Rhabia venait de déchirer l'emballage d'une capote. Elle la déroula tout le long du membre du client. Pendant qu'elle s'activait, l'homme glissa les mains sous sa jupe de cuir noir et lui caressa les fesses. Rhabia recula.

— Si tu veux me toucher le cul, chéri, c'est trois cents de mieux.

— J'ai du fric, dit-il. Tu auras ce que tu voudras.

— Alors comme ça, ça va.

Tifany savait qu'elle n'avait pas de culotte sous sa jupe. Un peu de chaleur lui monta aux joues tandis qu'elle voyait les mains de l'homme fouiller le derrière de Rhabia, la palper, la soupeser, visiter le sillon de sa croupe, s'insinuer entre ses cuisses.

Très vite, Rhabia interrompit le client.

— Bon, maintenant ça va, chéri. Tu me baises, tu jouis et tu te tires.

Et elle alla s'étendre sur le lit, minijupe relevée, cuisses très ouvertes, boucles de sa toison pubienne saillant, luxuriantes, au-dessus de ses petites lèvres charnues et roses. Entre ses jambes, il faisait noir, et la longue fente de son sexe dessinait dans ces ténèbres comme une sorte de joyau troublant et brillant.

Le client s'allongea sur Rhabia, exhibant ses fesses poilues encadrées par les dentelles noires de ses sous-vêtements de femme.

— Hé, fit-il en s'interrompant. Pour mille balles de mieux, ta copine, elle participerait ?

— Ça va pas ? s'insurgea Tifany.

— Je ne te demande pas de baiser, fit l'autre toujours allongé sur Rhabia, mais de m'enculer.

— Quoi ?

— Enfin, de m'enfiler deux ou trois doigts par là, reprit-il en remuant les fesses.

— Non.
— Mais pourquoi ?
— Pas question.
— Deux mille balles...

Les yeux de Tifany et de Rhabia se croisèrent. Tifany lut dans ceux de sa copine sa prière muette : « Fais-le pour moi, je t'en prie. Deux mille balles de mieux, au point où j'en suis, ça ne se refuse pas. » Tifany esquissa un pâle sourire. Toujours de la même façon muette, elle répondit en hochant la tête : « D'accord, mais c'est bien parce que c'est toi. »

— Bon, soupira-t-elle à haute voix. Mais tu as intérêt à prendre ton pied rapidement, mon vieux, parce que moi je vais pas faire ça jusqu'à la retraite.

Elle s'assit sur le lit et dirigea sa main droite vers les fesses du client. Elle les ouvrit, chercha l'orifice de ses reins, et s'y introduisit sans ménagement. Quatre doigts d'un coup et bien à fond. Le type cria de plaisir et commença à se secouer, pilonnant Rhabia au rythme que la main de Tifany, par derrière, lui imprimait. Cela fit un drôle d'effet à la jeune femme qui eut l'impression de posséder son amie par l'intermédiaire du client.

Celui-ci se libéra en quelques soubresauts. Tifany retira ses doigts avec dégoût. Rhabia remettait de l'ordre dans ses vêtements. Elle alla se recoiffer devant la petite glace au-dessus du lavabo, attendant que le type soit rhabillé. Lorsque ce fut terminé, elle se retourna.

— Tu n'oublies pas le petit supplément ? dit-elle d'une voix impersonnelle, machinale, très pro.

Tifany était allée se laver les mains, puis elle s'était assise sur le bidet.

— Bien sûr que non, fit le type.

Recravaté, net et propre comme il était arrivé, avec son look de jeune patron de PME en province, il ouvrait son attaché-case.

C'est alors que tout bascula.

Au lieu des billets de banque annoncés, il tenait dans sa

main droite un rasoir, un long rasoir à manche dont la lame étincelait.

— On reste bien tranquilles, toutes les deux, et il n'arrivera rien, fit-il.

— Merde, éructa Rhabia, sidérée. L'ordure.

— C'est la vie, fit le type en refermant son attaché-case d'une main.

Il recula vers la porte et l'ouvrit.

— On ne peut pas gagner à tous les coups, dit-il encore.

Puis, avec un léger sourire :

— Vous allez rester là et me laisser filer. Sinon, je vous crève.

Tifany ne bougeait pas. Elle avait quadrillé la pièce du regard. Aucun objet ne se trouvait à sa portée, qu'elle aurait pu balancer à la gueule de ce salaud. Il n'y avait rien à faire, rien à tenter. Accepter la défaite, et puis c'est tout.

La porte se referma. Rhabia, folle de rage, bondit en avant, tandis que le type cavalait déjà dans l'escalier.

— Attention ! cria Tifany en s'élançant derrière elle.

Mais Rhabia ne l'écoutait pas. Elle galopait sur le palier, elle courait derrière son argent durement gagné et envolé.

Le type était déjà au rez-de-chaussée, et personne ne l'avait arrêté. Il n'y avait plus de solidarité entre putes. Elles débouchèrent enfin dans la rue Saint-Denis. Croyant apercevoir la silhouette du client sur la droite, sous l'enseigne rouge et verte clignotante d'un sex-shop, Rhabia se rua, toujours suivie par Tifany.

— Au voleur ! criait-elle. A l'assassin !

Brusquement, elle eut l'impression d'avoir percuté de plein fouet, tête baissée, un camion de quinze tonnes. Elle vacilla, étourdie. Mais deux grands bras l'entourèrent, l'enveloppèrent solidement. Deux bras qui n'avaient rien d'hostile, au contraire.

— Quel assassin ? Qui a été tué ? demanda une voix.

Rhabia essayait de s'échapper à l'étreinte.

— Laisse-moi, espèce de con ! hurla-t-elle. Il est en train de se barrer avec mon fric ! Casse-toi !

— Arrête, fit derrière elle la voix de Tifany, très calme. C'est un flic.

Rhabia releva la tête, considérant le grand type brun aux yeux de feu noir dans lequel elle venait de se cogner.

— Inspecteur divisionnaire Boris Corentin, se présenta-t-il.

Il désigna son coéquipier, un petit chauve à lunettes qui clignotait des yeux pour cause de nuit blanche.

— Et voici l'inspecteur principal Aimé Brichot, dit-il.

Tifany soupira.

— Bon, dit-elle, on rentre tous à la maison, on boit un verre et on s'explique ? D'accord ?

Presque soulagée d'avoir retrouvé ses anges gardiens. La nuit aurait pu se terminer beaucoup plus mal.

Une heure plus tard, et après bien des explications, il fut décidé que Boris et Aimé dormiraient là, rue de Mazagran, sur des amas de coussins, dans l'immense loft de Tifany Flow.

Tifany disposa de nouveaux paravents comme celui qui dessinait une « chambre » toute théorique autour du lit de Rhabia. Elle en avait plusieurs en réserve pour ses invités éventuels. Elle en plaça deux autour de l'alcôve de Brichot et deux autour de celle de Boris. Les deux derniers, elle se les réserva.

Aimé Brichot ne tarda pas à sombrer dans les bras de Morphée. Tifany et Rhabia également. Seul Boris resta éveillé, couché sur le dos, songeant à celui que l'animatrice de *Caméra d'enfer* appelait « l'homme en noir ». Sa dernière tentative de meurtre, l'embuscade du parking de Paris-Câble où le pitbull de Tifany avait trouvé la mort revenait le hanter. Il ne s'était pas trompé, l'assassin ne lâcherait pas sa proie, il ne la lâcherait jamais. Il irait jusqu'au bout pour tuer Tifany.

Mais ce jour-là, il trouverait Boris et Aimé en face de lui. Du moins il fallait l'espérer.

Pour la millième fois, il essaya de se mettre à la place du tueur. Qui était-il cet « homme en noir » ? Pourquoi avait-il tué le cameraman ? Qu'essayait-il de cacher ?

Tifany avait parlé de cette étrange impression, de ce pouvoir qu'il avait, le soir où elle l'avait rencontré : il « lisait dans sa tête », c'était la formule qu'elle avait employée. Elle-même était très fière d'avoir « lu » à son tour dans la tête de l'homme en noir, quand elle avait déjoué le piège du parking.

Boris aurait bien aimé « lire » lui aussi avec tant de facilité dans les circonvolutions cérébrales de l'inconnu. Mais il avait beau se creuser, il n'y parvenait pas.

Il se retourna sur le côté, au milieu des coussins, et décida de chercher le sommeil. Un frôlement imperceptible attira son attention. Des pieds qui glissaient sur le sol. Bientôt, une silnouette contourna son paravent et se rapprocha de son « lit » de coussins. Puis une voix chuchota :

— Je peux dormir avec toi ?

Au son, il reconnut Rhabia.

— Tu veux vraiment dormir ?

Elle rampa vers lui. Il sentit ses formes chaudes, voluptueuses, épouser ses cuisses, son ventre, sa poitrine.

— Idiot, chuchota-t-elle. J'ai envie que tu me baises, c'est tout.

Elle coulissa sa main droite vers le centre de lui et l'empoigna.

— Mon Dieu, fit-elle en prenant conscience, à tâtons, de l'énormité de ce qui gonflait ses doigts, les empêchant de se refermer. Mets moi ça dans le ventre ! Vite !

Quand il la pénétra, elle se mit à roucouler en donnant de grands coups de reins nerveux.

Tifany ne dormait pas non plus, malgré les apparences, et elle avait très bien entendu cette petite salope de Rhabia cavaler à travers le loft pour rejoindre le grand flic brun. « Petite salope », était une expression de tendresse, bien sûr. N'empêche que maintenant elle était doublement jalouse. Primo parce que Rhabia se faisait sauter par le grand flic brun. Secundo parce que le grand flic brun, elle se le serait volontiers tapée, elle aussi...

CHAPITRE IX

Celle-là était une géante, une vraie géante, une déesse de l'Olympe. Un véritable délice pour l'amateur de chairs généreuses qu'était le docteur Marc Benefacto.

Elle était nue et la séance se déroulait, comme avec les autres, dans son bureau. Mais les cent dix kilos de Barbara Vasseur exigeaient des dispositions spéciales. Elle était allongée, affalée plutôt, à plat ventre sur le divan où s'installaient certains de ses clients avec lesquels il faisait des psychanalyses freudiennes, avec deux coussins sous son ventre pour relever ses fesses monumentales.

L'autre différence, c'est que Benefacto et elle n'étaient pas seuls. Le mari de Barbara Vasseur était là lui aussi, assis sur une chaise dans un coin de la pièce, et il regardait. Muet. Pétrifié. Tétanisé.

Il était plus de trois heures du matin maintenant et c'était sa dernière consultation. La sonnette avait retenti dix minutes plus tôt, rue de l'Amiral-Mouchez, alors qu'il était en train de ranger des dossiers et d'entasser des vidéocassettes dans une malle. D'ici trois jours, cette malle et une bonne dizaine d'autres partiraient par cargo en Australie. Elles le rejoindraient à Sydney. Ou plutôt, elles rejoindraient un certain Louis Malorsenna, à l'identité toute neuve, toute fraîche, sans passé, comme s'il était né la veille au soir.

Il y tenait à ces cassettes, elles racontaient toute sa carrière et ses multiples vies, à travers les innombrables conférences qu'il avait faites, à une époque, aussi bien en

France qu'en Suisse, en Belgique ou en Italie, et même au Québec, pour étendre son influence, diffuser son « enseignement », et recruter des adeptes.

Il avait tout essayé, tout fait. Son existence, depuis quarante-cinq ans, était un écheveau inextricable où se mêlaient science médicale, psychanalyses variées, ésotérismes hétéroclites, médecines douces, bribes de doctrine *new age*. La rage d'être né dans une cité misérable de Sartrouville, d'un père veilleur de nuit et d'une mère partie très vite avec un voisin de palier et qu'il n'avait jamais revue, lui avait donné des ailes. Muni de diplômes de médecine en règle, il avait exploré tous les chemins de la réussite possibles et imaginables. Vers le milieu des années 70, parce que c'était encore à la mode, il s'était prétendu communiste. Tendance Mao bien sûr. Il avait d'ailleurs été invité en Chine, histoire d'y étudier les arcanes millénaires de l'acupuncture. Par la suite, il s'était enflammé pour les guérisseurs philippins, ces gens qui prétendaient opérer à mains nues, extraire des tumeurs du corps de leur patient sans la moindre opération chirurgicale. Il s'était lancé tête baissée dans leur apologie et avait multiplié les conférences en leur honneur. Puis, la mode des Philippins passée, il s'était jeté dans d'autres voies, d'autres recherches « initiatiques », d'autres quêtes de la « connaissance intégrale ». Il était retourné en Chine, il était allé au Tibet, en Inde, il y avait rencontré des gourous, il y avait passé des mois dans des ashrams.

Il s'arrêta un instant parce qu'il glissait du sexe de Barbara Vasseur. Avec les fesses qu'elle se payait, ce n'était pas une sinécure de l'enfiler. Il fallait écarter sa croupe à fond et s'enfoncer dans son sillon, entrer très avant en elle, pas seulement le sexe, mais aussi son ventre, ses hanches presque, tout son bassin. Et pendant qu'il la possédait, il fallait qu'il maintienne écartés les deux globes de ses fesses. Il changea de prise, regardant avec plaisir les marques rouges laissées par ses doigts dans la chair généreuse du beau derrière blanc de la cliente. Puis il se réarrima et recommença à la pilonner. Elle gémit. A chaque coup de boutoir, tout son corps ondoyait, tous les replis de ses formes frémissaient comme une nappe d'eau soulevée par le vent. Il avança les mains et les passa sur son visage. Il le sentit humide. Elle pleurait. C'était ça qui était le meilleur. Elle s'humidifiait de partout, Barbara Vasseur, elle s'inondait en haut et en bas. Elle fondait sous la jouissance.

— Oh oui ! Plus fort ! Plus vite ! couina-t-elle à cet instant.

Il y eut une sorte de sanglot sec, un râle qui lui faisait écho, à l'autre bout du bureau. M. Vasseur s'étranglait d'horreur. De plaisir sans doute aussi. Du sombre plaisir de voir sa femme se faire mettre et d'en ressentir un mélange de souffrance et de volupté trouble, et c'était ce mélange, justement, qui lui faisait horreur.

Benefacto avait recommencé sa chevauchée sauvage. Mentalement, il était repris aussi par la cavalcade de ses souvenirs. Des lointaines années du passé. Après le Tibet, la Chine, l'Inde, il était revenu. Il s'était marié et il avait ouvert un cabinet près d'Enghien. C'est là qu'était intervenu l'accident, l'incendie où sa femme était morte et où lui-même avait failli périr. Rescapé miraculeux, il s'était persuadé qu'il n'avait dû sa « résurrection » d'entre les morts qu'à la bienveillance des dieux. Ou de Dieu. Cette certitude, depuis, ne l'avait plus jamais quitté. Il n'avait plus eu qu'une idée : créer un mouvement spirituel, ouvrir une « Église » dont il serait le chef.

Mais où prendre les disciples ? Dans les autres mouvements du même genre, bien sûr. Chez la concurrence.

Il avait découvert l'existence d'un groupusculaire Ordre luciférien de l'Église de Mithra, qui s'était donné pour mission principale d'aider les humains à passer en douceur de l'ère des Poissons (la nôtre) à celle du Verseau (qui doit commencer au XXIe siècle). Il était devenu membre de l'Ordre et sans doute en serait-il devenu aussi le nouveau leader, si celui qui en avait le titre, ouvrant les yeux sur ses ambitions, ne l'avait brutalement viré. Cet échec ne l'avait pas démonté. En partant, il avait fait main basse sur le fichier de l'Ordre, il ne lui restait plus qu'à l'exploiter.

Trois mois plus tard, les statuts de la Loge Mithraïque Rénovée étaient déposés en bonne et due forme et la Loge enregistrée sous l'appellation « d'association culturelle ». La Loge n'avait qu'une vingtaine de fidèles, mais tous riches, généreux, prêts à suivre le Maître jusqu'au bout du monde. Les dons affluaient. Le patrimoine de la Loge commençait à s'arrondir. Pour recruter de nouveaux éléments, Benefacto prononçait des conférences un peu partout, galvanisant des auditoires restreints mais vite conquis, à coups de discours où se mélangeaient écologie, pollution, kabbale, yoga, astrologie et ainsi de suite.

Il avait traversé l'Atlantique pour y prêcher la bonne parole au Québec. Là-bas, comme aux États-Unis, la vogue *new age* faisait déjà fureur, et le terrain était tout préparé pour les prophètes de sa carrure. Il s'y était multiplié en activités de toutes sortes, création de clubs, associations, etc. Il s'y était même improvisé tour-operator ésotérique, en ouvrant une agence de voyages dans l'Invisible : les « Voyages hors du temps ». On y effectuait des « stages de régénération par sophro-relaxation et recentration des énergies à travers les dimensions psychiques ». On était censé s'échapper du corps pour voguer dans les espaces infinis de l'âme, ou plutôt du « pneuma », comme il préférait dire, employant un mot grec.

Sa prospérité commençait. A la tête d'une véritable structure d'associations aussi lucratives qu'absconses, il passait une grande partie de son temps à convertir l'argent de ses disciples en biens immobiliers. Villas dans le Midi de la France, près de Nice et de Montpellier, chalets dans les Alpes, résidences somptueuses au Canada, dans les Laurentides, immeubles à Paris et aussi, plus récemment, en Australie, à Sydney. Le tout acheté sous couvert de multiples SCI (Sociétés civiles immobilières) avec d'innombrables propriétaires dont la plupart n'étaient que des hommes de paille. C'est Garoudy, son expert financier, l'artiste en virements électroniques, qui était à l'origine de cet échafaudage aussi complexe qu'impénétrable aux yeux des profanes. Serge Garoudy qu'il avait connu à Paris, dans une grande entreprise nationale où il avait été invité, tout ce qu'il y a de plus officiellement, à organiser des « séminaires de motivation » pour les cadres. Serge Garoudy qu'il avait séduit, converti, débauché. Et qui, aujourd'hui, menaçait de le trahir...

Garoudy à cause de qui l'opération Apocalypse allait se déchaîner dans huit jours.

Il s'activait toujours entre les fesses de Barbara Vasseur qui gémissait de plaisir. Il n'avait plus beaucoup envie de la baiser, à vrai dire, après les précédentes séances, mais la présence du mari faisait remonter son excitation. De temps en temps, du coin de l'œil, il surveillait ce grand type chauve et maigre, immobile sur sa chaise, qui subissait ce spectacle : sa femme toute nue, chevauchée par le docteur Marc Benefacto et hennissant à chacun de ses coups de boutoir.

Hector Vasseur était blême et Benefacto se mettait à sa place. Ces séances duraient depuis six mois. Depuis l'époque où Barbara avait découvert que son mari la trompait. Trahie, elle en avait perdu le sommeil. Avant Benefacto, elle avait vu trois psychanalystes. En vain. Benefacto, elle le connaissait déjà puisqu'elle se faisait soigner par lui pour obésité. Mais elle avait hésité longuement à se confier à lui. Dès qu'elle s'était décidée, elle avait commencé à remonter la pente. Plutôt que de divorcer, elle avait décidé de faire payer l'infidèle. En l'obligeant à assister à ses propres ébats avec un autre homme.

Pas n'importe lequel. Le docteur Benefacto en personne. Il avait su la manier à la perfection. Encore une de ces personnalités hypersensibles, fragiles, immatures, comme il les adorait, Barbara. Des cibles idéales. Une dérive dans la vie privée, un problème psychique ou physique, et toutes les manipulations deviennent brusquement possibles, toutes les conversions aussi.

Il s'y était pris progressivement avec elle. D'abord des séances de psychanalyse « sérieuse », au cours desquelles il lui avait fait découvrir son passé malheureux, son enfance brimée par sa mère, bafouée, humiliée. Chaque kilo en trop, chez elle, avait une histoire, lui avait-il fait comprendre. Chacun d'entre eux racontait un des déchirements du passé de Barbara, un de ses chagrins, une de ses frustrations. Elle l'écoutait, émerveillée. Elle avait été conquise le jour où il lui avait révélé que sa mère, enceinte d'elle, avait voulu avorter. N'y étant pas parvenue, elle en avait toujours voulu à sa fille d'exister. Barbara l'avait compris. Elle s'était punie elle-même d'avoir gâché la vie de sa mère en devenant obèse.

Comment il savait tout cela ? Pas par magie. Parce qu'elle le lui avait dit, Barbara, au cours d'une séance, et sans même s'en rendre compte, un soir où elle avait lâché que sa mère ne l'avait jamais désirée. Le vieux truc des voyants et de tous ceux qui prétendent lire dans votre âme, connaître vos secrets encore mieux que vous-même. En réalité, la plupart du temps, ce sont d'abord des gens qui savent écouter.

Maintenant, Barbara Vasseur était convaincue, dur comme fer, que sa mère lui avait répété pendant toute son enfance qu'elle avait voulu avorter d'elle. Elle était persuadée de s'en souvenir, après un long, un très long refoulement. Et peut-être qu'au fond c'était vrai ? Pourquoi pas ? Ça n'avait rien d'invraisemblable, en tout cas.

Il ne s'était décidé à lui faire le coup des voix de Planetah que tout récemment. Il y était allé prudemment, progressivement, craignant qu'un reste de raison raisonnante ne l'éloigne de lui. Mais au contraire, ça avait marché comme sur des roulettes. Et quand était intervenue la découverte de l'infidélité de son mari, ce sont les Esprits de la planète lointaine qui avaient, devant elle, là, sous ses yeux, soufflé à Benefacto qu'il fallait qu'elle fasse payer son mari en se faisant sauter devant lui.

Et par lui, bien entendu. Lui, l'Elu de Planetah, le Fils des Atlantes.

Vasseur ne pouvait pas refuser. C'était ça ou le divorce. Et le divorce, il n'en était pas question. L'agence de publicité qu'il dirigeait appartenait à sa femme, c'était elle qui avait placé tous les capitaux venant de son héritage personnel. Il suffisait qu'elle se sépare de lui et reprenne ses billes pour qu'il se retrouve à la rue, sans un sou, sans rien, sur la paille.

Il était coincé. Vaincu.

L'étape suivante, dans l'esprit de Benefacto, c'était la vente de l'agence au profit de la Loge. Mais on n'aurait pas le temps, hélas, d'arriver jusqu'à cette juteuse conclusion. Dans huit jours tout serait fini. Hector Vasseur et sa femme, eux aussi, ne seraient plus que flammes, cendre et fumée.

En attendant, Benefacto profitait pleinement de la situation. Et jouissait des rotondités majestueuses de Barbara. Elle était belle, malgré ses kilos. Ou à cause de ses kilos. Belle comme une montagne de chair épanouie et ondoyante. Avec cette tête menue aux traits fins, au visage pointu, au nez mince, qui formait un contraste troublant avec ses hanches de déesse de la fécondité, ses cuisses puissantes où le buisson châtain de son pubis disparaissait presque, ses seins entre lesquels il aurait presque pu enfouir sa propre tête, et ses fesses de géante.

Elle ahanait, toujours prosternée, secouée, et sanglotante de joie. Son visage était brûlant de larmes. Son ventre brûlant de plaisir. Derrière elle, le docteur glissait, ressortait, se frayait à nouveau un passage dans sa chair si lointaine, tout au fond de ses énormes cuisses. Malgré sa fatigue, Benefacto jubilait. Ah ! qu'il aimait ces femmes énormes, bien plus passives, bien plus ouvertes et offertes que les maigres ! Celle-là était un gouffre palpitant attendant d'être rempli par lui. Une éléphante en chaleur. Voilà. Une très belle éléphante. Il s'envoyait une éléphante. Ça lui donnait un sentiment fou de puissance. De pouvoir. L'impression également qu'il escaladait l'Everest. C'était la disproportion entre leurs corps qui faisait tout le sel de la situation. Lui petit, sec, nerveux, tout poilu comme un bouc du pubis à la naissance du cou. Elle si blanche, si laiteuse si pleine, si volumineuse. Et tellement soumise. Tellement prête à tout.

Quand il serait à Sydney, c'est probablement elle qu'il regretterait le plus.

Au moment de jouir, à l'instant de se déverser dans le ventre de sa cliente, il releva la tête pour profiter du désarroi de Vasseur en même temps. Un petit surcroît de plaisir sadique dont il ne voyait pas pourquoi il se le serait refusé.

Hector Vasseur n'était plus là. Sa chaise était vide.

Qu'est-ce qu'il foutait, ce con ? Où était-il allé se fourrer ?

Il se délivra quand même pesamment, inondant de longs jets le fond du sexe de Barbara. Puis il se dégagea et se rhabilla. Et il partit à la recherche du mari. Il avait horreur qu'on se balade chez lui sans son autorisation.

Il finit par le retrouver, Hector Vasseur, à l'autre bout de l'appartement, dans un des trois cabinets de toilettes dont il ne se servait jamais. Une petite pièce presque vide, peinte en bleu, avec douche, lavabo, glace. Et puis, au plafond, quatre crochets bien solides : tout ce qui restait d'un ancien séchoir à linge depuis longtemps disparu.

C'est à l'un de ces crochets que le mari infidèle de Barbara s'était pendu. Avec sa cravate. Une belle cravate en soie bleu nuit piquée d'étoiles.

Il avait bien calculé la longueur. Seules les extrémités de ses chaussures noires effleuraient le dallage bleu ciel du fond de la douche. Il avait le visage tout verdâtre et les yeux hors de la tête, grands ouverts, écarquillés. Son pantalon gris, à hauteur du ventre, se gonflait d'une superbe érection *post mortem*.

Blême, hagard, le docteur Marc Benefacto se sentit dépassé par les événements. S'appuyant d'une main au mur pour ne pas tomber, il mesurait l'ampleur des dégâts.

Qu'est-ce qu'il allait faire ? Il avait maintenant sur les bras un deuxième cadavre à effacer, à faire disparaître, après celui du cameraman, l'autre jour, et ça commençait à faire beaucoup, même pour lui. Il se passa la main droite sur le front, sa main à quatre doigts. Il avait le visage inondé de sueur.

Très vite, son esprit méthodique reprit le dessus. Un plan s'ébauchait. Les Vasseur, se dit-il, étaient sûrement venus chez lui en voiture. Ils avaient dû se garer en bas de son immeuble. A cette époque de l'année, la rue de l'Amiral-Mouchez était aux trois quarts vide, et presque toutes les places de parcmètre vacantes.

Il avança les mains vers le cadavre et le fouilla. D'abord les poches extérieures de sa veste où il trouva un trousseau de clés de voiture. Puis les poches intérieures. Du portefeuille d'Hector Vasseur, il sortit les papiers, carte grise et assurance d'une Renault 21 TXE à boîte automatique.

Il referma la porte et cavala sans bruit à travers l'appartement. Pour réussir son plan, il fallait absolument qu'il déplace de toute urgence la voiture des Vasseur, qu'il la gare dans une des rues adjacentes où Barbara, en quittant son immeuble, ne pourrait pas la voir.

Cette opération ne lui demanda que six minutes. Quand il revint dans son bureau de consultation, Barbara Vasseur ne s'était même pas rhabillée. Toujours vautrée sur le divan, nue, gigantesque, à plat ventre et cuisses ouvertes, elle cuvait sa béatitude d'avoir été possédée par le Fils des Atlantes et elle se foutait de son mari comme de son premier kilo en trop. Il la trouva soudain beaucoup moins attirante. Elle ne ressemblait plus à une jeune éléphante en chaleur, mais plutôt à une grosse tortue incapable de se retourner toute seule.

Il avait repris ses esprits. Il était redevenu Benefacto, le Grand Maître de Mi.

— Rhabillez-vous, dit-il de sa voix métallique.

Elle se remit lentement sur son séant. Elle avait dirigé son joli visage aux traits fins vers le regard hypnotisant du psychothérapeute-gourou, ses deux yeux gris et durs comme des pierres, des galets. Il pouvait lui dire ce qu'il voulait, elle avait l'esprit fondu, ravagé, elle goberait n'importe quoi.

— Je vais vous appeler un taxi, dit-il. Votre mari est parti.

Elle eut tout de même l'air un peu surpris. Il prévint ses questions.

— C'est moi qui lui en ai donné l'autorisation, dit-il. Les Esprits de Planetah lui ont parlé. Ils lui ont ordonné de se rendre dès cette nuit dans la Cité de Mi et de s'y livrer pendant une semaine à la méditation et à la pénitence.

Elle hocha la tête. Du moment que la consigne venait de Planetah, ça lui paraissait évidemment beaucoup plus normal. Et puis est-ce qu'on discute les ordres des Esprits ?

Elle attrapa son soutien-gorge noir « femme forte » et commença à y loger ses exceptionnelles mamelles.

— Il aurait pu me prévenir, murmura-t-elle.

— Il voulait. Mais les Esprits ne le lui ont pas permis.

Comme ça, tout était réglé. Au moins de ce côté-là.

— Vous le retrouverez au manoir dans huit jours, dit-il. Il sera lavé de ses péchés.

Par téléphone, il appela une compagnie de taxis. Puis il raccrocha.

— La voiture sera en bas dans dix minutes, indiqua-t-il.

Elle s'était mise debout pour enfiler son slip, un machin de soie noire où on aurait pu loger trois paires de fesses féminines modèle courant. D'habitude, ce spectacle mettait Benefacto dans tous ses états. Mais là, cette nuit, avec un macchabée imprévu dans son cabinet de toilettes, il ne se sentait plus de goût à rien.

Elle était en soutien-gorge et slip, sa jupe à la main. Elle se rapprocha.

— Quand vous reverrai-je, docteur ? demanda-t-elle.

— Au manoir. Dans une semaine.

Elle minauda.

— Pas avant ?

Il s'écarta.

— Non, siffla-t-il en prenant son air le plus inspiré. Les Esprits s'y opposent formellement.

Quelques minutes plus tard, elle grimpait dans le taxi qui l'attendait devant l'immeuble, rue de l'Amiral-Mouchez.

CHAPITRE X

Il était très tôt, mais il faisait déjà chaud. Tifany Flow aimait bien, dans certaines circonstances, opérer tôt le matin. Le ciel était parfaitement bleu. Juste un petit nuage, dans un coin, mais on ne donnait pas cher de sa peau.

Plus belle que jamais, Tifany virevoltait au bras de son partenaire dans la grande cour du Louvre. Elle n'avait pourtant pas fait de frais de toilette. Cheveux libres qui lui dévalaient partout en boucles brunes, sur les épaules, sur le visage aussi, mangeant la moitié de ses joues. Jean moulant qui sculptait son admirable derrière callipyge. Et tee-shirt blanc. Sous le tee-shirt, ses seins nus pointaient comme deux cônes durs et droits.

Elle regarda du côté de la pyramide du Louvre, autour de laquelle s'agglutinaient déjà, une demi-heure avant l'ouverture du Musée, des cortèges de touristes. Son regard cuivré effleura les colonnades, au fond de la place, abritant depuis quelques mois un café-restaurant tout neuf et déjà ultra-branché : *Le Café Marly*. L'ombre baignait la colonnade et elle n'apercevait que des silhouettes confuses. Mais elle savait que, parmi elles, se trouvaient un certain Boris Corentin et un certain Aimé Brichot, bien décidés à ne plus la quitter d'une semelle désormais.

Elle se tourna vers son partenaire. Un grand type blond un peu fade. Beau mais sans charme à son goût. Richard Magnaincourt. Un jeune comédien inscrit dans une agence de professionnels du spectacle spécialisés dans l'improvisation. Engagé à prix d'or pour la journée par Paris-Câble afin de servir de « mari » à Tifany.

Elle désigna du menton une femme qui se rapprochait, marchant dans leur direction, sur l'esplanade, entre l'Arc de Triomphe du Carrousel et les guichets du Louvre. Assez jolie, blonde, taille moyenne. Robe blanche légère dont deux boutons étaient défaits sur sa poitrine. Lunettes noires.

— Celle-là ? demanda-t-elle à son « mari ».

Richard Magnaincourt hocha la tête.

— Pourquoi pas ?

Encore un coup d'œil professionnel de Tifany sur sa gauche. Là-bas, entre la pyramide et la grande statue équestre de Bernin, était embusqué Gordon Borelly, son nouveau cameraman, celui qui remplacerait désormais Fabrice Delcaux pour ses séquences de caméra sexy. C'était la première fois qu'elle travaillait avec lui. Pour les besoins de la cause, et histoire de mieux se fondre dans le paysage, Gordon s'était sapé en touriste. Grande chemise à fleurs, short kaki, sandales, casquette de toile blanche. Avec ça, pour le repérer, surtout dans un endroit comme la cour du Louvre où se croisaient des centaines de gens habillés de la même façon et en train de filmer n'importe quoi, il aurait fallu être extra-lucide.

La vie reprenait ses droits. Près de huit jours maintenant que Fabrice était mort. Tifany pensait souvent à lui. Mais le boulot n'attendait pas. Elle avait encore des tas de séquences de sa *Caméra d'enfer* à mettre en boîte, ce mois-ci, et de toute façon ce n'était pas en arrêtant de bosser qu'elle allait ressusciter Fabrice.

Elle avança en ondulant vers l'inconnue blonde, lui coupant le chemin avec un grand sourire.

— Bonjour, fit-elle doucement, je m'appelle Sylvie.

L'autre la regarda, surprise. Avec ce léger mouvement de retrait instinctif et de méfiance qu'ont toujours les passants, dans la rue, quand on les aborde.

Tifany montra Richard Magnaincourt, qui se fendit lui aussi d'un grand sourire.

— Et voilà Raoul, mon mari, dit-elle.

Ils se tenaient par la main comme un jeune couple très amoureux, deux jeunes mariés tout frais, encore émerveillés l'un de l'autre.

— Voilà, reprit Tifany, Raoul et moi nous avons un problème...

Elle y allait sur des œufs, d'une voix un peu gênée, timide.

— Normalement, continua-t-elle, nous habitons Romorantin. Vous connaissez Romorantin ?

— Non, fit la jeune femme blonde.

— Eh bien vous ne perdez rien, l'assura Tifany. Je vous jure, c'est mortel. Et puis toute notre famille habite là-bas aussi. Vous savez ce que c'est les petites villes...

— Non, dit la blonde qui voyait de moins en moins où elle voulait en venir.

— Alors comme on est à Paris, Raoul et moi, murmura Tifany en prenant son air le plus godiche, on aimerait bien se rattraper, vous voyez ce que je veux dire... Faire tous les trucs qu'on ne peut pas faire à Romorantin... S'éclater, quoi... Sans tabous...

La blonde fit glisser ses lunettes noires le long de l'arête fine de son nez.

— S'éclater sans tabous, répéta-t-elle pensivement.

— Raoul et moi, reprit Tifany, on est mariés depuis six mois. Eh bien vous me croirez si vous voulez, mais on n'a encore jamais fait l'amour avec une autre femme et ça nous manque.

La blonde retira ses lunettes noires. Elle avait de beaux yeux bleu clair.

— Si bizarre que ça paraisse, continua l'animatrice de *Caméra d'enfer*, c'est à moi que ça manque le plus. J'adorerais voir Raoul baiser une autre fille. J'en rêve.

Elle se jeta à l'eau.

— Vous voulez bien qu'on essaie, tous les trois ?

La blonde ne se démonta pas.

— Maintenant ?

— Pourquoi pas ?

— C'est que je crains bien de ne pas avoir le temps...

— Notre hôtel est à deux pas, insista Tifany en se tortillant. Dans un quart d'heure ça peut être fini et vous retournerez à vos occupations. Qu'est-ce que vous en dites ?

— Rassurez-vous, intervint le pseudo-Raoul, on ne fera pas des trucs pervers, on n'est pas comme ça. On a juste envie de se retrouver avec vous, à trois, dans un lit...

— Vous avez l'air si bien dans votre peau, renchérit Tifany. Quand je vous ai aperçue, je me suis dit tout de suite que vous étiez sans préjugés. C'est pour ça qu'on vous a abordée. On savait que vous ne nous enverriez pas sur les roses.

— Désolée, fit la blonde. Je ne crois pas que ce sera possible.

— Mais je suce très bien les femmes, vous savez ! Oh ! dites oui ! Dites oui, je vous en prie ! Si vous saviez ! insista-t-elle. J'en mouille déjà, je suis toute trempée ! Tenez, vous voulez toucher ?

Elle lui avait pris le poignet, elle la guida vers son entrecuisse. La blonde laissa quelques secondes contre son pubis une main qui n'en était pas à sa première caresse féminine.

— Écoutez, dit-elle en retirant sa main, ce ne serait pas de refus...

Elle regarda Tifany puis son compagnon.

— Vous êtes très appétissants, tous les deux, mais je préfère vous le dire franchement, j'ai déjà donné. Mon mari m'a tringlée jusqu'à quatre heures du matin et j'ai encore du mal à marcher tellement il m'a enculée.

Elle remit ses lunettes noires.

— Et le pire c'est que j'ai rendez-vous à midi avec mon amant. Qui va m'enculer aussi parce qu'il ne me prend jamais autrement. Alors honnêtement, vous deux, ce serait *too much*. Désolée.

Tifany avait écouté cette petite tirade bouche bée. Quand la blonde se tut, elle éclata de rire.

— Eh bien bravo ! dit-elle. Vous avez été parfaite. Il ne

nous reste plus qu'à vous demander l'autorisation de passer votre prestation à l'antenne.

Dix heures trente du matin. La chaleur était de plus en plus tropicale. Il y avait maintenant des centaines de touristes déversés par des cars, sur l'esplanade de la pyramide transparente du Louvre. Le soleil assenait ses énormes coups de poing comme des enclumes sur Paris.

— Allez, on repart à l'attaque, fit Tifany en entraînant Richard Magnaincourt.

Nouveau coup d'œil du côté de Gordon qui avait changé de planque. Il était maintenant près des arcades, juste sous *Le Café de Marly* où les deux policiers étaient eux-mêmes installés. Il ne les perdait pas de l'objectif. Les deux policiers non plus, Tifany le savait.

Elle avait repéré une assez belle brune mince avec un chignon, un visage triangulaire et une bouche sensuelle. Les épaules nues. Vêtue d'un ensemble en stretch noir brassière-pantalon taille basse qui lui laissait le ventre à l'air, un joli ventre un peu bombé avec un nombril froncé qui faisait penser à des orifices plus intimes. Elle tenait une demi-bouteille d'eau minérale à la main gauche. A la droite un grand sac noir.

Tifany l'accosta en lui servant le baratin habituel. Romorantin, jeunes mariés, moi Sylvie, lui Raoul, et ainsi de suite. Après la blonde qui n'avait pas froid aux yeux, ils n'avaient connu que des échecs. Les femmes s'en allaient en haussant les épaules, lèvres serrées, sans rien dire.

Tifany en était à évoquer leur hôtel, à Raoul et elle, qui se trouvait à deux pas, lorsque la brune sembla se réveiller brusquement. Ce fut une véritable métamorphose.

— Non mais ça va pas, espèce de salope ? hurla-t-elle. Poufiasse ! Pute ! Garce ! Fous le camp avec ton connard de mari !

Elle avait brandi sa bouteille d'eau minérale comme une arme dérisoire. Ameutés par ses hurlements, quelques groupes de touristes se retournaient. Certains se rapprochaient.

— Ça va, ça va, protesta le faux Raoul. On ne voulait pas vous violer ! Calmez-vous !

— Tu vas voir comment je vais me calmer ! Cochon ! Ordure ! gueulait la brune de plus en plus indignée et les yeux hors de la tête. Je vais appeler les flics, oui, et ils vont vous coffrer, espèces de vicieux dégueulasses !

— C'est pour la télévision ! hurla Tifany.

Elle essayait de couvrir les cris de la jeune femme, mais elle n'était pas de taille.

— Pour la télé ! répéta-t-elle à s'en faire péter les poumons. Télé ! émission de caméra invisible !

L'autre l'entendit enfin. Sa rage folle retomba d'un coup, comme un jet d'eau qu'on arrête.

— Pour la télé ? fit-elle avec un grand sourire. Ben merde alors, pourquoi ne pas me l'avoir dit tout de suite ?

Tifany reprenait son souffle. Constatant une fois de plus le pouvoir magique sur les gens de ces deux syllabes : *télé*. Du moment que c'était pour la télé, on pouvait tout faire, tout dire, on avait toujours raison.

— Parce que c'est ça le jeu, dit-elle épuisée. Si on vous l'avait dit, il n'y aurait pas de surprise.

Onze heures quinze. Après deux échecs, Le carrousel reprit. Une rousse d'abord. Une étudiante. Prête à l'aventure, mais à condition qu'elle ne fasse des choses qu'avec Tifany. Le prétendu Raoul se contenterait de regarder.

Puis une brune. Qui reconnut tout de suite Tifany. Une téléspectatrice câblée. Et fanatique de *Caméra d'enfer*. Elle demanda bien entendu à la jeune femme un autographe.

Encore une brune. Qui les écouta en riant, puis posa ses conditions. Elles étaient simples :

— Je ne fais jamais rien sans mon mari, expliqua-t-elle. Si vous êtes d'accord, je lui téléphone et on fait ça à quatre. Il sera ravi de sauter Madame pendant que Monsieur me tringlera.

Tifany commençait à sentir la fatigue.

— Encore une et on va boire un verre, décida-t-elle.

Une sorte de Bardot des années cinquante, en robe Vichy et « choucroute » acajou sur la tête, se rapprochait en balançant des hanches. Main dans la main, Tifany et son compagnon allèrent à sa rencontre.

⁂

Sous les arcades, assis à la terrasse du *Café de Marly* d'où l'on dominait toute la cour du Louvre, Boris en était à son troisième café. Aimé venait de dire qu'à son avis ils perdaient leur temps, le dingue n'était pas idiot, il ne se manifesterait pas de cette façon. Après son coup raté dans le parking en sous-sol, l'autre soir, il devait bien se douter que Tifany Flow était protégée.

— Tu as sûrement raison, Mémé, fit Boris. Mais pour le moment on n'a pas d'autre piste.

Tout en tournant son café, il ne perdait pas de vue la silhouette ondulante de l'animatrice de Paris-Câble. Avec le jeune acteur qui l'accompagnait aujourd'hui, elle venait encore d'accoster une fille. Une petite brune appétissante en robe Vichy.

Brichot mordillait sa moustache.

— D'après Tifany, ce type a des connaissances de médecine et de psychanalyse qui n'ont rien de bidon. Pourquoi on ne cherche pas du côté des psychothérapeutes ?

Boris se pencha vers sa tasse de café et en but une gorgée.

— Tu nous vois cuisiner tout le corps médical, Mémé ?

— Écoute. On a un portrait-robot. Ce ne serait peut-être pas si...

Il s'interrompit parce que là-bas, à l'autre bout de la place, les événements étaient brusquement en train de se précipiter.

Dans un rugissement fou, venant de la rue de Rivoli, une

grosse voiture grise déboucha de l'un des guichets du Louvre. Trois cars de touristes venus d'Allemagne étaient en train de déverser leur cargaison humaine. Tifany et son compagnon, le comédien Richard Magnaincourt, occupés à cuisiner la « Bardot » en robe Vichy, ne virent pas la calendre de la voiture qui se propulsait vers eux et grandissait à une vitesse démente, les visant comme un projectile.

Tifany l'aperçut enfin et poussa un cri.

— Non !

Elle fit un bond fantastique en arrière. Richard Magnaincourt réagit lui aussi, quoique avec une seconde de retard, et sauta de côté. Seule la « Bardot » en Vichy demeura sur place.

La grosse voiture grise la bouscula. Son aile gauche la propulsa à trois mètres. La fille hurla en s'écroulant sur l'esplanade.

L'un des trois cars était en train de manœuvrer pour quitter son emplacement et repartir à vide. Malgré un coup de volant désespéré, la voiture grise ne parvint pas à l'éviter. L'avant du car la heurta sur le flanc dans un fracas de tôles martyrisées.

Miraculeusement, le moteur de la voiture grise n'avait pas été touché. A l'intérieur, le conducteur s'escrimait sur la boîte de vitesses, cherchant désespérément la marche arrière. Comme visiblement il ne la trouva pas tout de suite il préféra s'éjecter de la voiture, une arme à la main. Des touristes accourus pour voir l'accident poussèrent des cris en apercevant l'acier du canon qui brillait au soleil.

Cette foule qui commençait à s'agglutiner le gênait. Où était Tifany Flow ? Il fallait absolument qu'il achève, cette fois, ce qu'il avait commencé.

Il l'aperçut enfin. Elle était en train de se relever. Il la visa. Son pistolet automatique CZ 83 toussa. La détonation déclencha une grande clameur dans la foule, mais personne ne recula. Il tira une seconde fois. Tifany Flow s'était redressée. Il se rendit compte qu'il l'avait ratée à nouveau. Les badauds ne bougeaient pas. Fascinés par ce spectacle qui leur rappelait tant de séries américaines vues à la télé.

Boris Corentin et Aimé Brichot se rapprochaient en courant, leurs RMR à balles de 357 Magnum au poing. Eux aussi, la foule les gênait. Pas question de tirer et de risquer de blesser un touriste.

— Couchez-vous ! hurlèrent-ils presque en même temps. Tout le monde à plat ventre ! Vite !

Sans le moindre succès.

L'homme au CZ 83 courait en tous sens, le regard fou. Il avait perdu sa proie, sa future victime ! Elle s'était fondue dans la masse des badauds ! Où était-elle ? Il crut l'apercevoir et tira de nouveau.

— Arrêtez ! Vous n'avez aucune chance ! Police ! Jetez votre arme ! s'égosillait Corentin derrière l'écran des touristes.

L'autre ne l'entendait même pas. Il tira encore. Une jeune touriste noire, à deux pas de lui, immobile sur l'esplanade, regarda avec ahurissement sa propre poitrine, où venait d'apparaître une large tache rouge, maculant son tee-shirt bleu.

— A plat ventre ! Tous à plat ventre ! répétait Brichot.

Mais personne ne l'écoutait. De nouveaux badauds giclaient de la pyramide, là-bas, attirés par les détonations, et cavalaient vers le lieu des hostilités. De seconde en seconde, l'esplanade se remplissait.

Des grappes de Japonais camescopaient fébrilement la scène, comme si on avait été à Hollywood, dans les Studios Universal. L'homme tirait toujours. Un Japonais s'effondra, l'épaule fracassée. Les autres dirigèrent leurs camescopes vers lui et le filmèrent.

Brusquement, la foule s'ouvrit, et Boris se retrouva face au tireur fou. Un homme maigre, petit, la quarantaine, cheveux courts et noirs. Costumé de sombre et cravaté.

C'était lui.

Criant à pleins poumons, Boris dirigea son RMR vers l'homme.

— Police ! Police !

La foule se referma une seconde, lui cachant le tueur.

Puis elle se rouvrit. Le tueur reculait, tirant toujours au hasard, essayant de regagner sa voiture.

— Police ! hurla à son tour Aimé Brichot qui venait de rejoindre sa flèche.

Il y eut de nouveau une bousculade, Boris et Aimé furent séparés. La foule commençait enfin à réaliser qu'il ne s'agissait pas d'un tournage de polar. Une panique folle s'emparait des touristes. Comme des troupeaux de buffles, ils se mirent à charger dans tous les sens. Boris fut renversé. Il était en train de se redresser lorsque la foule se rouvrit. Le tueur était appuyé du dos à sa voiture, dont il avait rouvert la portière. A genoux, Boris tendit tous ses muscles. Il allait tirer. Il le fallait.

« Ne le rate pas, surtout ! Ne le rate pas ! » s'exhorta-t-il intérieurement.

Un cri le fit sursauter. Ça venait de derrière lui. Il vira une seconde du buste. Un tout jeune policier en uniforme, blouson et casquette, se tenait debout, vociférant « Police ! » tout en essayant fébrilement de dégainer son pistolet. Boris comprit tout de suite que le malheureux commettait une effroyable erreur en s'exposant ainsi.

L'autre, là-bas, près de la grosse voiture grise, ne se démontait pas. Il releva le canon de son CZ 83. Il le tenait à deux mains. A l'un de ses doigts brillait quelque chose. Ça devait être la bague énorme dont avait parlé Tifany quand elle avait essayé de donner une description de l'inconnu. Pendant une infime fraction de seconde, cette bague accrocha les rayons du soleil et les renvoya comme une loupe.

La détonation claqua. Le jeune flic en tenue lâcha un gémissement sourd dans le dos de Corentin et s'abattit sur lui, l'empêchant de tirer à son tour. Se retournant de nouveau, Boris prit dans ses bras le jeune flic. Son visage était déjà livide, du sang dégoulinait sur son uniforme. Le tueur l'avait atteint au cou, sans doute à la trachée artère. Il n'avait même pas achevé de sortir son arme de l'étui.

Trois nouvelles détonations claquèrent. La foule se referma encore autour de Boris, l'aveuglant. Il se releva, après avoir allongé le jeune flic, dont Brichot s'occupait. Une femme, en proie à une crise de nerfs, se jeta sur lui en hurlant. Elle s'accrochait à son blouson comme si elle était en train de se noyer. Il se dégagea enfin, joua des coudes au milieu de la mêlée des touristes affolés. Quand il se retrouva libre de ses mouvements, ce fut pour voir la grosse voiture grise du tueur, une Renault 21 TXE, avec son aile avant fracassée, reculer en trombe et redémarrer à tombeau ouvert. Boris se précipita, revolver au poing, prêt à tout tenter pour arrêter la voiture. Celle-ci filait en direction du quai de la Mégisserie. Boris s'arrêta et visa. Il avait encore une chance, une minuscule, d'atteindre les pneus arrière de la voiture avant qu'elle ne disparaisse.

A ce moment, un long cortège de gamins traversa son champ de vision, une double rangée de tout petits gosses encadrés par des adultes, qu'on emmenait visiter le Louvre.

Boris laissa retomber son arme. Trop tard pour tirer, de toute façon. La voiture grise avait viré sur la gauche et filait sur les quais. Comme la circulation était quasi inexistante, il n'y avait plus aucune chance de la rattraper.

Ruminant sa rage, Boris tournait en rond sur l'esplanade. Plusieurs flics en uniforme étaient accourus. L'un d'eux, là-bas, au fond de la place, se battait avec la borne de police pour obtenir des ambulances. On avait dû donner déjà l'alerte, depuis le Musée lui-même, ou du *Café de Marly*, car les premières voitures de police-secours, deux ambulances puis un énorme camion de pompiers apparurent presque aussitôt.

Des policiers entreprirent de faire reculer la foule des badauds. Deux blessés légers furent évacués. Il n'y avait visiblement plus rien à faire pour le jeune flic en uniforme, mais plusieurs infirmiers et deux médecins tentaient une opération de la dernière chance, à même le trottoir, derrière un drap tendu. D'autres infirmiers et un médecin s'occupaient de la touriste noire qui avait été touchée juste au-dessus du cœur. On tentait de stopper son hémorragie. Un assistant, debout, tenait un bocal de sang, transfusé avec un goutte-à-goutte. Un autre lui faisait une piqûre de stimulant cardiaque.

Titubant, hagard, Richard Magnaincourt, le jeune comédien engagé par Paris-Câble pour la journée, se rapprocha de Boris. Il tremblait de tous ses membres.

— Qu'est-ce qui s'est passé ? répéta-t-il. Mais qu'est-ce qui s'est passé ?

Boris vira vers lui.

— Où est Tifany ? interrogea-t-il.

— Hein ?

— Tifany Flow ? Où est-elle ?

L'autre ne semblait même pas comprendre ce qu'il lui disait. Finalement, la mémoire sembla lui revenir.

— Je ne sais pas, dit-il, je ne l'ai pas vue.

Gordon Borelly, le nouvel assistant cameraman de Tifany, accourut, son mini-appareil de prises de vue sous le bras.

— J'ai tout filmé ! cria-t-il à Boris.

Corentin enregistra l'information. Se rendant compte qu'il n'avait même pas repéré le numéro minéralogique de la grosse voiture grise. Une R21 TXE automatique, ça il l'avait quand même retenu. Grâce au film de Borelly on aurait le reste.

— Vous n'avez pas vu Tifany ? interrogea-t-il.

— Non. A un moment je l'ai perdu de vue. Elle n'est pas avec vous ?

Il n'eut pas le temps de répondre au cameraman. A travers l'esplanade grouillante de touristes et de policiers, il aperçut Aimé Brichot qui soutenait la « Bardot » en robe Vichy que Tifany et le comédien avaient commencé à draguer, tout à l'heure, juste avant le début des hostilités. Il les rejoignit en courant.

— Elle n'a rien, indiqua Brichot en montrant la fille. Elle est juste un peu sonnée. Et Tifany ?

— J'allais te le demander. Tu ne l'as pas vue ?
— Non. Toi non plus ?

Ils se regardèrent. Blêmes. Non seulement ils avaient raté le tueur, mais en plus Tifany Flow, sous le coup de la panique probablement, leur avait filé entre les pattes.

Où se trouvait-elle à présent ?

CHAPITRE XI

Boris Corentin se releva, poings serrés de rage, et recommença à tourner en rond.

Impossible d'arracher quoi que ce soit à Rhabia, qui gisait, complètement défoncée, au milieu d'une montagne de coussins, dans le loft de Tifany Flow, rue de Mazagran. Droguée jusqu'à la racine des cheveux. Partie dans un long rêve noir d'où il avait essayé de l'arracher, quelques minutes plus tôt, mais en vain.

Sur la platine, installée à portée de main de la jeune femme, un compact-disque était engagé. Un refrain exaspérant s'en échappait. Exaspérant, lancinant, et aussi étrangement fascinant.

« *Mangez-moi, mangez-moi, mangez-moi !* »

C'était le tube tout récent du groupe Billy ze kick et les Gamins en folie.

« *Mangez-moi, mangez-moi, mangez-moi !* »

Que faire ? Debout au milieu de la vaste pièce livrée au bordel habituel, Boris réfléchissait. Il releva la tête vers les immenses verrières en pente douce qui coiffaient tout le loft. Il n'avait pas mis moins de dix minutes à arracher Rhabia à sa torpeur, en arrivant. C'est seulement parce qu'il s'était acharné, tambourinant de ses deux poings contre la porte, qu'elle s'était finalement levée pour venir ouvrir. Dans le plus simple appareil, et ne semblant même pas s'en rendre compte.

— Qu'est-ce que vous voulez ? avait-elle demandée en regardant Boris comme si elle ne l'avait jamais vu.

Il avait essayé de lui expliquer que Tifany avait disparu et que c'était grave, très grave, qu'il fallait qu'il la retrouve, et que s'il ne remettait pas la main sur elle, le tueur, lui, saurait bien la dénicher et l'abattre.

— Je ne sais pas où elle est, avait lâché Rhabia d'une voix morne avant d'aller se vautrer à nouveau au milieu des coussins.

Boris la regarda. Elle était lovée en chien de fusil, recroquevillée sur elle-même en position fœtale. Genoux remontés sur les seins. Visage disparu entre ses bras, sous un fouillis de cheveux bouclés noirs. De là où il était, elle lui offrait surtout une vue plongeante imprenable sur sa croupe magnifique, épanouie, et sur le fruit gonflé de son sexe qui ressemblait aux deux moitiés d'un abricot juste mûr. Sous les néons mauves style boîte de nuit qui baignaient le loft, sa chair naturellement mate prenait des teintes bleutées assez étranges. Boris regarda ses propres mains : elles paraissaient violacées.

> *« C'est le chant du psilo qui supplie,*
> *qui joue avec les âmes*
> *et ouvre les volets de la perception. »*

La chanson de Billy ze kick continuait, aigrelette, saccadée, obsédante. Le « psilo », Boris savait très bien ce que c'était. Pas besoin d'être grand clerc pour deviner qu'il s'agissait du psilocybe, un champignon hallucinogène. Toute la chanson, d'ailleurs, était un éloge à peine masqué de cette drogue. D'où le « *mangez-moi !* » indéfiniment répété.

En grognant, Rhabia se retourna sur l'autre côté, et se remit en position fœtale. Boris s'agenouilla à nouveau près d'elle.

— Écoute-moi, fit-il doucement en caressant ses boucles noires. Rhabia, je t'en prie, il faut que tu me parles...

Boris et Aimé, sur l'esplanade du Louvre où le tueur avait essayé d'abattre Tifany, avaient d'abord perdu un temps précieux à apporter leur témoignage aux collègues de la Brigade Criminelle accourus sur les lieux. Dès qu'ils avaient pu se libérer, ils s'étaient rués au siège de Paris-Câble. Mais la jeune femme était introuvable. Brichot était reparti pour le quai des Orfèvres avec le film de Gordon Borelly. A l'heure qu'il était, le service des cartes grises avait peut-être déjà révélé le nom et l'adresse du propriétaire de la R21. Il ne fallait pas trop rêver, d'ailleurs, la voiture avait probablement été volée.

Restait le problème Tifany Flow. Rhabia était la plus proche amie de l'animatrice de *Caméra d'enfer*. S'il y avait bien quelqu'un capable de deviner où elle se terrait, c'était elle.

Mais Rhabia ne semblait même pas l'entendre. Et, sur la platine, Billy ze kick continuait. Toujours la même voix sautillante, ironique.

« Gare à la descente !
Down, down, down, down ! »

Il allongea le bras et éteignit la platine.

Dans le silence revenu, alors, la voix de Rhabia s'éleva.

— Non. S'il te plaît ! Remets le disque !

— D'accord. Mais alors tu m'aides. Promis ?

Elle souffla un « oui » faible et tenta de se redresser sur les coudes, tandis que Boris rallumait la platine. Aussitôt, les « *Mangez-moi !* » recommencèrent.

Rhabia avait fini par hisser tout son buste à la verticale. Un exploit. Mais elle ne paraissait pas plus fraîche pour autant. Regard fixe et vitreux, elle se grattait machinalement. Les bras d'abord, puis la poitrine, ses beaux seins aux pointes brunes qu'elle éraflait des ongles. Elle s'arrêta soudain, examinant les dégâts.

— Je vais être affreuse ! dit-elle. Ils ne vont mêmes pas vouloir de moi, pour les photos. Quelle heure est-il ?

Boris regarda sa montre. Quinze heures. Il le lui dit. Elle sursauta.

— J'ai rendez-vous dans une heure à la porte d'Orléans ! C'est effrayant !

Elle passa une main tremblante dans ses boucles ébouriffées.

— Il faut que je reprenne quelque chose avant d'y aller, dit-elle d'une voix confuse. On m'a vendu de la saloperie, je suis malade, j'ai mal partout.

Boris lui caressa la nuque.

— Il faut surtout que tu arrêtes ces conneries, fit-il doucement. Tu sais, je connais des médecins, j'ai des adresses de cliniques où tu pourrais te désintoxiquer.

Elle secoua la tête.

— Plus tard, fit-elle.

Elle recommença à se gratter furieusement. Elle semblait de plus en plus nerveuse et angoissée. Elle demanda à Boris une cigarette. Il lui donna une de ses Gitanes légères. Elle l'alluma, en avala deux bouffées puis l'écrasa carrément contre le marbre du sol.

— J'ai vraiment mal partout, tu sais, reprit-elle. Je souffre. Je ne pourrai jamais aller à ma séance de photos si je ne reprends pas quelque chose. Aide-moi. Je connais un endroit, ce n'est pas loin d'ici, on peut y être en trois minutes. Aide-moi, je t'en supplie, Boris, ou je sens que je vais devenir folle !

Il soupira.

— D'accord. Mais après, tu me promets que tu feras un effort ?

Elle le regarda comme s'il parlait le chinois.

— Un effort pour quoi ?

Il se pencha sur elle. Le cœur serré. La privation de came la décérébrait complètement.

— Tu ne te souviens pas de ce que je t'ai demandé ?

Elle le considéra interminablement. Puis, d'une voix de poupée mécanique :

— Tu veux me baiser ? Oui, d'accord, mais après, je te promets qu'on fera tout ce que tu veux après. Tu verras comme je suis bonne à tringler, quand je me sens bien !

Boris secoua la tête.

— Rhabia, fit-il en rapprochant son visage du sien, il ne s'agit pas de ça, mais de Tifany. Elle est en danger. Il faut que tu m'aides. Si tu ne m'aides pas, c'est comme si tu la laissais tomber. Comme si tu la condamnais à mort. Tu comprends ?

La fille disait oui, mais il se demandait si une seule de ses paroles était parvenue jusqu'à son cerveau.

— Je vais réfléchir, promit-elle. Mais accompagne-moi là-bas, je t'en supplie.

Elle se remit debout non sans mal.

— Je vais m'habiller. Mais pendant ce temps-là, tu sais ce qui serait gentil ? Ce serait de me préparer un café fort, très fort ! Je crois que je vais en avoir besoin.

Boris Corentin stoppa sa R18 de fonction avenue Jean-Jaurès, à quinze mètres de la place Stalingrad, l'un des hauts lieux parisiens des camés et des revendeurs de drogue. Rhabia sauta de la voiture. Il la rejoignit. Elle glissait souplement sur ses espadrilles lacées. Elle avait l'air métamorphosée. Cheveux tirés en arrière, vêtue d'un ensemble Kenzo couleur sable, veste et pantalon, et d'un débardeur en soie marron, elle était méconnaissable.

— C'est là-bas, indiqua-t-elle.

La place était presque vide. Quelques types erraient, se croisaient, chuchotant des prix, marchandant. Rue Lally-Tolendal, derrière la place, Rhabia s'arrêta enfin, désignant une épicerie tenue par des Chinois.

— C'est là, dit-elle. Attends-moi, je ne serai pas longue.

Il la regarda s'éloigner, dansante sur ses espadrilles, longue silhouette souple aux formes voluptueuses. Qui aurait pu imaginer qu'un quart d'heure plus tôt, rue de Mazagran, elle n'était qu'une pauvre loque, un déchet humain, un être arrivé au dernier stade de l'hébétude et de la prostration ?

Le temps commença à passer. Finalement, Boris consulta sa montre. Cela faisait dix minutes que Rhabia était entrée dans l'épicerie chinoise. La comédie avait assez duré, jugea-t-il. Il pénétra dans l'épicerie.

Un vieux Chinois somnolait derrière la caisse. Il se redressa et dédia à Boris un sourire commercial qui ressemblait plutôt à la grimace d'un rongeur. Boris lui demanda où était passée la jeune femme brune entrée dix minutes plus tôt. L'autre commença par faire l'imbécile et ne se décida à répondre que lorsque Boris lui eut mis sous le nez sa plaque d'identité plastifiée et barrée de tricolore.

— Elle est partie par là, indiqua-t-il en montrant l'arrière-boutique. Il y a une sortie, par derrière, sur l'autre rue. Elle m'a dit qu'elle voulait échapper à un homme qui l'embêtait. Je ne pouvais pas savoir que cet homme était un...

Sans écouter la suite, Boris se rua vers le fond de l'épicerie, bousculant des empilements de barils de lessive et des sacs de soja, et déboucha dans la rue Clovis-Hugues, parallèle à la rue Lally-Tolendal. Rhabia ne l'avait pas attendue. La rue Clovis-Hugues était évidemment déserte. Elle n'avait eu qu'un saut à faire pour rejoindre la station de métro Stalingrad ou prendre un taxi. Boris serra les mâchoires. Il se serait battu.

Il essaya de raisonner. Elle avait parlé d'une séance de photos dans le quartier de la porte d'Orléans. Autant chercher une aiguille dans une botte de foin.

Brusquement, il se rappela les numéros de téléphone et les rendez-vous gribouillés au feutre, sur un mur de la cuisine, chez Tifany, juste au-dessus de l'un des téléphones du loft. Il les avait regardés machinalement, tout à l'heure, en préparant le café que lui avait réclamé Rhabia.

Il remonta dans sa R18. Rhabia, en quittant l'appartement de son amie, avait simplement glissé la clé sous le paillasson, il se souvenait même de lui avoir dit que ce n'était pas prudent. Elle avait haussé les épaules en répondant que Tifany faisait toujours pareil et qu'il ne fallait pas être parano comme ça.

Il redémarra en trombe. De Stalingrad, il ne mit pas cinq minutes à regagner la rue de Mazagran. Et pas trois minutes supplémentaires, chez Tifany, avant de trouver ce qu'il cherchait : une adresse rue Vincent-Faguet, dans le XIVe, tout près effectivement de la porte d'Orléans. Rhabia avait inscrit l'heure de la convocation : seize heures. Et le nom de la boîte : String Company.

Boris regarda sa montre. Seize heures dix. Il n'avait plus une minute à perdre.

⁂

Entre un Centre sportif et les premiers bâtiments de la Cité Universitaire, dans le prolongement de la rue de la Tombe-Issoire, la rue Vincent-Faguet ne semble avoir été tracée que pour conduire tout droit au périphérique. Les locaux de String Company se trouvaient au rez-de-chaussée d'un vieil immeuble étroit en briques noires de crasse, tout au fond de la cour, et la « Company » en question ne paraissait pas baigner dans le luxe. Ou alors elle cachait bien son jeu.

Passé la double porte en fer, il y avait la « réception » : un hall gris aux murs de béton brut, avec une moquette saugrenue par terre, couleur lilas. A un petit bureau en bois blanc surmonté de plusieurs téléphone et d'un terminal d'ordinateur, une jeune femme blonde que n'arrivaient pas à enlaidir de grosses lunettes cerclées d'écaille. Derrière elle, des rayonnages où s'alignaient des dossiers, ainsi que de longues rangées de revues. Elle leva le nez à l'apparition de Boris, le jaugea en une seconde, le trouva à son goût, et redressa le buste.

— Vous désirez ?

Rien qu'à sa façon de pousser la poitrine en avant tout

en papillotant des paupières et en entrouvrant sa grosse bouche un peu humide, Boris la classa dans la catégorie des allumeuses type. Pas nécessairement celles dont il y a le plus à attendre.

— Je cherche une amie. Rhabia. Je crois qu'elle travaille pour vous.

La secrétaire considéra ses longs ongles vernis en mauve.

— Comment vous dites ? Rhabia ? Je ne vois pas.

Boris allongea le bras, main prolongée par sa carte plastifiée barrée de tricolore où sa propre photo était prise dans la masse.

— Avec ça, interrogea-t-il, vous voyez mieux ?

La blonde eut un petit haut-le-corps souligné par ses seins qui sursautèrent sous le débardeur noir.

— Avec ça je vois comme en plein jour, reconnut-elle.

— Il faut me pardonner, dit-elle en se levant. D'abord vous n'avez pas l'air d'un policier, ensuite quand je vois un type qui débarque ici et qui demande un de nos modèles, j'ai toujours peur qu'il s'agisse d'un fiancé jaloux, ou d'un mari furieux prêt à faire du scandale. Vous comprenez, ce qu'on fait ici comme photos c'est un peu particulier. Un peu spécial...

Ses sourcils se froncèrent.

— Il n'y a pas de problèmes, au fait ? On ne va pas avoir d'ennuis ?

Boris haussa les épaules.

— Je ne suis pas là pour ça, dit-il. Du moment qu'il n'y a pas de mineurs dans votre combine et que tout le monde est consentant ça ne me regarde pas. Je veux seulement voir Rhabia et lui parler.

— Elle est en pleine séance, indiqua la secrétaire. Mais vous pouvez aller y jeter un coup d'œil si vous voulez.

Boris montra les revues, sur les rayonnages, au-dessus de la fille.

— C'est ça vos productions ?

— Oui. Romans-photos *hard*.

Elle attrapa un paquet de revues.

— Regardez. Vous verrez qu'il faut être assez culotté pour faire ce genre de truc.

— Culotté, répéta Boris.

Comprenant en même temps que le nom de la « Company » était une fine allusion à ce que les femmes, en ces lieux, ôtaient le plus fréquemment.

Il feuilleta deux ou trois numéros dont les titres étaient assez éloquents : *la Belle et la Bite, Mélodie en sodo, Serial fucker, Hélène et les roustons*. Quant aux photos, elles se spécialisaient surtout dans le gros plan. D'organes intimes bien sûr.

Il reposa les revues.

— C'est par où ? demanda-t-il.

— Je vais vous montrer, fit la blonde secrétaire en se déhanchant.

Il la suivit dans un long couloir. Il n'y avait plus de moquette. Les talons hauts de la secrétaire sonnaient. Boris, derrière elle, jugea qu'elle tortillait les fesses un peu plus qu'il n'est nécessaire en pareille circonstance.

Elle stoppa enfin et lui montra un escalier obscur.

— C'est en bas, dit-elle.

Et elle tourna les talons. Roulant toujours des hanches en s'éloignant.

En bas, dans les sous-sols, il y avait des éclats de voix et de la musique douce. Un couloir d'abord, et sur la droite deux petites pièces très éclairées, des salons de maquillage visiblement.

Une grande fille rousse, presque nue, avec des seins volumineux où les pointes rose groseille paraissaient minuscules, était assise sur une chaise tubulaire, en train de se faire maquiller par un long type mou qui leva la tête à l'apparition de Boris. Plus loin, une autre fille attendait, assise également. Une immense Noire musclée, superbe, qui tirait sur sa cigarette avec un air de mépris absolument souverain. Elle se regardait dans la glace, elle avait l'air fascinée par elle-même, par sa beauté d'idole farouche et sauvage, son long visage sombre au nez droit, fruit de savants métissages, sa bouche large qui s'avançait en moue dédaigneuse, son crâne rond aux cheveux presque ras, casqué d'une courte fourrure d'astrakan. Elle ne portait qu'un soutien-gorge et un slip rouges.

— Qu'est-ce que vous voulez ? interrogea le maquilleur en arrêtant ses applications de crème hydratante sur le visage de la rousse. Vous voyez bien que vous dérangez.

Dans la glace, la rousse adressa à Boris un sourire. Un vrai, un franc sourire de drague. Du genre qui dit : « Quand tu veux, où tu veux. »

— Je cherche Rhabia, fit Boris.

Le maquilleur agita ses mains luisantes de crème.

— Elle est au studio, là-bas, en train de bosser.

Il indiquait une vague direction. Boris quitta la petite pièce non sans avoir rendu son sourire à la rousse.

Il traversa une grande salle jonchée de costumes entassés un peu partout au fond de laquelle il y avait une porte ; un panneau y était vissé : « Défense d'entrer ». Il entra donc.

C'était le studio photo lui-même. La lumière crue des projecteurs l'éclaboussait. L'espace était immense, avec différentes « pièces » décorées curieusement. L'une était un salon Louis-XV de pacotille ; une autre « pièce » était censée simuler un boudoir du siècle dernier, avec d'épaisses tentures moirées partout, des coussins sur les canapés et des poufs en velours. Une autre encore représentait une alcôve : immense lit aux draps de soie bleue encadré de colonnes torsadées soutenant un baldaquin d'où retombaient de multiples voilages mouvants et transparents.

C'était là visiblement que « ça » se passait. Plusieurs spots sur pied emballés de papier calque illuminaient crûment le lit sur lequel se tenaient une jeune femme brune et un garçon. Nus tous les deux. La jeune femme brune était à quatre pattes et le garçon, jeune et l'air intimidé, une sorte de collégien poussé en graine, était à genoux derrière elle, collé contre ses fesses, mains plaquées à ses hanches. Le photographe, en jean et tee-shirt blanc sans manches, visière de sa casquette retournée sur la nuque, virevoltait autour d'eux. Rien qu'à sa voix aiguë et à ses tortillages de fesses, on devinait qu'il était homosexuel.

— Chérie ! répétait-il. Je t'en prie, regarde-moi. Oui, comme ça. Ouvre un peu la bouche. Non. Sois plus salope, je t'en prie ! Fais un effort ! Plus salope !

La fille, cheveux noirs coupés au carré, tournait vers lui un visage parfaitement inexpressif. Le photographe s'énervait.

— Sois salope ! Sois salope ! Décoince-toi !

La fille avait apparemment beaucoup de mal à avoir l'air « salope ». Elle sortit finalement la langue et renversa le regard d'un air langoureux. Le photographe dut s'estimer satisfait. Il commença à la mitrailler. Clic-clac ! Clic-clac ! Cela dura cinq minutes, puis le photographe changea de pellicule.

— Maintenant, annonça-t-il au garçon, tu la fourres en levrette. Vas-y. Merde ! Tu entends ce que je te dis ?

Le garçon se déhanchait. A son air soucieux, on devinait que quelque chose clochait.

— Il ne bande pas, lâcha enfin la fille exaspérée.

Corentin, sidéré, reconnut Rhabia. Rhabia perruquée, et surtout maquillée de telle sorte qu'elle était méconnaissable, bouche doublée de volume, regard charbonneux, visage pour ainsi dire redessiné par le fond de teint et le rose aux joues. Boris se tenait toujours près de la porte. Est-ce que Rhabia l'avait vu entrer ? Sans doute pas. Avec cette lumière blanche des projecteurs dans la figure, tout le reste de la salle devait lui paraître obscur, baignant dans une profonde pénombre.

— Écoute ma chérie, soupira le photographe, sois mignonne, suce-le, je ne vois pas d'autre solution.

En grognant, Rhabia se retourna. De très mauvaise grâce, elle se mit en position. Boris vit la langue de la jeune femme effleurer le gland du garçon. Celui-ci eut un très léger soubresaut. Le photographe bondit sur son appareil, et clic-clac, clic-clac ! Même si cette séquence de fellation n'était pas prévue dans le scénario initial, aucune importance, on trouverait toujours le moyen de la replacer ailleurs.

— Bravo chérie, continue, tu es formidable ! glapit-il de sa voix de fausset.

Elle l'avait pris à pleine bouche, maintenant, et elle l'avalait d'un mouvement lent, régulier, tout en caressant ses testicules par en dessous. Le sexe de son partenaire était en train de prendre des proportions imposantes. Il avait au moins triplé de volume sous les caresses de la fille. Le photographe, toujours sautillant dans l'alcôve, continuait à immortaliser la scène en choisissant des angles de plus en plus pointus.

Les meilleures choses ayant une fin, Rhabia se décrocha de l'hameçon monumental qu'elle avalait et se remit en position initiale, à quatre pattes au milieu du lit, tête entre les bras. Le nommé Fred revint s'accoter à sa croupe, mains enfoncées dans la chair généreuse de ses hanches.

— Je te rappelle qu'on ne baise pas, fit Rhabia en tordant le cou. On fait des photos. Alors tu la laisses au bord, tu ne la rentres pas complètement. Compris ?

— Compris, fit-il d'une voix étranglée.

Il fit comme elle disait et le photographe prit une kyrielle de photos en gros plan du membre du garçon engagé de deux ou trois centimètres seulement entre les lèvres secrètes de Rhabia.

— Bravo ! cria-t-il enfin. Parfait ! Merveilleux ! On fait une pause de dix minutes, mes enfants.

Et il s'éloigna pour recharger ses appareils.

Boris s'avança en direction de l'alcôve. Rhabia y était seule, assise sur le lit. En train de regarder les faux ongles violets dont on l'avait affublée. Elle releva la tête et aperçut enfin Boris. Elle pâlit.

— Merde, dit-elle. Mais comment tu as ?...

Boris secoua la tête.

— Peu importe comment j'ai, dit-il entre ses dents. Mais maintenant que je t'ai retrouvée, tu vas me faire le plaisir de te creuser la tête et de me dire ce que tu sais. Je te rappelle qu'il y va de la vie de ton amie.

Rhabia croisa les mains sur ses seins.

— Mais je ne sais rien, dit-elle. Elle ne m'a rien dit. Elle m'a seulement...

Elle hésitait. Le nommé Fred, toujours à poil et en érection, revenait avec deux gobelets remplis de café noir et fumant. Elle en prit un, remercia Fred et lui demanda gentiment de les laisser tranquilles.

— Elle m'a téléphoné, reprit-elle quand Fred se fut éloigné, largement précédé par son membre triomphal. Elle m'a appelé vers midi. Elle m'a seulement raconté qu'elle partait se planquer quelques jours. Elle ne m'a pas dit où. Elle avait l'air d'avoir peur. J'ai cru comprendre qu'elle n'avait plus confiance, qu'elle...

— Plus confiance en qui ?

— En vous deux, Aimé et toi. Puisque le type a remis ça alors que vous étiez là et qu'elle a bien failli y passer.

Un voile sombre passa sur le regard de Boris. Il revoyait l'esplanade bourrée de touristes, la panique générale, les cris, les blessés, l'impossibilité de tirer dans le tas...

— Elle m'a fait jurer de ne rien te dire, précisa encore Rhabia, de ne même pas te parler de ce coup de fil.

— C'est malin !

La jeune femme but une gorgée de café.

— Tu comprends, je ne voulais pas la trahir...

D'un geste vif, elle arracha sa perruque et secoua la tête, redonnant vie à ses beaux cheveux noirs bouclés.

— C'est pour ça aussi que je t'ai faussé compagnie chez l'épicier de la rue Lally-Tolendal.

Elle glissa la main vers la nuque de Boris qu'elle caressa, attirant lentement son visage vers elle.

— Tu m'en veux beaucoup ?

— Un peu, dit-il, mais ce n'est pas ça le plus important.

Elle colla sa bouche contre la sienne, lui ouvrant les lèvres et y insinuant sa langue. Puis elle se retira.

— Tu sais, je ne suis pas folle ni suicidaire. Tout à l'heure, quand tu es arrivé chez Tifany, je n'étais pas fraîche, mais je me souviens de tout. Même que tu m'as dit que je devais me faire désintoxiquer. Ce n'est pas tombé dans l'oreille d'une sourde.

— Je t'aiderai, promit Corentin.

D'un geste vague elle désigna le décor qui les entourait.

— Il faudrait aussi que j'arrête toutes ces conneries, dit-elle. Mais qu'est-ce que tu veux, deux mille cinq cents balles par jour pour faire semblant de me faire tringler, ça ne se refuse pas.

Elle laissa glisser sa main vers la cuisse de Boris et remonta vers l'endroit le plus sensible de son individu. Sa paume se plaqua contre le renflement du pantalon.

— Puisqu'on parle de ça justement, dit-elle d'une voix un peu tremblante, j'ai horriblement envie que tu me baises, j'aime mieux te le dire.

— C'est très gentil, mais je ne crois pas que le moment et le lieu soient bien choisis, lui fit-il remarquer.

— Dommage que tu ne sois pas mon partenaire, soupira-t-elle en retirant sa main.

Elle le regarda.

— Écoute, dit-elle très vite, pour Tifany, je ne sais rien et je ne t'ai rien dit, mais si tu veux mon avis, à dix contre un, je te parie qu'elle est allée se planquer chez Snarck.

— Snarck ?

— Un ex à elle. Il a un groupe de rock, Logiciel. Il habite Vincennes, tout près du château. Avenue du Château précisément.

— Snarck, ce n'est pas son nom ?

Elle secoua la tête.

— Non. Il s'appelle Christian Gambelec.

— Et qu'est-ce qui te fait dire qu'elle est chez lui.

Elle haussa les épaules.

— Une idée comme ça. Il y a six mois, un type qu'elle avait rencontré dans une boîte et avec qui elle avait baisé la poursuivait, l'emmerdait, et elle est allée chercher refuge chez Snarck pour lui échapper. Ils ont beau être séparés, ils sont restés copains. D'ailleurs, Tifany est persuadée qu'ils finiront leur vie ensemble.

Elle se pressa contre Boris.

— Voilà, soupira-t-elle. Je t'ai vraiment tout dit, et même plus que je n'en sais. Mais jure-moi que tu ne diras rien à Tifany, elle m'arracherait les yeux.

Boris se pencha pour l'embrasser.

— Juré, fit-il.

Le photographe réapparaissait, la pause était terminée. Les deux filles que Boris avait vues dans le salon de maquillage en arrivant, la rousse et la Noire, firent également leur apparition. Curieusement vêtues très strict en tailleur Chanel. Deux ensembles feuille morte qu'elles n'allaient sûrement pas garder longtemps.

— Raccord maquillage, mon chou, ordonna le photographe à Rhabia. Dépêche-toi, on commence dans cinq minutes.

— J'y vais, fit Rhabia à Boris en se levant. Tu ne veux pas rester pour la séquence lesbiennes ? Un grand moment de léchage collectif, je ne te dis que ça !

— Désolé, fit Corentin, ce sera pour une autre fois.

— On se reverra ?

— Évidemment.

— C'est qui celui-là ? Qu'est-ce qu'il fout ici ? interrogea le photographe en s'apercevant brusquement de la présence de Boris qui s'était également levé.

— C'est personne et il s'en va, répondit-il au photographe en s'éloignant à grandes enjambées vers la sortie.

CHAPITRE XII

C'était un pavillon en meulière plus vrai que nature, à deux pas du château de Vincennes. Boris avait mis un quart d'heure à le dénicher parce qu'il n'était pas exactement avenue du Château, comme l'avait dit Rhabia, mais au fond d'une impasse qui donnait dans l'avenue du Château.

Il alluma une Gitane légère en se rapprochant de la grille rouillée. Le pavillon se dressait au bout d'un jardin en friche. Pelouses grillées de soleil, allées où les gravillons n'étaient plus qu'un lointain souvenir, feuilles mortes des précédents automnes entassées un peu partout. Deux carcasses de voitures, à droite de la maison, achevaient de rouiller. Un énorme piano à queue défoncé était retourné, pattes en l'air, trônant sur une pelouse, au pied d'un tilleul.

Boris hésita à appuyer sur la sonnette, qui ne devait d'ailleurs plus marcher depuis cinquante ans. Il poussa la grille et s'aventura dans l'allée centrale. Si Tifany était ici et si, après la mort de Seigneur, elle avait déjà fait l'acquisition d'un nouveau pitbull, se dit-il, il allait se faire déchiqueter avant d'avoir atteint le perron d'entrée, que surmontait une marquise aux verres pour la plupart brisés.

Il arriva pourtant sans encombre en haut des marches, sous la marquise. Pas de pitbull à l'horizon. Il cogna plusieurs fois contre la porte. Au bout de cinq minutes, il entendit un pas, à l'intérieur. Puis la porte s'ouvrit. Et Tifany Flow apparut.

Immédiatement, ses beaux yeux cuivrés se mirent à étinceler de rage.

— Foutez le camp ! hurla-t-elle. Je ne veux plus vous voir !

Elle s'arc-boutait pour refermer la porte. Mais Boris poussait en sens contraire.

— Il faut que nous parlions, dit-il.

— Non ! Cassez-vous !

— Vous êtes en danger, Tifany, je ne peux pas vous laisser...

— M'en bats les couilles !

— Cinq minutes, insista Corentin. Ensuite je vous laisse tranquille.

Ils luttèrent encore un peu. Puis l'animatrice de *Caméra d'enfer* céda et ouvrit la porte.

— Cinq minutes montre en main, annonça-t-elle. Ensuite je vous vire !

Montre en main, cela faisait maintenant vingt bonnes minutes que Boris était là, chez Snarck alias Christian Gambelec, d'ailleurs absent de la maison, et Tifany ne lui avait pas encore laissé placer un mot. La jeune femme s'était déchaînée en cris et hurlements contre Brichot et lui, qui n'avaient pas su la protéger, sur l'esplanade du Louvre, et qui n'avaient même pas été foutus de mettre le tueur hors d'état de nuire.

Le salon où ils se trouvaient était curieusement envahi de meubles vieillots et dépareillés. Une grande cheminée entourée de briques assombries par la suie béait comme un trou noir. Un piano à queue, vieux meuble poussiéreux et sinistre comme un cercueil, occupait la moitié de l'espace.

Brusquement, Tifany releva la tête.

— Comment vous m'avez retrouvée ? interrogea-t-elle.

— Je suis flic, répondit Boris. C'est mon boulot de retrouver les gens.

— Flic mon cul, lui balança-t-elle. Même pas foutu de descendre un mec quand tu l'as sous le nez.

— Je ne pouvais pas tirer dans le tas, fit Boris. Ç'aurait été un massacre.

— Et qu'on me massacre, moi, tu t'en fous ?

— Non, puisque je suis ici.

— Précisément, fit-elle, tu ne m'as toujours pas dit comment tu étais arrivé jusqu'ici.

Il examina, notant qu'on était passé sans transition au tutoiement. Elle était très belle, avec ses cheveux en bataille cascadant sur ses épaules et son corps moulé dans une robe noire étroite avec de fines bretelles qui lui laissaient les bras et les épaules nus. Très belle et très désirable.

— Je ne te l'ai pas dit parce que ça ne te regarde pas.

Elle s'arracha au canapé.

— Sale con, dit-elle entre ses dents.

Boris préféra ne pas avoir entendu. Il sortit son paquet de Gitanes légères.

— Ton ami Snarck est absent ? demanda-t-il.

— Il est à Paris pour la journée, répondit-elle. Comment le connais-tu ?

— Qui ne connaît pas Snarck et son célèbre groupe Logiciel ? ironisa-t-il en allumant sa cigarette.

— Déconne pas.

— Et qu'est-ce que tu fais, ici, toute seule ?

— Rien. J'écoute de la musique. Je me fais les ongles. Je prépare aussi de nouvelles maquettes pour mon émission, je cherche des idées.

— Tu travailles ici ?

— Non. Dehors. Tu veux voir ?

— Je voudrais d'abord téléphoner, fit Boris. C'est possible ?

— A la maison poulagas ?

— Évidemment.

Elle alla lui chercher dans une pièce voisine un appareil sans fil. Boris pianota rapidement le numéro du Quai des Orfèvres. Histoire de donner sa position et d'indiquer où on pouvait le joindre. Au cas où.

Aux Affaires Recommandées, il eut très vite Brichot. Il lui indiqua où il se trouvait, puis lui demanda ce qu'on avait pu tirer du film de Gordon Borelly, le cameraman de Tifany.

— Je ne serais pas là en train de tailler des crayons si les résultats étaient arrivés, fit-il. Pour le moment, ça ne se présente pas trop bien. Il paraît que la plaque minéralogique de la bagnole du tueur est à moitié illisible sur le film. Trop floue. Un truc comme ça. Enfin ils s'acharnent, au labo. Ils agrandissent chaque image. Tu les connais.

Il y eut encore un bref échange de propos, puis Boris raccrocha. Il rejoignit Tifany dehors. L'étroit pavillon à un étage débouchait, à l'arrière, sur un autre jardin qui ressemblait un peu moins à un dépotoir que le premier. Il y avait même une charmille avec une table de jardin peinte en blanc, des sièges de même métal et une balancelle. Le soleil déclinant était encore chaud.

— C'est ici que je passe mon temps. Je me fous à poil et je suis bien.

Elle indiqua les hauts murs qui fermaient le jardin :

— Avec ça, personne ne peut me reluquer, ajouta-t-elle en se laissant tomber dans la balancelle. Je fais du bronzage intégral. Tu veux voir ?

Boris éteignit sa Gitane légère.

— Si je disais non, tu me traiterais d'hypocrite.

Elle commença à soulever lentement le bas de sa robe, découvrant ses longues jambes hâlées. Puis elle s'arrêta net. Comme illuminée par une révélation.

— C'est cette petite conne de Rhabia qui t'a dit où j'étais ?

Boris secoua la tête.

— Je l'ai effectivement questionnée, mais elle ne savait rien.

— Bien sûr qu'elle ne savait rien puisque je ne lui avais rien dit. Mais elle se doutait. Et elle t'a fait part de ses doutes.

— Non, mentit Boris.

— Si, rétorqua Tifany.

Ses yeux devinrent presque noirs de rage.

— D'ailleurs, depuis qu'elle a baisé avec toi, je suis sûre que cette conne est amoureuse de toi. Je la connais.

Boris hocha la tête.

— Même si c'était vrai, ce n'est pas ce qui pourrait lui arriver de pire. Si ?

Elle ne répondit pas. La jalousie qui l'avait envahie, quelques jours plus tôt, revenait en force. Elle était jalouse de Rhabia, jalouse de Boris, et furieuse contre elle-même.

— Tu as aimé la baiser ? lâcha-t-elle d'une voix frémissante.

Il y eut un silence.

— Si je te disais non, tu me croirais ?

Tifany vibra.

— Je suis meilleure à baiser que Rhabia, le provoqua-t-elle.

— Si tu le dis...

— Tu ne me crois pas ?

D'un geste rapide, elle se débarrassa de sa robe noire. Boris eut brusquement l'impression que ses oreilles bourdonnaient.

— Viens, dit-elle dans un souffle.

Elle l'attira sur la balancelle qui oscilla sous leur poids. Ils roulèrent l'un sur l'autre. Elle colla sa bouche à la sienne et l'envahit de sa langue avec une espèce de fièvre. Leurs dents s'entrechoquaient, leurs bassins allaient à la rencontre l'un de l'autre avec de violents soubresauts. Bientôt, il la sentit s'activer des deux mains sur la ceinture de son pantalon. Cet obstacle vaincu, elle descendit son zip. Enfin, ses doigts gagnèrent un sexe qui n'arrêtait pas de grossir et de durcir, et dont les proportions, au toucher, firent lâcher à Tifany un cri de stupéfaction.

— Bordel de bordel ! souffla-t-elle avec une belle franchise.

Elle acheva de le dévêtir complètement. Ils étaient maintenant nus, dans ce jardin, comme Adam et Ève avant la pomme. Boris était resté assis dans la balancelle. Elle s'agenouilla devant lui, entre ses jambes. Aux tempes de Boris, le sang battait comme un gong. Il l'arrêta.

— Et si ton ami revient ?

Elle éclata de rire.

— Snarck ? Mais il ne me baise plus du tout, voyons !

— Il pourrait être encore jaloux.

— Ça m'étonnerait beaucoup. Il y a un peu plus d'un an, il a brusquement découvert qu'il n'aimait que les garçons. Heureusement, on ne vivait plus ensemble, je ne sais pas comment j'aurais pris ça, sinon...

Ramassée sur elle-même, à genoux, elle commença à le caresser avec des mouvements de langue très lents et très savants. Elle s'arrêta.

— C'est d'ailleurs ce qui fait qu'on est restés si bons amis, termina-t-elle. Il ne veut que mon bonheur et il est ravi quand je me fais baiser par quelqu'un qui me plaît.

Elle le happa entre ses lèvres. Elle le lécha quelques instants, puis se retira, le gardant au bord de sa bouche.

— C'est pour ça aussi que je dis toujours qu'on finira notre vie ensemble, fit-elle en souriant. On échangera nos conquêtes, Snarck et moi. On ne choisira que des bisexuels !

Elle le réengloutit. Il eut aussitôt l'impression d'être aspiré par une machine chaude et vivante, un organisme animal inconnu qui le malaxait, le caressait, l'aspirait avec une dextérité fabuleuse. Comme hypnotisé, il la regardait. C'était prodigieusement bon.

Au bout de dix minutes, elle s'arrêta. Elle se releva et, s'appuyant des deux mains à la table de jardin, lui présenta ses fesses magnifiques.

— Viens, souffla-t-elle.

Sang aux tempes, Boris crispa les mains sur les hanches élastiques de la jeune femme, les yeux rivés sur ce qu'elle lui offrait avec une impudeur flamboyante. Dos ployé en avant, croupe en l'air, elle ressemblait à une longue et très belle contrebasse. Il glissa de la paume dans son sillon profond et elle eut un « ha ! » rauque. Il l'ouvrait doucement, découvrant son intimité moite, l'ouverture froncée et palpitante de ses reins et plus bas le fruit gonflé de son sexe, dont les deux moitiés roses s'ouvraient sous une forêt de poils noirs et denses. D'un coup de reins, elle vint à sa rencontre et il s'enfonça jusqu'à la garde dans son ventre trempé.

Puis elle l'arrêta brusquement.

— Attends, souffla-t-elle.

Creusant les reins, elle releva le buste, tournant légèrement la nuque vers lui et lui offrant son visage en sueur.

— Rhabia, haleta-t-elle... Tu l'as enculée ?...

Boris secoua la tête.

— Non.

Tifany eut comme un hoquet de triomphe.

— Alors fous-la-moi dans le cul ! Encule-moi ! cria-t-elle d'une voix de folle. Tu entends ? Défonce-moi ! Déchire-moi ! Je t'en supplie ! Vite !

Il eut été inhumain de faire plus longtemps la sourde oreille à une telle supplique. Boris se retira et remonta. L'anus froncé de Tifany était comme une minuscule bouche s'ouvrant et se refermant avidement, attendant le pal qui allait le distendre. Il se présenta contre le cercle de muscles serrés et pesa de tout son poids. Tifany cria de douleur. Elle enfonça son poing droit dans sa bouche pour étouffer ses hurlements. Il pesa encore. L'anneau s'ouvrit et commença à l'avaler. Elle mordit son poing au sang. Il pesa de nouveau. Cette fois, tout céda et il fonça dans un long tunnel de chair qui paraissait sans limites et où lui-même eut l'impression qu'il n'arrêterait plus jamais de s'engloutir.

C'est à ce moment qu'apparut dans le soleil couchant une silhouette massive. Celle de Snarck, Boris le devina aussitôt. Le musicien du groupe Logiciel était un géant. Barbe rousse, maillot de corps noir moulant un estomac naissant, grosse ceinture de cow-boy maintenant un jean râpé, il tenait à la main une bouteille de J&B dont il buvait de temps en temps une gorgée au goulot en les regardant. Il se rapprocha et Tifany le vit aussi. Elle dressa vers lui un visage défiguré par le plaisir et la souffrance mêlés.

— Ne t'arrête pas ! Ne t'arrête surtout pas ! fit-elle à Boris d'une voix étranglée, au bord de la suffocation.

Sans complexes, Snarck alla s'affaler dans la balancelle, sa bouteille de whisky entre les cuisses. Un anneau d'or brillait à son oreille droite. Il les regardait en souriant.

— Ne vous arrêtez pas, fit-il en écho à Boris. Tifany vous en voudrait à mort, et à moi aussi. Elle a horreur de ça. Croyez-moi, je la connais, je l'ai enculée avant vous.

Et il commença à se balancer, tandis que Boris reprenait sa chevauchée sauvage dans les reins de Tifany, et que celle-ci, secouée d'orgasmes saccadés, lâchait des bordées de jurons extasiés.

CHAPITRE XIII

Le docteur Benefacto appuya les doigts sur ses paupières. Le grand Maître de la Loge Mithraïque Rénovée venait de passer une bonne heure à analyser la situation, dans son bureau de la rue de l'Amiral-Mouchez, et il avait maintenant une vision claire des problèmes qui se posaient.

Il regarda sa montre et calcula que son dernier client de la journée attendait, dans le salon voisin, depuis près d'une heure. Qu'il attende encore, pensa-t-il. L'attente est une forme de l'amour, et sans amour aucune psychothérapie n'est jamais réussie. Par-dessus le marché, le client en question, même s'il l'ignorait encore, allait avoir un rôle capital à jouer dans la partie qu'il engageait maintenant.

Il allongea le bras pour attraper son téléphone et composa le numéro qu'il avait noté, tout à l'heure, en consultant son minitel : celui de MS3-54. Ce sigle bizarre désignait la maison de disques qui éditait les albums du groupe Logiciel.

Il eut très vite le standard de MS3-54.

— Écoutez, fit-il de la voix la plus chaude qu'il put composer, je cherche à joindre les musiciens de Logiciel et je n'arrive pas à remettre la main sur leurs coordonnées.

— Je vous passe le service de presse, fit la standardiste.

— Ah ! s'écria le docteur. Justement, je recherchais aussi le nom de l'attachée de presse, et il m'échappe complètement. Pourtant, je ne connais qu'elle.

Il émit un petit rire.

— Il faut dire aussi qu'on m'a volé mon agenda la semaine dernière et que, depuis, je suis comme aveugle et sourd.

— Léa Frémier.

— Pardon ?

— Léa Frémier. C'est le nom de l'attachée de presse. Ne quittez pas, s'il vous plaît.

Quelques minutes de rock déchaîné, assourdissant, puis une voix féminine s'éleva.

— Bonjour Léa, fit le docteur Benefacto avec une cordialité qui l'étonna lui-même.

— Léa est en rendez-vous à l'extérieur, fit la voix. Je suis son assistante.

— Vous allez peut-être pouvoir me renseigner quand même. Voilà. Je m'appelle Tom Sérigné et je travaille avec Patrick Singard.

Inutile d'en dire plus. Singard était la vedette qui montait. Un animateur de *talk-shows* et d'émissions de variétés ultra-célèbre sur l'une des chaînes publiques. Tous les musiciens de France et de Navarre étaient prêts à tuer père et mère pour être invités sur son plateau.

— Nous avons prévu une heure d'enregistrement pour Logiciel, demain après-midi, et malheureusement ce ne sera pas possible.

— Écoutez, fit son interlocutrice, vous devriez rappeler Léa demain matin.

Le docteur Benefacto toussota.

— A vrai dire, demain matin ce sera trop tard. Tous nos créneaux horaires sont occupés jusqu'au jour de l'émission, samedi. Je vais être franc : si Logiciel ne peut pas venir enregistrer ce soir, c'est fichu. Remarquez, ce ne sera que partie remise, nous les réinviterons une autre fois. Nous tenons beaucoup à les avoir sur notre plateau, de toute façon. D'ici un mois ou deux, nous...

L'assistante, au bout du fil s'affolait. Quand on bossait dans une maison de disques, on ne laissait pas échapper l'occasion de passer dans l'émission de Patrick Singard.

Même avec la promesse d'une nouvelle invitation dans un mois ou deux.

— Je suis sûre qu'ils trouveront le moyen de se libérer, s'empressa-t-elle. Voulez-vous me donner vos coordonnées ? Je vais les joindre et ils vous...

— J'ai déjà essayé de les contacter moi-même tout l'après-midi, la coupa Benefacto, ignorant résolument la question sur ses « coordonnées ». Mais en vain, hélas.

— Vous avez appelé chez Rick ? Chez Elmer ? Chez Bob ?

— Chez tout le monde, fit Benefacto en notant fébrilement tous ces noms sur un post-it. Le seul dont je n'arrive pas à retrouver le numéro personnel dans mon agenda c'est Snarck. Léa me l'avait donné, mais je n'arrive plus à remettre la main dessus. Vous seriez gentille, si vous pouviez me l'indiquer. Ainsi nous gagnerions du temps, et je ne vous ferais plus perdre le vôtre.

Il y eut un silence. Gorge sèche, Benefacto devinait la phrase toute faite que la fille, à l'autre bout de la ligne, avait au bord des lèvres : « Désolée, mais nous ne communiquons jamais les numéros personnels des musiciens. » Ça devait carburer sec dans sa tête. Envoyer promener l'assistant de Singard était une énorme responsabilité pour elle. Finalement, elle choisit de ne pas l'assumer.

— Attendez un instant, dit-elle.

Il y eut un petit bruit de clavier électronique et, un instant après, en effet :

— Ah voilà, je savais bien que c'était à Vincennes. Avenue du Château.

Elle lui donna le numéro de téléphone de Snarck, alias Christian Gambelec.

— Vous êtes un ange, fit affectueusement Benefacto. Comment vous appelez-vous ?

— Nadia.

— Je vous enverrai des fleurs, dit-il avant de raccrocher.

Puis il frotta longuement ses paumes l'une contre l'autre. Elles étaient trempées de sueur.

***

Après l'équipée lamentable de l'esplanade du Louvre, Benefacto s'était débarrassé de la voiture accidentée et il était rentré chez lui. Entre autres choses, il y avait pris une douche pour se détendre les nerfs.

Là, sous la cataracte volontairement glacée, il avait ressenti un bref découragement. D'abord, il avait ce troisième échec incroyable. Par trois fois il avait essayé de tuer cette fille, et trois fois il l'avait ratée. Lui qui n'avait pratiquement jamais connu dans sa vie que des réussites, il se sentait humilié au plus haut degré.

Par-dessus le marché, à présent, les flics l'avaient vu. Au moins un, en tout cas : ce grand type brun qui avait failli l'abattre. Il l'avait vu, il l'avait photographié, il pourrait l'identifier sans problème s'il le rencontrait à nouveau.

Du même coup, la mort de Tifany Flow devenait inutile, puisqu'elle n'était plus seule à pouvoir le reconnaître. Et pourtant, jamais il n'avait eu autant envie qu'à cet instant précis, sous la douche, de la supprimer.

C'était devenu une affaire personnelle, une haine intime, immotivée. Une guerre qui ne regardait plus que lui. Même si ça ne servait plus qu'à assouvir sa rage, il fallait qu'il liquide cette fille, qu'il l'efface de la surface de la terre, avant de disparaître lui-même à jamais.

Il s'était rendu rue de Mazagran. Il avait dû y arriver quelques minutes seulement après le grand flic brun dont il avait immédiatement reniflé la présence, chez Tifany Flow, de la façon la plus simple qui soit, en collant son oreille contre la porte de l'appartement. Il avait également deviné que Tifany n'était pas là. Une autre fille se trouvait dans l'appartement. Il n'entendait pas tout ce que le flic disait à celle-ci, loin de là. Assez tout de même pour comprendre que l'animatrice de Paris-Câble avait disparu et qu'il était furieux.

Benefacto n'était pas reparti. Il avait cherché refuge au fond du palier du quatrième. Celui-ci débouchait sur un corridor long, étroit et sale, au bout duquel une porte béait sur des WC communs, des toilettes à la turque qui ne servaient plus depuis au moins dix ans.

Au-dessus de sa tête, il y avait un vasistas qu'il avait atteint sans problème en se mettant sur la pointe des pieds. Il en avait poussé le châssis. Puis, après deux essais infructueux, il s'était hissé sur le toit. Sur sa gauche, commençait la longue verrière en pente douce qui coiffait l'appartement de Tifany Flow. Il avait rampé vers elle très lentement, puis s'était arrêté juste au bord. On ne voyait pas très bien à l'intérieur du loft parce que les dalles de verre étaient sales. Et puis il ne voulait surtout pas risquer d'éveiller l'attention du flic. Mais quand il vit que la fille qui se trouvait là s'était habillée et que le policier lui-même remettait son blouson, il comprit qu'ils étaient sur le point de s'en aller.

Il en ressentit une vive satisfaction. Il allait pouvoir opérer.

Il s'était muni de l'outillage nécessaire pour ouvrir la porte de l'appartement de Tifany, mais il n'eut même pas besoin de s'en servir. Si incroyable que cela paraisse, la clé était sous le paillasson. Il était entré sans bruit dans le loft, sûr de trouver rapidement un indice qui lui indiquerait où l'animatrice avait trouvé refuge. Il aurait fait un excellent flic et il le savait.

Il découvrit l'indice dix minutes plus tard dans les toilettes. Tifany avait pris l'habitude d'y punaiser tous les articles qui paraissaient dans la presse et qui la concernaient. En noir et blanc ou en couleurs, le visage de la jeune femme apparaissait des dizaines de fois, illustrant des papiers plus ou moins louangeurs, certains mêmes parfaitement hostiles, et quelques-uns tout à fait injurieux.

Il n'y avait qu'une photo où elle n'était pas seule. Elle accompagnait un article publié dans un de ces magazines qu'on dit « à scandales ». On s'y interrogeait sur les relations de Tifany avec Snarck, le chanteur du groupe rock Logiciel. On laissait entendre que si ce n'était plus le grand amour, comme autrefois, ils s'entendaient tout de même encore comme larrons en foire. Tifany avait même déclaré qu'elle finirait sûrement ses jours avec Snarck, le seul homme qui avait vraiment compté dans sa vie. Elle disait aussi que la complicité, entre un homme et une femme, était peut-être finalement, et quoi qu'on dise, plus importante que la passion. L'article avait été publié moins d'un mois auparavant.

Le docteur Benefacto avait longuement regardé le cliché où Tifany rayonnait, enlacée par un type gigantesque, une sorte de colosse barbu et hilare.

Il avait enregistré mentalement toutes les informations contenues dans l'article, puis il était parti.

Sans le savoir, il quitta l'immeuble et tourna au coin du boulevard Bonne-Nouvelle exactement une minute avant que Boris, à qui Rhabia avait filé entre les doigts, n'y revienne.

Maintenant qu'il avait le téléphone de Snarck, il ne lui restait plus qu'à s'assurer que Tifany s'était bien réfugiée chez lui, à Vincennes.

Il utilisa à peu près le même procédé qu'avec l'assistante de MS3-54, la maison de disques qui éditait les albums du groupe Logiciel. Sauf que ce fut beaucoup plus facile parce qu'il avait déjà le numéro. Il appela Paris-Câble, demanda à parler à Tifany Flow, et comme elle n'était pas là on lui passa son secrétariat.

Il expliqua qu'il cherchait à joindre la jeune femme pour l'inviter à une émission de télévision sur les nouvelles animatrices de shows érotiques. Il s'empressa de préciser — histoire de mettre son interlocutrice en confiance — qu'il avait non seulement son téléphone personnel, mais aussi celui de Snarck, que Tifany lui avait récemment donné. Comme ça ne répondait pas chez elle, il ne lui restait plus que la solution d'appeler l'animatrice chez son ancien fiancé. Seulement il hésitait, il ne voulait pas faire de gaffe.

— Ne vous inquiétez pas, lui répondit la secrétaire. Il n'y a aucun problème, vous pouvez l'appeler là-bas.

Et elle ajouta :

— Surtout, ne donnez ce numéro à personne. C'est tout à fait confidentiel.

— Il n'y a aucun danger, répondit-il avec empressement.

Et il raccrocha avec un petit rire silencieux.

Puis il regarda sa montre et songea au patient qui poireautait toujours dans le salon voisin. Il était temps de le faire entrer. Tous les deux, à présent, ils avaient du pain sur la planche.

Le docteur Marc Benefacto dirigea lentement ses étranges yeux gris clair vers les volutes compliquées du lustre en verre de Murano suspendu au-dessus de lui.

— Les Esprits de Planetah m'ont parlé, fit-il sans quitter les volutes translucides du regard.

Il laissa passer un instant de silence, puis :

— Ils m'ont dit où était Josiane.

En face de lui, un homme se tenait debout. Presque au garde-à-vous. Noir de poil, trapu, costaud, le front bas sous les cheveux coupés ras, l'arcade sourcilière proéminente, façon King Kong, et le nez écrasé, aplati, cassé comme tout ancien boxeur qui se respecte.

— Josiane, fit-il d'une voix rauque. Ils savent où elle est ?

Posément, le docteur Benefacto passa la langue sur ses lèvres minces. Il recommença plusieurs fois. Intrigué. Elles avaient un drôle de goût. Elles avaient le goût de l'acier.

— Ils n'ont pas voulu te voir souffrir plus longtemps, dit-il. Ils ne veulent pas que souffrent les fidèles de Mi.

Les yeux de Marcel Marabi s'humectèrent de reconnaissance. C'était la première bonne nouvelle, en somme, qu'il entendait, depuis qu'il avait dégringolé tous les échelons de la société. Et elle lui venait du Grand maître de la Loge Mithraïque Rénovée, le Fils des Atlantes, le détenteur des secrets de Planetah la lointaine, l'astre des astres, l'étoile aux mille soleils.

Tout cela lui paraissait d'une logique aveuglante.

Il y avait longtemps maintenant que Marcel Marabi avait perdu la vue des terres ou pété les plombs, comme on voudra. Ancienne gloire du ring, il s'était retrouvé précipité du jour au lendemain dans les ténèbres et il avait disjoncté. Tout avait fui autour de lui à une vitesse folle, sa vie s'était écroulée, ses rêves s'étaient effrités comme des châteaux de sable. Il passait des nuits blanches à revivre dans sa mémoire l'époque enivrante de la célébrité, quand les journalistes sportifs le surnommaient « Gants d'Or » et qu'on comparait son punch foudroyant à celui de Marcel Cerdan.

Neuf ans. Sa gloire avait duré neuf ans. Neuf années de matches victorieux, de combats à travers toute la France, neuf années d'acclamations, de championnats remportés haut la main (ou le gant), et de conquêtes faciles, après les matches, dans les discothèques de province où toutes les filles se l'arrachaient, où il les avait toutes à ses pieds, où elles voulaient toutes passer au moins une nuit avec le champion.

C'est d'ailleurs comme ça qu'il avait aussi rencontré Josiane, dans une boîte, après un combat au Cirque d'Hiver contre le champion d'Europe. Son plus beau match sans doute. En deux minutes et dix secondes, l'autre s'était retrouvé au tapis et il lui avait ravi son titre. Le même soir, la belle Josiane aux longs cheveux noirs bouclés lui tombait dans les bras et devenait sa maîtresse. Six mois de conte de fées commençaient pour Marabi.

Avec le réveil d'une brutalité totale, un matin, quand il s'était aperçu qu'il devenait aveugle et qu'il avait fallu le transporter en urgence à l'hôpital. Après examen, le verdict des médecins avait été sans appel : décollement de la rétine. Comme bien d'autres boxeurs, Marabi avait reçu trop de coups. Et ces coups, non seulement ils lui avaient tordu la figure, écrabouillé le nez, laissé des cicatrices partout, mais en plus maintenant ils le mettaient au bord de la cécité.

L'opération s'était soldée par un succès. Mais il ne pourrait plus jamais boxer. Sa vue était trop fragile, à présent, pour être mise à l'épreuve des coups. « Gants d'Or » était mort.

Un mois d'hospitalisation. Trois mois de rééducation. Quand il avait émergé du cauchemar, Josiane était partie. Elle avait filé en emportant tout ce qu'elle pouvait, tous les meubles sauf un lit et trois chaises, tous les bibelots, tout l'argent liquide qui se trouvait dans l'appartement. Elle avait même fait main basse sur les provisions, dans les placards de la cuisine et dans le frigidaire. Si elle n'avait pas vidé son compte, à la banque, c'est qu'elle ne pouvait pas : elle n'avait pas de procuration. Elle s'était évanouie dans la nature sans laisser de trace. Et depuis, Marabi la recherchait.

Tout en faisant des tas de « bêtises », comme il le disait lui-même à Benefacto, sans insister sur le détail de ces « bêtises ». Mais le psychothérapeute savait très bien à quoi s'en tenir. Marcel Marabi était de ceux dans lesquels il « lisait » sans le moindre effort. Un pauvre fou. Une épave. Son ancien entraîneur le lui avait envoyé pour faire une thérapie, et Benefacto ne l'aurait jamais pris s'il n'avait pas discerné en lui, immédiatement, une vocation d'homme de main qui ne demandait qu'à se révéler. La Loge avait besoin aussi de ce genre de types, d'exécutants de basses œuvres. En d'autres temps, Marabi aurait fait un sous-off merveilleux, un adjudant parfait. Ce qui lui manquait, c'était un chef. Un soldat sans chef c'est comme un parapluie les jours de soleil, ça ne sert à rien et c'est triste. Le seul moyen de rendre Marcel Marabi heureux, c'était de lui coller des missions de confiance. Tant qu'il avait des ordres et des consignes, il ne déraillait pas trop, il évitait de faire des « bêtises ». Ou plutôt il faisait celles qui arrangeaient Benefacto.

Ainsi avait-il parfaitement réglé le problème du cadavre de Fabrice Delcaux, par exemple. Découpage en bonne et due forme à la tronçonneuse, puis « inhumation » des restes dans des bois ou des forêts, aux quatre coins de la région parisienne. Même si par malheur on les retrouvait un jour, on aurait du mal à remettre ensemble et dans le bon ordre toutes ces pièces détachées.

Toujours suivant les directives du bon docteur Benefacto, Marabi s'était aussi occupé du corps d'Hector Vasseur, le mari de l'abondante Barbara qui s'était pendu ici même, dans l'une des salles de bains. Même procédure. Découpage dans les règles de l'art, puis dispersion des morceaux et enterrement de ceux-ci dans des endroits très éloignés les uns des autres. Du travail bien fait, soigné, discret, sur mesure. Oui, Marcel Marabi était un exécutant des basses œuvres idéal. Qui ne posait jamais aucune question superflue. Il suffisait de lui dire qu'il s'agissait de cadavres d'ennemis de la Loge, il n'avait pas besoin d'explications supplémentaires.

Les yeux toujours fixés sur le lustre de Murano, comme si les Esprits de Planetah y étaient cramponnés tels des chimpanzés, le psychothérapeute reprit :

— Josiane est une anti-Mi.

Marcel Marabi ouvrit de grands yeux, sous ses arcades sourcilières aussi proéminentes que le cimier des cuirasses médiévales.

— Une anti-Mi ?

Il n'en revenait pas. Pour lui, que Benefacto avait royalement nommé Petit-Mi de 1re classe (la plus basse distinction de la secte), un ou une anti-Mi c'était l'enfer, l'horreur, une pure et simple monstruosité qui ne méritait pas le nom d'être humain. Dans le jargon de la Loge, les anti-Mi c'étaient tous ceux qui la combattaient activement, et prolongeaient par conséquent le règne des ténèbres sur terre, tout en empêchant l'avènement de la grande Lumière et du Bonheur universel.

On ne pouvait pas laisser vivre un anti-Mi, du moment qu'on l'avait identifié et démasqué. C'était le devoir de tous les fidèles de la Loge de mettre à mort les anti-Mi, de les écraser comme des insectes répugnants.

N'empêche qu'il était quand même un peu soufflé. Josiane ne valait pas très cher, il le savait, ce qu'elle lui avait fait pendant qu'il était hospitalisé le prouvait. Mais de là à être devenue une anti-Mi...

— Josiane anti-Mi ? fit-il en soufflant comme un phoque. Ce n'est pas possible !

Le regard de Benefacto retomba sur lui. Glacé. Coupant comme une lame de rasoir. Une impression de froid polaire environna immédiatement l'ancien boxeur.

— Les Esprits ne se trompent jamais, fit le psychothérapeute de sa voix la plus métallique.

Il plaqua contre la surface du bureau sa main gauche, celle que hérissait la grosse bague en argent, avec le dessin du soleil et les cornes de taureau.

— Les Esprits veulent sa mort, insista-t-il.

Un rictus qui n'avait qu'un très lointain rapport avec ce qu'on appelle sourire découvrit ses petites dents régulières, très blanches et curieusement pointues.

— Les Esprits sont pressés, dit-il encore.

Marabi regardait fixement la main gauche du docteur. Sa main à six doigts.

— Les Esprits sont pressés, répéta fermement Benefacto.

Et il était encore plus pressé qu'eux. La désastreuse expédition de ce matin, sur l'esplanade du Louvre, rendait la situation presque désespérée, il le savait. Il s'était retrouvé face à un flic qui ne l'oublierait plus. Seul un miracle l'avait sauvé. Par-dessus le marché, il avait commis une erreur impardonnable en opérant avec cette R21 TXE dont on avait sûrement identifié, à l'heure qu'il était, le propriétaire.

Pendant quelques heures, après son expédition rue de Mazagran, il avait encore hésité. Il se sentait comme sonné de son propre échec. Envisageant même d'avancer de plusieurs jours l'« opération Apocalypse », au manoir de Bourgainville. Ce qui n'était pas évident, d'ailleurs. Les vingt tueurs déjà recrutés un peu partout à travers l'Europe, déjà programmés pour une date précise, ne seraient sans doute pas disponibles avant le jour J. Il faudrait donc improviser. Et Benefacto avait horreur des décisions prises dans l'affolement et la panique.

Il s'était repris une nouvelle fois. La R21 de l'attentat du Louvre avait disparu, en fin d'après-midi, au fond d'un étang de la forêt de Chantilly. Après que Marabi en ait bien entendu arraché les plaques d'immatriculation, fracassé les vitres également numérotées, et martelé le numéro du moteur.

Mais tout cela ne servirait à rien si on n'effaçait pas Tifany Flow de la surface de la terre.

Et c'était là que Marabi intervenait.

L'ex-« Gants d'Or » était hagard. La mort de Josiane, c'était tout de même un truc qu'il n'arrivait pas à encaisser. Une bonne dérouillée, oui, un cassage de gueule en règle, la tronche au carré, mais sa mort...

— Vous êtes sûr ? bafouilla-t-il. C'est ce qu'ils ont dit, les Esprits ? La mort de Josiane ?

Benefacto devina au quart de tour ce qui se passait dans le cerveau confus de son interlocuteur. Il se leva, contourna le bureau et posa la main droite sur l'épaule de Marabi.

— Ils n'ont pas dit que ça, fit-il d'une voix lente. Ils ont dit aussi qu'après la mort de Josiane, tu deviendrais Grand-Mi de 5e classe.

La face écrasée de l'ancien boxeur s'illumina. Grand-Mi de 5e classe ! La plus haute distinction de la Loge ! Lui ! Si Paris valait bien une messe, le grade de Grand-Mi de 5e classe valait bien une mort. Et qui plus est celle d'une anti-Mi. Même si elle s'était appelée naguère Josiane.

— La cérémonie d'élévation aura lieu dans huit jours, au manoir, indiqua encore Benefacto, songeant que dans huit jours Marcel Marabi lui aussi ne serait plus qu'un souvenir.

Puis il plongea son regard dans celui de l'ancien boxeur.

— Ce n'est pas Josiane que tu vas effacer, murmura-t-il.

C'est une ennemie de la Lumière que tu vas faire disparaître.

L'autre vibrait. Une mission était une mission. Il n'avait pas le droit de décevoir les Esprits. Il ne pouvait pas se dérober.

— Tu ne la reconnaîtras même pas, d'ailleurs, reprit Benefacto. Tu verras : sa haine de la grande Harmonie l'a défigurée.

Marcel Marabi accentua son garde-à-vous.

Benefacto soupira. Il ne restait plus qu'à lui donner des instructions précises.

Marabi les écouta en faisant un énorme effort intellectuel, front plissé par la tension. Pourtant, ce qu'il allait faire ne sortait pas trop de sa compétence.

Ça ressemblait même terriblement aux « bêtises » qu'il faisait, de temps en temps, quand ça n'allait pas bien dans sa tête, comme il disait ensuite avec un petit sourire gêné au docteur...

⁂

Boris allongea la main et refusa le troisième whisky que voulait lui verser le chanteur de Logiciel. Celui-ci s'envoya une rasade de J&B, puis reposa son verre qui claqua contre le métal de la table de jardin.

— Alors on va rester comme ça à tourner en rond en attendant que le tueur se décide à repasser à l'attaque ? lâcha Tifany d'une voix un peu tendue.

— Tu crois qu'il va renoncer de lui-même, rien que pour tes beaux yeux ? murmura Corentin.

Ils étaient restés dehors et ils avaient dîné tous les trois à la belle étoile, dans le petit jardin à l'arrière du pavillon de Snarck. Celui-ci, par téléphone, avait fait livrer quatre pizzas. Quatre parce que lui avait l'intention d'en engloutir deux.

La soirée était chaude. Des seringas embaumaient

l'atmosphère. Tifany s'était changée. Elle portait un jean et un chemisier noir. Elle avait tiré ses cheveux en arrière avec un élastique. Sous la lumière jaune de l'ampoule nue suspendue au grillage de la charmille, elle était plus ravissante que jamais. Et reprise par ses doutes, concernant l'utilité de Boris, à ses côtés, pour la protéger.

— A mon avis, il ne recommencera pas, fit-elle. D'ailleurs, je suis sûre que c'était une erreur. Il n'y a aucune raison pour qu'on veuille me tuer.

Boris se passa la main dans les cheveux.

— Et Fabrice Delcaux ? Tu crois qu'il y avait des raisons pour qu'on l'abatte ?

Elle le fixa silencieusement.

— Non, dit-elle enfin.

Elle fit tinter les deux glaçons au fond de son verre vide.

— Toute cette histoire est tellement idiote, dit-elle, tellement incompréhensible...

— Pour nous, dit Corentin. Pas pour lui. Il sait, lui, pourquoi il veut ta peau.

— N'empêche que je n'ai pas besoin de protection rapprochée. Tu perds ton temps.

— Et puis je suis là, moi, intervint Snarck en rigolant. Regardez-moi !

Il souleva son maillot de corps noir, exhibant un torse gigantesque et se tapa sur la panse.

— Si le tueur débarque, je m'assois dessus et c'est fini, terminé, il meurt étouffé !

Boris sourit. Snarck devait peser plus de cent kilos.

Tifany posa une main sur le bras de Corentin.

— Je t'adore, dit-elle, tu me plais, tu as une belle gueule et tu m'as baisée comme une reine, mais c'est plus fort que moi, je suis trop indépendante, j'ai horreur qu'on me colle au cul. La protection c'est pas mon truc.

Elle faillit ajouter : « Et les flics non plus », mais elle se tut parce que le téléphone, dans le pavillon, retentissait.

Avec une agilité surprenante pour sa morphologie, le chanteur rock se rua pour répondre.

Il revint dix secondes après, déboulant à travers le jardin en brandissant le combiné sans fil.

— C'est pour vous ! cria-t-il à Boris. Rhabia. Elle a l'air complètement paniquée, j'ai l'impression qu'il s'est passé quelque chose de grave, mais elle ne veut parler qu'à vous !

Boris cramponna l'appareil.

C'était Rhabia effectivement. Il l'écouta pendant cinq minutes puis tenta de trouver les paroles qu'il fallait pour l'apaiser. Enfin, il conclut :

— Écoute, tu n'ouvres à personne. Tu raccroches, je téléphone au quai des Orfèvres et on t'envoie quelqu'un.

La voix de Rhabia hurla si fort dans l'appareil que Tifany et Snarck la captèrent aussi.

— Non ! Toi ! Tu viens toi ! Je n'ouvrirai à personne d'autre ! A aucun flic ! A personne !

— Mais je ne peux pas, je suis ici, avec Tifany, et je...

— Espèce de salaud ! cria-t-elle. Ne me laisse pas toute seule ! Tu n'as pas le droit ! Je crève de trouille, tu entends ? Je crève de trouille ! Il va revenir, j'en suis sûre ! J'ai peur !

Et elle raccrocha.

Boris reposa le combiné noir sur la table de jardin.

— Ça y est, le tueur a remis ça, fit-il en haletant.

Il répéta ce que Rhabia venait de lui dire. Elle se trouvait rue de Mazagran, chez Tifany, et on avait essayé de la tuer. L'homme était passé par les toits et il lui avait tiré dessus à travers la verrière. Il l'avait ratée, Dieu merci. Mais maintenant Rhabia était morte de peur. Et elle ne voulait voir que lui, Boris, elle n'ouvrirait à personne d'autre.

— Vas-y, souffla Tifany. Merde, elle a failli se faire descendre à ma place, tu lui dois bien ça.

Boris alluma une Gitane légère puis reprit le combiné. Il composa le numéro du Quai des Orfèvres et demanda Aimé Brichot. Celui-ci n'était pas là. Boris raccrocha.

— J'y vais, dit-il, mâchoires serrées.

Il regarda Snarck.

— Je serai de retour le plus vite possible. Veillez bien sur elle, hein ?

— Ne t'inquiète pas pour moi, l'assura Tifany. On se démerdera très bien, tous les deux.

Cinq minutes après le départ de Boris, le téléphone sonna de nouveau. Cette fois, c'était pour Snarck. Un certain Tom Sérigné, assistant de Patrick Singard, le célèbre présentateur d'émissions de variétés.

Tom Sérigné s'excusa longuement avant d'exposer son problème. Singard voulait absolument inviter le groupe Logiciel dans sa prochaine émission. L'ennui, c'était qu'il n'y avait plus aucun créneau de libre, pour enregistrer, avant le jour de passage à l'antenne de ladite émission. Sauf ce soir. Ou plutôt cette nuit. Rick, Elmer et Bob, les autres membres de l'orchestre, avaient déjà été contactés ; ils étaient d'accord pour enregistrer en catastrophe. Évidemment, tout cela était très précipité, et si Snarck ne pouvait pas se libérer, Singard le comprendrait très bien.

— Désolé, bafouilla Snarck, mais c'est impossible. Je...

— Aucune importance, l'assura Tom Sérigné. Ce n'est que partie remise. On vous invitera pour une prochaine émission. De toute façon, c'est nous qui sommes en faute, croyez bien que nous en sommes conscients.

Snarck, d'anxiété, se rongeait l'ongle du pouce gauche.

— Attendez, dit-il. Un instant.

Il couvrit le combiné de sa main et exposa le problème à Tifany. Celle-ci n'eut pas une seconde d'hésitation.

— Vous n'allez quand même pas rater une télé pour moi ! s'écria-t-elle. Merde, le boulot avant tout. Tu y vas, ça ne se discute même pas.

Elle plongea les doigts dans la barbe rousse de son ex-amant.

— Toi tu me connais, dit-elle, tu sais que j'ai de la défense, ne t'inquiète pas pour moi.

Snarck se débattit encore trois minutes avec sa mauvaise conscience. Puis, vaincu, il reprit le combiné et nota l'adresse du rendez-vous pour l'enregistrement. Sans pouvoir se débarrasser d'un intense sentiment de trahison.

Dix minutes plus tard, tandis que le chanteur de Logiciel, à Vincennes, montait dans sa Range Rover grise, à l'autre bout de Paris, juste au-delà du périphérique, à Levallois-Perret, rue Louise-Michel, le docteur Marc Benefacto poussait un cri de triomphe.

A la lueur de la grosse lampe-torche qu'il tenait dans la main gauche, il examina la fiche dentaire qu'il venait de dénicher parmi des centaines d'autres et qui portait le nom de Marcel Marabi.

Un rapide examen l'informa que la denture de Marabi laissait plutôt à désirer, mais il s'en foutait éperdument. Il l'enfouit dans son portefeuille et reclassa les autres fiches. Il était pressé. Il avait encore bien d'autres choses à faire avant le grand jour. Une disparition réussie, ça s'organise, ça ne s'improvise pas.

Benefacto n'avait même pas eu besoin de cuisiner Marabi pour connaître le nom et l'adresse de son dentiste habituel. Ça s'était passé tout naturellement un soir où Marabi était arrivé en retard à une séance chez le psychothérapeute parce qu'il venait de se faire arracher une dent de sagesse. De fil en aiguille, Benefacto lui avait soutiré tous les renseignements dont il avait besoin.

La petite pièce où il se trouvait, attenante au cabinet dentaire proprement dit, servait aussi à ranger les moulages de mâchoires des patients du docteur Michelet. Le pinceau de la torche électrique révéla au passage des alignements de dentures impressionnantes. Il referma la porte et retraversa le cabinet, où flottait une forte odeur pharmaceutique. Le grand fauteuil de tortures traditionnel trônait au milieu de la salle. Il éteignit sa lampe, rouvrit la porte et se retrouva sur le palier.

Pénétrer chez le dentiste n'avait été qu'un jeu d'enfant grâce au système de clés multiples que possédait Benefacto. Il referma de la même façon. Personne ne pourrait se douter qu'on était entré, de nuit, chez le docteur Michelet.

Il retrouva avec satisfaction la tiédeur de la nuit et se mit à siffloter en regagnant sa voiture. C'était la première fois depuis longtemps qu'il se sentait de si bonne humeur.

CHAPITRE XIV

A peine arrivée dans la petite chambre tapissée de toile de Jouy, au premier étage du pavillon occupé par Snarck, à Vincennes, le premier soin de Tifany fut de courir vers la porte-fenêtre qui donnait sur un balcon de bois et de l'ouvrir en grand.

Puis elle se dirigea vers le cabinet de toilettes, au fond de la pièce, dont elle ouvrit également la fenêtre, dans l'espoir de créer un courant d'air qui lui apporterait un peu de fraîcheur.

Enfin, elle se débarrassa de son chemisier noir et de son jean, qu'elle jeta sur le lit où elle dormirait cette nuit.

Il faisait une chaleur d'enfer. Toute nue, elle se dirigea vers la porte-fenêtre et s'appuya au balcon, offrant son long corps luisant de sueur aux très hypothétiques souffles tièdes du dehors.Un instant, dans le noir, elle regarda au-dessous d'elle les maigres arbres du jardin de Snarck. Puis elle releva les yeux et laissa son regard se perdre dans le ciel étincelant d'étoiles.

Elle s'étonnait elle-même de ne pas avoir peur. Mais c'était plus fort qu'elle. Elle ne parvenait pas à ressentir une vraie panique. Et puis ici, dans cette maison où elle avait vécu autrefois avec Snarck, elle se sentait inexplicablement protégée, à l'abri du danger, comme dans un cocon familier.

Décidément, la nuit était suffocante. Seule une douche froide, décida-t-elle, pourrait la rafraîchir. Retraversant la pièce, elle s'engouffra dans le petit cabinet de toilette.

Au passage, son corps magnifique se refléta dans la grande glace qui garnissait tout un mur. Elle tourna le robinet de la douche. L'eau commença à jaillir avec fracas. Elle se glissa sous la cataracte.

En bas, dans le jardin, Marcel Marabi crapahutait de buisson en buisson avec des précautions d'Indien sur le sentier de la guerre. S'arrêtant dans l'ombre. Redémarrant. Se cachant de nouveau, puis repartant. Insensible à la beauté de cette nuit envahie d'étoiles et où une lune d'argent venait de se lever, baignant le jardin de sa lueur bleuâtre.

Il stoppa enfin au pied du pavillon. La porte était fermée, les volets du rez-de-chaussée aussi. Une seule fenêtre, en haut, au premier, brillait.

Il réentendit la voix du docteur Benefacto : « Elle sera seule, personne ne t'empêchera de faire ce que tu as à faire... »

Il chassa deux papillons de nuit qui volaient autour de lui. Josiane. Il allait revoir Josiane. Ses yeux s'embuèrent.

Il tressaillit. Ce n'était pas Josiane qu'il allait revoir. C'est une anti-Mi qu'il allait tuer.

Et ensuite, il deviendrait Grand-Mi de 5e classe. Il aurait le droit de porter la grande cape noire, les jours de cérémonies, la cape avec le soleil et les cornes de taureau. Il pourrait participer aux rituels les plus fermés de la Loge.

Avant, il fallait que la Justice passe.

Il étudia le problème de l'escalade. Si cette gouttière tenait, il serait là-haut dans moins de deux minutes.

Il avait l'habitude de l'escalade. C'est comme ça qu'il commettait toutes ses « bêtises », chaque fois que ça n'allait pas bien dans sa tête, depuis que Josiane l'avait largué comme un malpropre.

Dans le petit cabinet de toilette, armée d'une vaste serviette-éponge blanche, Tifany se frictionnait vigoureusement. Tout en songeant à de nouvelles séquences pour sa *Caméra d'enfer*.

Elle noua la serviette-éponge autour de ses reins. Il fallait qu'elle note ces idées au plus vite, se dit-elle, sinon elle les oublierait.

D'un revers de bras, elle effaça la buée qui opacifiait la grande glace du cabinet de toilette.

Et elle eut l'impression que son cœur s'arrêtait de battre.

Derrière elle, debout, reflétée par la glace, la silhouette d'un homme.

Un inconnu.

Une espèce de singe à la face écrasée, aux cheveux ras, aux yeux enfoncés sous de gros sourcils noirs proéminents, aux épaules larges, aux poings comme des marteaux-pilons.

Un être surgi de nulle part et qui se tenait immobile, dans son dos, les yeux brûlants.

Elle restait elle aussi figée. Folle de terreur et pétrifiée. Bien trop effrayée pour pouvoir seulement penser à crier, à hurler la peur qui lui tordait les entrailles, une hantise venue du fond des âges et que toutes les femmes portent en elles comme un cauchemar : l'homme, la bête, la brute assoiffée de désir. Le mâle transformé en monstre par ses pulsions déchaînées. Le bourreau. Le violeur. Le tueur.

Il était là.

Curieusement, elle ne pensa pas une seconde à l'autre tueur, l'homme en noir, celui qui avait encore failli l'abattre le matin même, sur l'esplanade du Louvre.

Il n'y avait aucun rapport, de toute façon, entre l'être mystérieux qui la poursuivait de sa haine depuis la nuit où il avait tué Fabrice Delcaux, et cet individu à la carrure d'armoire à glace et au mufle animal, avec ce nez bizarre, cassé, déformé, qui rendait sa physionomie encore plus féroce.

Elle allait enfin lâcher le cri qu'elle retenait en elle, un long hurlement strident, un appel désespéré à l'aide, au secours, lorsqu'elle vit étinceler quelque chose dans la main droite de l'inconnu.

Un gros couteau à moquette, dont la lame courte et pointue scintillait.

L'homme-singe ouvrit la bouche.

Elle vit d'abord ses dents grises et inégales.

Puis il murmura avec une espèce de tendresse effrayante :

— Josiane.

Benefacto avait eu raison de prévenir Marcel Marabi qu'il ne reconnaîtrait pas son ancienne maîtresse, et pour cause. Marabi ne fut donc pas étonné du « changement » qui s'était opéré chez la jeune femme. C'était, à vrai dire, une métamorphose complète, totale. Une véritable mue.

Il tressaillit. Un tic nerveux faisait sauter sa paupière gauche.

— Retire ça, ordonna-t-il.

Elle lui tournait toujours le dos, elle ne le voyait que dans la glace. Elle comprit que « ça », c'était la serviette-éponge qui l'enveloppait. Elle ne bougea pas.

— Josiane, reprit-il, retire ça.

Dans la glace, ils se faisaient face. C'est au reflet de l'inconnu, dans la glace, qu'elle s'adressa.

— Je ne m'appelle pas Josiane, dit-elle d'une voix étranglée.

— Tu mens, fit l'autre. Tu es Josiane.

— Je m'appelle Tifany.

— Tu mens.

Elle hésita. Elle s'efforçait de rester calme, mais la terreur faisait naître sur son front une ondée de sueur.

— C'est vrai, dit-elle. Je mens. Je ne m'appelle pas Tifany, mais Marie-Anne.

— Tu mens encore, s'impatienta l'autre. Tu es Josiane.

Il dirigeait toujours vers elle la lame aiguë du couteau à moquette.

— Retire ça, reprit-il.

Elle ferma les yeux et ne bougea pas. Surtout rester calme, se disait-elle. Boris finirait bien par revenir. Depuis quand était-il parti ? Ou alors ce serait Snarck. Quelle heure était-il ?

L'homme-singe avança d'un pas dans le cabinet de toilette.

— Retire ce truc, Josiane, ou je te crève.

Il appuya la pointe du couteau à moquette contre son cou, là où il voyait battre une veine.

— Josiane, insista-t-il encore d'une voix sourde.

Vaincue, elle se dépouilla de sa serviette-éponge. Celle-ci tomba en s'arrondissant à ses pieds. Marcel Marabi recula pour la contempler. Jamais Josiane ne lui avait paru plus belle. Une statue de chair parfaite. La Beauté personnifiée. Elle était toujours de dos. Il suivit la longue courbe de ses reins creusés, le double ressaut de ses fesses rondes, ses cuisses pleines et musclées. Josiane n'avait jamais eu d'aussi belles fesses, d'aussi belles cuisses.

Il réentendit le docteur Benefacto : « Tu ne la reconnaîtras pas, sa haine de la grande Harmonie l'a défigurée... »

C'était la ruse des ennemis de Mithra. Ils devenaient méconnaissables. Ils mutaient littéralement.

— Tourne-toi, Josiane.

Elle obéit encore. De face, le spectacle qu'elle lui offrait était encore plus fabuleux. Marabi haleta. Il ne se souvenait pas que Josiane avait des seins si haut placés, si droits, si abondants, avec des pointes aussi longues et brunes. Il ne se rappelait pas non plus ce ventre plat, ces hanches pleines sous une taille étroite, et cette brousse pubienne épaisse, dense, bouclée et sombre, où il dut lutter contre lui-même pour ne pas s'enfouir des mains, de la langue, de tout, en soufflant de plaisir comme un phoque.

« Tu ne la reconnaîtras pas... »

Il sentit son cœur accélérer ses battements. Il recula vers la chambre. Il dit :

— Viens.

Elle fit autant de pas vers lui qu'il en avait fait en marche arrière. Ils se retrouvèrent de part et d'autre du lit.

— Assieds-toi, Josiane.

Elle obéit. Elle le regardait sans rien dire. Elle l'enveloppait de la lueur cuivrée de ses yeux merveilleux. Jamais Josiane n'avait eu un tel regard.

« Tu ne la reconnaîtras pas... »

Il ne voulait plus voir ce regard. Il attrapa, sur une chaise, le chemisier noir de la jeune femme. Il le lui lança de la main gauche.

— Bande-toi les yeux, ordonna-t-il.

Elle attrapa le chemisier. Au passage, il lui sembla capter un détail étrange, comme un dessin sur le poignet gauche de l'inconnu. Mais celui-ci répéta l'ordre d'une voix plus ferme et elle obéit, morte de terreur.

Dans la nuit où elle se retrouva aussitôt, la panique l'envahit de plus belle. Elle était aux mains d'un fou, d'un détraqué. Qu'est-ce que ce type allait lui faire ? La violer ? Si ce n'était que ça, elle n'en mourrait pas. La tuer ? L'égorger avec son couteau à découper la moquette ? Mais pourquoi ? Et pourquoi s'obstinait-il à l'appeler Josiane ?

Le téléphone sonna, en bas de la maison, et elle eut une sorte d'espoir fou. Au bout de cinq ou six sonneries, le téléphone se tut.

Où était l'homme-singe ? Que faisait-il ? Elle ne l'entendait plus. Pourquoi ne se jetait-il pas sur elle pour la posséder sauvagement, comme il devait en crever d'envie ?

Un quart d'heure passa. Pendant lequel le téléphone sonna de nouveau puis se tut. Au bout d'un quart d'heure, le type dit :

— Allonge-toi.

Elle tressaillit parce que la voix sembla lui parvenir d'un point très éloigné de la chambre, sans doute près de la porte-fenêtre. Il y eut encore dix minutes de silence complet. Tifany était allongée sur le lit. C'est ça, se disait-elle, reluque-moi, salaud. Et puis fous le camp ! Fous le camp !

Au bout de dix minutes, elle entendit encore la voix du type, mais très près cette fois, vraiment tout près, elle sentait même son souffle sur sa joue.

— Tourne-toi, dit-il.

Elle obtempéra.

— Écarte les jambes.

Elle le fit.

— Les fesses. Oui. A deux mains.

Il lui donnait tous ces ordres calmement, d'une voix un peu rauque mais ferme, tranquille, la voix d'un type qui sait parfaitement ce qu'il fait et où il va.

Plongée dans le noir complet, Tifany, à dix doigts, écartait sa croupe magnifique, révélant à l'homme-singe les trésors de sa féminité cachée, la corolle rose de son sexe et le puits froncé de ses reins autour duquel venait mourir en duvet brun sa toison pubienne.

Elle n'entendait plus rien à nouveau, mais elle savait qu'il était là, tout près, penché sur elle, le visage à quelques centimètres de ses fesses, la scrutant avidement, violant du regard son intimité. Dans un silence total. Un silence qui parut à Tifany plus terrifiant encore, plus menaçant que n'importe quelle violence.

⁂

Aimé Brichot mordillait nerveusement sa moustache. Il n'arrivait pas à comprendre si oui ou non Barbara Vasseur le menait en bateau, et il n'appréciait pas du tout cette incertitude.

— Qu'est-ce que je pourrais vous dire de plus ? murmura-t-elle. Mon mari est en voyage d'affaires dans le Midi depuis deux jours et il ne m'a pas encore appelée. Je ne sais même pas où il se trouve exactement.

Brichot se leva. Par les fenêtres ouvertes, on entendait le ronronnement étouffé de l'avenue Bosquet.

— Nous avons de bonnes raisons de penser, dit-il, que sa

voiture a été volée et qu'elle a servi... Enfin, que des malfaiteurs s'en sont emparés. Vous ne vous étiez pas rendu compte que votre voiture avait disparu ?

Barbara Vasseur secoua la tête.

— Pas le moins du monde, monsieur l'Inspecteur. Et pour une raison très simple : je ne conduis pas, je n'ai même pas mon permis. Quand mon mari s'absente, il laisse la voiture dans un parking tout proche, où nous louons un box. Si vous voulez, je vais vous inscrire sur un papier l'adresse du parking et le numéro du box. Vous pourrez vérifier...

— Volontiers, fit Brichot qui transpirait dans son costume anthracite pur Dacron.

Barbara Vasseur s'arracha au fauteuil de cuir noir dans lequel elle s'était laissée tomber. Elle s'en extirpa non sans s'y reprendre à plusieurs fois. Brichot, gêné, se rapprocha de la fenêtre. Ce qui le chiffonnait le plus, c'était de ne pas avoir pu joindre sa flèche, avant de se rendre ici, chez les Vasseur, avenue Bosquet. Il avait essayé à plusieurs reprises d'appeler Boris, chez le nommé Snarck, à Vincennes, là où Tifany avait trouvé refuge et où Boris avait finalement remis la main sur elle, mais curieusement le téléphone ne répondait pas. Pourtant, ils auraient dû être au moins trois, là-bas, dans la maison du musicien. Ce silence aussi le chiffonnait.

Il se retourna. Barbara avait fini par réussir à s'arracher du fauteuil. Le salon où elle avait reçu Aimé était de dimensions impressionnantes, entièrement peint en blanc, avec des portes laquées noires. Mobilier à la pointe de la mode. Rien que du velours gris ou noir, du cuir, du verre et de l'acier brossé. Carrelage à grandes dalles noires et blanches au sol.

Debout, Barbara paraissait encore plus impressionnante que les dimensions de son salon. Une géante, pensa Brichot. Il avait eu un petit sursaut quand Mme Vasseur lui avait ouvert la porte de son appartement, tout à l'heure. Elle était vêtue en tout et pour tout d'un chemisier blanc très léger que ne retenaient que deux boutons, et d'un long jupon noir transparent sous lequel on pouvait deviner ses jambes, d'ailleurs assez fines, comme son visage.

— Je ne vous attendais pas si tôt, avait-elle dit. Vous comprenez, avec cette chaleur...Je vais m'habiller.

Il l'avait appelée une demi-heure plus tôt. Au labo, à force d'étudier sous toutes les coutures, image par image, le film de Gordon Borelly, à force de faire des agrandissements de plus en plus poussés, on avait fini par déchiffrer le numéro de la plaque minéralogique de la R21 TXE utilisée par le tueur, le matin même, sur l'esplanade du Louvre. Le reste n'avait été qu'un jeu d'enfant. Un appel au service des cartes grises de l'Ile de la Cité, et Brichot avait eu l'adresse et le numéro de téléphone du propriétaire du véhicule. Un certain Hector Vasseur, domicilié avenue Bosquet.

Barbara revint. Quand elle s'était habillée, tout à l'heure, elle avait simplement enfilé une longue jupe en strecht noir. Son chemisier n'était toujours fermé que par deux boutons qui menaçaient à chaque respiration de céder, sous l'assaut de seins gigantesques que ne contenait aucun soutien-gorge.

— Voilà l'adresse et le numéro du parking, fit-elle en souriant.

— Merci, fit Brichot. Au fait, poursuivit-il, si votre mari vous appelle, pendant son voyage, pouvez-vous lui demander de vous laisser un téléphone où nous pourrions nous-mêmes le contacter ?

Il agita la main droite.

— Oh, ne vous inquiétez pas, je doute fort que nous ayons besoin de lui. Simple formalité, n'est-ce pas ?

Il releva de l'index ses lunettes qui avaient tendance à glisser sur l'arête de son nez.

— Il y a encore une petite chose, dit-il. Pardonnez-moi de vous demander cela, mais pourriez-vous me montrer une photo de votre mari ?

— Une photo de mon mari ?

Elle avait l'air de tomber des nues.

— Là encore, fit Brichot, simple formalité.

Il n'y avait qu'une chance sur un milliard pour qu'Hector Vasseur et l'homme en noir qui avait tué Fabrice Delcaux ne fassent qu'un, mais il fallait qu'il en ait le cœur net.

— Il y a quelques albums de photos dans ma chambre, dit Barbara. Venez. D'ailleurs nous y serons mieux qu'ici. Là-bas, il y a la climatisation.

Brichot la suivit dans un long couloir. Devant lui, se balançait la paire de fesses géantes de Mme Vasseur. Il ferma les yeux une seconde, l'imaginant nue. Massive et gigantesque statue de la Fécondité. C'était une vision troublante. Un peu effrayante, mais aussi, étrangement, délectable.

La chambre de Barbara Vasseur était éclairée par de minuscules spots qui dispensaient une lumière sourde, feutrée. Un immense lit occupait la moitié de l'espace. Tout un mur était envahi de plantes vertes. La climatisation ronronnait, poussée à fond, et la température y était presque polaire.

— Asseyez-vous, Inspecteur, fit Mme Vasseur.

Comme il n'y avait que le lit, il s'y posa. S'y enfonça serait plus exact, tant le sommier et le matelas lui parurent moelleux et profonds. Barbara Vasseur avait ouvert les portes d'un placard et elle en sortait des albums. Elle s'assit auprès de Brichot. Le lit, sous son poids, se creusa vertigineusement. La dépression ainsi formée créa une sorte de pente sur laquelle Brichot dut se crisper pour ne pas glisser.

Barbara choisit l'album le plus récent et l'ouvrit. Le cœur de Brichot s'accéléra imperceptiblement. Mais Vasseur n'était incontestablement pas l'homme en noir.

— Eh bien je vous remercie de votre amabilité, dit-il. J'espère que je ne vous ai pas trop dérangée.

— Mais pas du tout, s'écria Barbara Vasseur en refermant l'album.

Elle le posa sur le lit avec les autres.

— Je ne vous ai rien offert à boire, dit-elle soudain. Je manque à tous mes devoirs de maîtresse de maison. Surtout avec une pareille chaleur. Que préférez-vous ? Whisky ? Cognac ? Vodka ?

— Jus de fruit, émit Brichot en remarquant que l'un des deux boutons du chemisier venait de céder.

Un sein parfaitement ferme et élastique, apparut dans l'entrebâillement. Il eut l'impression qu'il faisait brusquement très chaud dans la pièce.

— Je reviens, fit Mme Vasseur.

Dans la grande cuisine toute carrelée de blanc, Barbara réfléchissait. Elle se tenait devant le frigidaire entrouvert et elle en sortait des choses qu'elle engloutissait avec une rapidité stupéfiante. Des tranches de jambon, des boulettes de viande, du fromage, un œuf dur, une tranche de saumon. Depuis qu'elle était devenue boulimique, elle agissait toujours ainsi, avec un mélange de hâte, d'avidité et de honte.

Cet homme, ce policier venu la voir pour lui poser des questions sur la voiture de son mari, l'intriguait. Elle était un peu illuminée mais pas idiote, Barbara Vasseur. Évidement, ce policier se trompait ou il mentait. Hector, elle le savait, était parti pour le manoir de Bourgainville, l'autre nuit, au volant de sa voiture pour s'y livrer, comme avait dit le docteur Benefacto, à la méditation et à la pénitence. Il se lavait de ses péchés. Et il en avait bien besoin ! En tout cas, la R21 n'était sûrement pas à Paris. Ou alors, si elle s'y trouvait, pour une raison qu'elle ignorait, c'est que les Esprits de Planetah l'avaient voulu. En tout cas, ça ne regardait aucunement la police.

Elle referma le frigidaire et s'occupa de préparer des rafraîchissements sur un plateau. Elle continuait à carburer. Le policier prétendait que des « malfaiteurs » avaient volé la R21. Pourquoi des malfaiteurs ? Si c'étaient des membres de la Loge Mithraïque Rénovée, ce ne pouvaient être des malfaiteurs, bien sûr. Les malfaiteurs, c'étaient les autres, tous les autres, ceux qui étaient hostiles à la Loge, à son enseignement, à la Lumière. Les anti-Mi. Est-ce que ce policier était un anti-Mi ?

Elle l'ignorait. Seul Benefacto aurait eu le pouvoir d'en juger. En tout cas, d'instinct, elle avait menti à cet inspecteur, et elle était sûre d'avoir eu raison.

Elle avait achevé de disposer les bouteilles et les verres sur le plateau. Elle reprit la direction de la chambre. Ce flic ne lui était pas antipathique, se dit-elle encore. Bien au contraire. Brusquement, elle eut un frisson. La petite moustache en brosse de l'inspecteur lui revint soudain à l'esprit. Un de ses amants, autrefois, avait exactement la même, et il savait faire avec des trucs pas possibles. Elle se bloqua au milieu du couloir, frémissante. Une sensation remontait en elle. Le souvenir d'une sensation. Ça grattait en même temps qu'il aspirait ses petites lèvres dans sa bouche, qu'il tournait sa langue en rond autour de son clitoris. C'était divin. Inoubliable...

Quand elle arriva dans la chambre, elle posa le plateau sur le lit. En se penchant, le dernier bouton de son corsage sauta. Ses seins monumentaux jaillirent. Deux montagnes élastiques, blanches, majestueuses, avec de toutes petites pointes rose foncé au milieu d'aréoles rose pâle.

Il n'eut pas le temps de commenter cette apparition. Il avait le visage au niveau de ses seins. Elle l'attrapa carrément par les oreilles et, sans un mot, le plaqua, l'enfouit entre ses montagnes fabuleuses.

Elle lâcha un soupir rauque et se mit à trembler sur elle-même. Brichot, prisonnier, commençait à étouffer. Elle relâcha son étreinte, mais ce fut pour le pousser en arrière sur le lit. Déséquilibré, il ne put résister à l'assaut. Sur le plateau posé à côté d'eux, quelques bouteilles chavirèrent. Un verre se cassa. Barbara n'eut même pas un regard pour les dégâts. Son joli visage triangulaire enflammé, les yeux étincelants, elle avait enfourché Brichot. Celui-ci voulut dire quelque chose. Elle le lui interdit, une main posée sur sa bouche.

— Ne dis rien, ne dis rien s'il te plaît, fit-elle d'une voix oppressée, presque suppliante.

Immobilisé, il la vit s'installer sur lui, à genoux, cuisses écartées, et relever sa jupe noire. Elle ne portait rien en dessous. Rien qu'une toison luisante et bouclée qui s'ouvrait sur deux lèvres rose corail et un clitoris étonnamment saillant qui ne demandait qu'à gonfler encore davantage.

Elle fit un bond en avant, et il se retrouva sous elle, visage coincé par ses cuisses, jouissant d'une vue imprenable sur sa longue fente charnelle. Elle lâcha quelques cris inarticulés, puis elle haleta d'une voix de folle :

— Maintenant ! Tout de suite ! Oui !

Aimé Brichot, qui n'avait à son actif que quelques coups de canif au contrat conjugal, jugea qu'il n'était pas en position de refuser ce qu'on lui demandait. Par ailleurs, c'était la première fois, à la lettre, qu'on le violait, et il trouvait à cette petite aventure un goût d'inédit assez amusant.

Écarlate, il fonça de la bouche vers le fruit gonflé des lèvres intimes de Barbara comme dans un gouffre de perdition.

⁂

Comme l'avait supposé Tifany, toujours à plat ventre et s'écartant les fesses à deux mains, Marcel Marabi était là, en effet, penché sur elle, le visage à quelques centimètres de sa croupe. La scrutant avidement dans un silence total. La violant du regard. Violant « Josiane ». L'infidèle, la traîtresse.

Elle ne l'entendait même pas haleter. Il retenait au maximum sa respiration. Tout ce qu'il voulait c'était voir. Regarder. Fouiller des yeux.

Comme à chaque fois.

Au début, il les violait vraiment, il les possédait sauvagement, les abreuvant d'injures, leur arrachant leurs vêtements, les déchirant avec des rugissements, les cognant au besoin pour les faire taire.

Il se conduisait comme un sagouin, un cochon, une brute, le docteur Benefacto le lui avait bien fait comprendre.

Il avait raffiné sa méthode. Maintenant, il les regardait, il les touchait un peu, ici là, il visitait l'un ou l'autre de leurs orifices, mais il n'assouvissait pas son désir en elles.

C'était ça ses « bêtises », comme il disait quand il se confessait à Benefacto. Depuis que Josiane l'avait quitté, il avait complètement dérapé. L'absence et la trahison d'une seule femme lui avaient donné la haine de toutes les autres. Alors, de temps en temps, quand cette haine était à son comble, il escaladait des balcons, comme il avait fait cette nuit, il surprenait des femmes seules dans le plus simple appareil, ou dans leur lit, en plein sommeil. Et il les terrorisait. Il jouissait de leur terreur. Puis il s'en allait comme il était venu.

Après ses trois premiers viols, Benefacto, jugeant qu'il finirait par se faire prendre, avait commencé à le soigner sérieusement. En quelques semaines, il avait obtenu que Marabi ne viole plus ses victimes. C'était déjà un début. Le premier pas sur la piste de la guérison.

L'ancien boxeur n'avait pas l'intention de violer Josiane. Dans sa tête, Josiane était toujours à lui. C'était toujours « sa femme ». Et pourquoi violer sa femme ? Visage marbré de taches rouges, oreilles bourdonnantes, il avança la main et l'introduisit dans le sillon de la croupe qui s'ouvrait sous ses yeux.

A ce contact, Tifany poussa un cri. Ses mains se relâchèrent et ses fesses se refermèrent. Furieux, Marabi claqua violemment son postérieur.

— Reste comme tu étais ! cria-t-il.

Tifany obéit. Tout de suite, un index long et dur s'enfonça dans sa croupe, s'insinua dans l'orifice étroit de ses reins. Tifany poussa un gémissement involontaire.

Bavant un peu de plaisir, Marabi s'empala plus profondément. En lui, des pensées contradictoires s'entrechoquaient. Une véritable tornade. Il avait retrouvé Josiane, et maintenant, il fallait qu'il la tue. C'était injuste, et pourtant c'était sa mission. Il réentendait Benefacto :

« Les Esprits veulent sa mort... »

Il fallait qu'il l'efface. Qu'il efface Josiane.

« Ce n'est pas Josiane que tu vas effacer, c'est une ennemie de la Lumière... »

Il la fouaillait toujours de l'index. Torturé, écartelé entre le devoir à accomplir et sa passion pour Josiane.

— Pourquoi m'as-tu trahi ? gémit-il sans cesser de l'empaler. On était si bien ensemble. Si heureux. Je t'aurais emmenée avec moi, là-bas, dans la Cité de Mi...

A la pensée de cette félicité perdue, l'ex-« Gants d'Or » eut un sanglot. Quelques instants, l'idée de ne pas obéir aux ordres de Benefacto l'envahit. Puis sa folie reprit le dessus. Sa peur aussi de se retrouver face au Grand Maître sans avoir accompli sa mission.

« Les Esprits sont pressés... »

Il ressortit des reins de Tifany et allongea ses énormes mains en direction de la nuque de « Josiane ».

Il allait l'étrangler. Il fallait en finir. Vite.

« Josiane est une anti-Mi... »

Tifany se cabra et rua quand elle sentit les doigts de cette main se refermer autour de son cou.

Au même instant, il y eut du bruit au rez-de-chaussée de la maison.

Marabi se tétanisa. Quelqu'un venait de rentrer dans le pavillon !

Il réagit enfin, sauta du lit et se précipita vers la porte-fenêtre.

Tifany hurla :

— Au secours ! Vite !

L'ancien boxeur avait déjà sauté dans le jardin. Maintenant, il cavalait à travers la pelouse. Bientôt, des buissons le masquèrent. Il courait toujours. L'esprit plus confus que jamais. Soulagé parce que « Josiane » allait vivre. Et terrifié de la réaction de Benefacto, le Grand Maître tout-puissant. Il enjamba bientôt une barrière, puis une autre, traversa les jardins de deux propriétés et, courant toujours, se perdit dans la nuit.

Parvenu à l'étage, Snarck avait propulsé la masse énorme de sa silhouette vers le balcon. Il s'appuya à la rambarde. Trop tard pour voir s'enfuir l'inconnu. Jugeant qu'il était trop loin et que c'était inutile de tenter de le rattraper, il revint vers Tifany qui, nue, assise sur le lit, blafarde, reprenait ses esprits.

— Je n'ai rien, le rassura-t-elle. Il ne m'a rien fait. Et elle lui raconta rapidement l'étrange aventure qui venait de fondre sur elle. Puis elle lui demanda :

— L'enregistrement est déjà terminé ?

Snarck plongea les doigts dans sa barbe.

— Non. Il n'y avait pas d'enregistrement, pas de rendez-vous, rien du tout. Et le nommé Sérigné, l'assistant prétendu de Slingard, n'a jamais existé.

Ses sourcils se froncèrent.

— Je me demande bien, dit-il d'une voix sourde, quel est l'enculé qui nous a fait ce coup-là.

CHAPITRE XV

Pesant sur le bras articulé de sa lampe de bureau métallique, le docteur Marc Benefacto rapprocha la lumière et jugea de l'effet produit par son travail.

Au bout de quelques minutes d'un examen rigoureux et sans complaisance, il se décerna un satisfecit complet.

La fiche dentaire de Marcel Marabi, volée chez le docteur Michelet à Levallois-Perret, était maintenant celle de Marc Benefacto. Son nom, son adresse, son âge et tous les autres renseignements nécessaires, avaient remplacé les indications concernant Marabi.

Benefacto avait mis deux heures à parfaire son chef-d'œuvre. En utilisant du correcteur, puis en passant trois fois le document à la photocopieuse. Un appareil américain ultra-fidèle qui produisait des copies impossibles à distinguer des originaux.

Bien sûr, il y avait toujours le risque que les policiers se méfient, plus tard, et confient à un labo sophistiqué cette fiche trafiquée et photocopiée. Mais d'abord pourquoi se méfieraient-ils ? Quand ils tomberaient, dans les cendres du manoir de Bourgainville, sur un cadavre à moitié calciné, avec une denture correspondant point par point à celle de la fiche portant le nom de Benefacto, ils n'iraient pas chercher plus loin. Ils seraient trop contents de pouvoir annoncer à la presse que le Grand Maître de la Loge était mort au milieu de ses adeptes, dans une de ces apocalypses programmées comme semblent les affectionner de plus en plus ceux qui dirigent les sectes.

Il y avait un autre risque : que Trarieux, le dentiste habituel de Benefacto, fouille ses propres souvenirs et découvre des différences trop criantes entre la prétendue fiche de son client et la denture réelle de celui-ci. Mais Benefacto connaissait Trarieux. C'était un vieil homme fatigué qui aurait dû prendre sa retraite depuis déjà des années et qui ne ferait sûrement pas de zèle inutile. Par ailleurs, Benefacto, qui jouissait de naissance d'une excellente denture, n'était pas allé le voir depuis au moins trois ans. Trarieux avait certainement tout oublié de l'état précis de ses dents.

Et son précédent dentiste ? Benefacto y avait pensé aussi. En se disant que les médecins légistes et les policiers chercheraient peut-être chez celui-ci des preuves supplémentaires de sa disparition. Après une minutieuse enquête, il l'avait retrouvé. Celui-ci avait pris sa retraite dans le Var, et toutes ses archives étaient entreposées dans le sous-sol de sa charmante maison du Castellet. Une maison en travaux, quand Benefacto avait enfin retrouvé la trace du dentiste.

Un incendie s'était produit un jour, à l'heure du déjeuner, alors que les ouvriers qui faisaient de la soudure dans la cuisine étaient partis déjeuner. Des étincelles étaient tombées dans d'énormes barils de peinture et une partie de la maison avait flambé. Regrettable accident, bien sûr, dû à la négligence d'un ouvrier. Il n'y avait eu aucun mort. Mais le dentiste, au passage, avait vu s'envoler ses archives en fumée.

Et Marabi lui-même ?

Quel Marabi ?

Le sort de l'ex-boxeur était virtuellement réglé dans la tête de Benefacto. Il ignorait encore le résultat de son expédition à Vincennes, mais quel qu'il soit, ce résultat, Marcel Marabi allait disparaître. Et personne ne saurait comment, puisque son cadavre, retrouvé dans les cendres du manoir de Bourgainville, serait considéré comme celui de Benefacto lui-même.

Un jour ou l'autre, dans quinze jours, dans un mois ou dans six, on finirait par forcer la porte de son minable studio crasseux de célibataire, au dernier étage d'un immeuble de la rue Dombasle, dans le XVe arrondissement. On ne retrouverait rien de lui, et aucune trace, aucun indice expliquant sa disparition. On finirait par classer cette affaire.

Est-ce qu'il y aurait des entrefilets dans les journaux, annonçant l'étrange volatilisation de l'ancien champion d'Europe ? C'était douteux. « Gants d'Or » était bien oublié. Peut-être, tout de même, un petit article dans *l'Équipe*. Où l'on rappellerait la trop brève carrière de l'ancien boxeur, stoppé en pleine gloire par un décollement de rétine, obligé de raccrocher les gants prématurément.

Et ce serait tout.

Personne n'irait imaginer la vérité. Personne n'irait se douter que Marabi était bien mort, « suicidé », parti en fumée avec tous les autres fidèles de la Cité de Mi.

Disparu anonyme puisque son identité serait volée, même dans la mort, à cet homme qui avait tout raté.

Le psychothérapeute avait glissé la précieuse fiche dentaire trafiquée dans une chemise en plastique. Il se leva. Sa nuit n'était pas finie, loin de là. Il fallait maintenant qu'il s'introduise chez Trarieux, son dentiste habituel, qu'il s'y empare de sa propre fiche dentaire et qu'il y substitue celle qu'il venait de fabriquer. Le docteur Trarieux avait son cabinet à deux pas, avenue Reille, il allait y aller à pied.

Ensuite, il lui faudrait prendre sa propre voiture, une BX noire garée précisément dans la soirée avenue Reille, et ce serait la visite à Marabi, rue Dombasle. Sa dernière visite à « Gants d'Or », l'ancien roi du ring.

⁂

Les boucles brunes de la crinière de Tifany Flow se secouaient au rythme de son récit.

— C'était incroyable, disait-elle. Il n'arrêtait pas de m'appeler Josiane, je n'arrêtai pas de lui dire que je ne m'appelais pas Josiane, mais c'était comme si j'avais pissé dans un violon. Tout ce qu'il voulait, c'était me voir à poil. Enfin, voir « Josiane » à poil.

Assise dans le vieux canapé défoncé du salon, au rez-de-chaussée de la maison de Snarck, elle lâcha un petit rire sinistre.

— Et m'enfoncer un doigt dans le cul, reprit-elle. Oui, ça peut vous paraître marrant à vous parce que vous êtes des mecs, mais quand on est une nana et qu'on se retrouve les yeux bandés, toute seule avec un type qui vous menace d'un couteau à moquette tout en vous fourrant un doigt dans le cul et en vous appelant Josiane, je vous assure que c'est moins rigolo.

Boris Corentin posa la main sur son bras.

— Personne n'a jamais dit le contraire, murmura-t-il.

Il était revenu chez Snarck, à Vincennes, dix minutes plus tôt. Amenant avec lui Rhabia, bien sûr, toujours terrorisée, prostrée, silencieuse. Tifany lui avait proposé de partager son lit et elle n'avait pas dit non.

Boris carburait. Cela faisait dix minutes qu'il cuisinait Tifany, essayant de lui arracher le maximum de renseignements sur celui que la jeune femme avait baptisé « l'homme-singe ». Elle le lui avait décrit en détail : sa carrure, ses cheveux ras, ses arcades sourcilières proéminentes, son nez déformé, écrasé, comme cassé. Son comportement étrange aussi, ses silences interminables tandis qu'elle était là, allongée sous ses yeux, aveuglée, et qu'elle le sentait, qu'elle le devinait penché sur elle, la buvant, la violant du regard.

— Un véritable violeur m'aurait fait moins peur que ce cinglé, avait-elle conclu. Un violeur, au moins, on sait ce que ça veut. Et quand ça a eu ce que ça voulait, c'est fini, ça se dégonfle, il n'y a plus personne.

« Ce cinglé »... N'empêche qu'il avait essayé de la tuer, juste avant de fuir. Tifany là-dessus était formelle. Il avait commencé à l'étrangler avec ses mains énormes. Et, sans le retour de Snarck, sans doute serait-elle morte à l'heure qu'il était.

Boris réfléchissait toujours. Bien sûr, les coïncidences, ça existe. Tifany pouvait très bien avoir été victime d'un rôdeur, d'un maniaque comme il y en a tant, qui passent leurs nuits à épier les femmes seules et à les terroriser.

Mais il y avait le reste. Et ce reste faisait pencher la balance très fort du côté d'hypothèses toutes différentes et qui ne devaient rien au hasard.

Il y avait surtout le coup de fil reçu par Snarck cinq minutes après son propre départ. Cette conversation téléphonique avec le nommé Sérigné, assistant prétendu de Singard et totalement inconnu au bataillon. Entre parenthèses, Snarck s'était fait drôlement engueuler par Boris pour avoir manqué à sa parole en laissant Tifany seule alors qu'il lui avait promis de veiller sur elle. Snarck avait baissé le nez piteusement en bafouillant quelque chose sur la télé et les occasions qu'on n'a pas le droit de laisser tomber, de ce côté-là, quand on est dans le show-business.

Boris avait passé l'éponge. Pour lui, il était clair qu'on avait écarté Snarck de chez lui avec une histoire à dormir debout, une affaire d'enregistrement précipité, en pleine nuit, un truc invraisemblable, absurde, un montage énorme, un piège grossier, mais d'autant plus efficace qu'il était énorme et grossier. Et qu'il répondait au rêve de tous les musiciens du monde : passer à la télé, y passer le plus souvent possible, dans n'importe quelles conditions, à n'importe quel prix.

« On » avait donc écarté Snarck de chez lui, et sans doute aussi s'était-« on » arrangé pour l'écarter, lui, Boris Corentin, l'éloigner pendant un certain temps de Tifany.

C'était dur à penser, et son amour-propre en prenait un sacré coup, mais il était lui aussi, à sa façon, tombé dans un piège.

Sauf que Rhabia avait bel et bien été agressée, rue de Mazagran. On lui avait vraiment tiré dessus depuis la verrière du toit, Boris l'avait constaté. Du loft de Tifany, il avait donné plusieurs coups de fil au Quai des Orfèvres. Les inspecteurs de l'Identité judiciaire allaient passer l'appartement au peigne fin, ainsi que la toiture de l'immeuble. Ils allaient également analyser les projectiles tirés sur Rhabia. Qui seraient probablement les mêmes, d'ailleurs, que ceux qu'on avait déjà retrouvés rue Gazan, profondément enfoncés dans l'un des murs, la nuit où Fabrice Delcaux avait été tué et où Tifany avait failli y passer pour la première fois.

On avait réellement tiré sur Rhabia mais on l'avait ratée. Et probablement l'avait-on fait exprès. On ne voulait pas la tuer, elle, on voulait qu'elle s'affole. Qu'elle appelle Boris, qu'elle le supplie de venir pour voler à son secours.

Ce qu'il avait fait, bien sûr. Et quelques minutes plus tard, c'était au tour de Snarck de recevoir un coup de fil.

Et Tifany s'était retrouvée seule.

« L'homme-singe » avait alors fait son apparition.

Bien entendu, à partir de là, les choses devenaient bizarres, inexplicables pour le moment, et le comportement de « l'homme-singe » restait énigmatique.

Boris se leva.

— Il est tard, dit-il, et je crois que la journée a été assez chargée d'émotions comme ça, non ? Si on se couchait ?

— Bonne idée, fit Tifany en se mettant debout d'un bond.

Elle attrapa Rhabia par la main.

— Viens, dit-elle à la jeune femme, toujours un peu sonnée et silencieuse.

A ce moment, tout le monde tressaillit. Le téléphone retentissait.

— Je prends, fit Corentin, contracté.

Tout de suite après, il sourit. La voix familière de Brichot s'élevait dans l'appareil.

Boris avait longuement écouté Aimé lui raconter l'identification de la Renault 21 TXE automatique avec laquelle le tueur avait opéré sur l'esplanade du Louvre. Elle appartenait à un certain Hector Vasseur, publicitaire actuellement en voyage dans le Midi, et sa femme avait d'excellentes raisons de ne pas s'être aperçue de sa disparition : la voiture était garée dans un parking, et elle-même, ne conduisant pas, n'avait aucune raison de s'en occuper.

Bien entendu, Aimé Brichot fit un black-out complet sur les épisodes sulfureux qui avaient suivi. Rentré chez lui, au Kremlin-Bicêtre, dans son appartement désert puisque Jeannette et les enfants étaient au Cap Ferret, il s'était laissé envahir par une crise de culpabilité carabinée. Incapable de s'endormir, il avait appelé Jeannette, la tirant de son premier sommeil pour lui dire qu'il l'aimait et lui demander s'il en était de même de son côté. Sans vraiment se réveiller, Jeannette l'avait rassuré tant bien que mal. Avant même d'avoir raccroché, elle était déjà repartie dans les bras de Morphée.

— Et toi ? Quoi de neuf ? questionna-t-il.

— Oh, presque rien, ironisa Boris, on a juste essayé de tuer Tifany il y a moins d'une heure...

Et il lui raconta par le menu les derniers événements.

— Tiens, c'est marrant, émit Brichot.

— Quoi ?

— Enfin, marrant... façon de parler. Mais ton histoire de rôdeur au nez écrasé et à la face de singe qui débarque chez les femmes seules en passant par la fenêtre, armé d'un couteau à moquette, et qui les oblige à se mettre à poil devant lui, figure-toi que j'ai déjà entendu quelque chose d'approchant.

— Quand ?

— Je ne sais pas. Il y a un mois, un mois et demi. Plusieurs victimes ont porté plainte, après avoir vécu des situations semblables à celle de Tifany. Je crois même que grâce à leurs témoignages on a fait un portrait-robot du type...

— Qui est sur le coup ? bondit Corentin.

— La Crime.

Il y eut un petit silence des deux côtés de la ligne. L'ange de l'éternelle guerre des polices et de la rivalité implacable entre les hommes de Badolini et ceux de Durocher, son homologue, patron de la Brigade Criminelle, passa, avec marqué sur ses longues ailes noires : « Coups fourrés en tous genres ».

— Il est un peu tard pour tenter quoi que ce soit ce soir, émit Brichot, mais demain matin, à la première heure, si tu es d'accord, j'appelle Duraz et je le cuisine sur leur escaladeur de façades.

José Duraz, l'alter ego en grade d'Aimé Brichot, avec lequel ce dernier entretenait en secret, à l'abri des regards des chefs, des relations plutôt amicales.

Lorsque Boris raccrocha, le salon était vide. Tout le monde était monté se coucher. Avant de s'allonger là, sur le vieux divan, Boris décida de faire le tour de la maison pour voir si tout était en ordre. D'abord le jardin, puis le premier étage du pavillon. De derrière la porte de la chambre de Snarck, montaient des accords de guitare électrique. Boris avança encore. La porte de la chambre de Tifany était entrouverte et la lumière y était allumée.

— Boris !

La voix de Tifany. Presque joyeuse. Il entra. Dans le lit, les deux filles étaient blotties l'une contre l'autre. Un très mince drap masquait leur nudité.

— Tout va bien ? demanda-t-il, notant que Rhabia, souriante, semblait reprendre du poil de la bête.

— Non, fit Tifany en pouffant.

— Qu'est-ce qu'il y a ?

— Il nous manque quelque chose.

— Quoi ?

— Une queue, répondit Rhabia en toute simplicité.

Elle allait décidément beaucoup mieux.

Trempé de sueur, Boris émergea des draps froissés avec

un léger vertige. Quelle heure était-il ? Cette chambre, au premier étage du pavillon de Snarck, s'était transformée en jungle tropicale. Le lit ressemblait à un marigot où des bêtes sauvages auraient joyeusement pataugé. Sous le drap, il était passé de l'une à l'autre plusieurs fois, de Rhabia à Tifany et de Tifany à Rhabia, les identifiant au parfum, aux volumes, au contact de leurs chairs élastiques.

Pour le moment, Tifany l'enfourchait, cuisses largement écartées, elle s'empalait sur lui, galopant pour l'enfoncer encore plus profond. Mais Rhabia se tortillait contre lui et se plaignait de Tifany en la traitant d'accapareuse.

Elle trouva enfin l'argument massue qu'elle cherchait :

— Tifany m'a dit que tu l'avais enculée comme une reine. Pourquoi elle et pas moi ? Tu trouves ça juste ?

Boris dut reconnaître que non. Même Tifany avoua qu'en effet il y avait là du favoritisme. L'instant d'après, agenouillée sur le lit, Rhabia offrait son postérieur à Boris et celui-ci, long et dur, battait à l'orée du puits sombre de ses reins.

Pour ne pas rester à ne rien faire, c'est Tifany qui le guida lorsqu'il commença à pénétrer l'orifice musculeux et tout étoilé de fronces qui palpitait entre les fesses écartées de son amie. Quand il fut entièrement rentré, elle se faufila sous eux, lécha avidement le sexe resté libre de Rhabia, puis les deux masses vivantes et chaudes qui pendaient sous celui de Boris, tandis que celui-ci martelait Rhabia à coups redoublés.

Les premières lueurs de l'aube se faufilaient dans les interstices des rideaux, lorsque Tifany, sur le point de sombrer, murmura soudain d'une voix pâteuse :

— Le type d'hier soir... Tu sais... L'homme-singe...

— Oui ? fit Boris.

— Ça me revient maintenant. Il a dit un truc bizarre. Il a parlé d'une « Cité »...

— Une Cité ?

— J'avais complètement oublié. La « Cité de Mi ». Un machin comme ça.

— « La Cité de Mi » ? répéta Boris, ahuri. Qu'est-ce que ça veut dire ?

— Aucune idée.

Ils glissèrent lentement dans le sommeil comme au fond d'une eau lourde et dense. Un quart d'heure se passa. Boris, couché entre les deux femmes et à moitié endormi, se répétait « Cité de Mi », « Cité de Mi », comme pour graver cette étrange expression dans ses circonvolutions cérébrales. Brusquement, il sursauta. Brumeuse et lointaine, la voix de Rhabia s'éleva :

— Mi, c'est Mithra, dit-elle seulement.

Cette « révélation » faite, elle sombra dans un sommeil d'où les questions précipitées de Boris furent impuissantes à la tirer.

Une Gitane légère allumée par Boris fumait doucement dans le cendrier, au chevet du lit.

Tifany émergea la première et poussa des soupirs d'aise en voyant le plateau du petit déjeuner que venait de préparer le grand flic brun de la Brigade Mondaine qui leur avait si bien fait l'amour, à toutes les deux, cette nuit.

— Mais tu n'as aucun défaut, alors ! s'écria-t-elle. Non seulement tu baises comme un chef, mais en plus tu nous prépare le petit déj !

— C'est pour me faire pardonner mon départ, murmura Boris en reprenant sa Gitane légère dont il aspira une bouffée.

— Tu t'en vas ?

Il leur expliqua ce qui avait été décidé au cours des nombreux coups de téléphone donnés dès son réveil, vers huit heures du matin. D'abord, un policier en uniforme allait venir garder l'entrée du pavillon de Snarck, mais ça c'était pour la frime. En même temps, passant par les propriétés qui se trouvaient à l'arrière du pavillon, deux inspecteurs de la Brigade Mondaine, Rabert et Tardet, s'introduiraient dans la maison et y prendraient provisoirement la place de Boris.

— Pendant ce temps-là, moi je file à Paris, dit-il. Il se pourrait qu'il y ait du nouveau à propos de ton « homme-singe ».

Il éteignit sa Gitane légère dans le cendrier.

— Il se pourrait aussi, reprit-il à l'adresse de Tifany, que je t'envoie un fax en utilisant le télécopieur de Snarck. Un portrait-robot de ton « homme-singe », justement.

— Tu pars quand ? interrogea Rhabia.

— Pas avant que tu m'aies dit pourquoi Mi c'est Mithra.

— Hein ?

Rhabia ne retrouva la mémoire qu'au bout de cinq minutes. En réalité, elle ne savait pas grand-chose. Cette nuit, après que Tifany avait évoqué la phrase incompréhensible de l'« homme-singe » sur la « Cité de Mi », elle s'était souvenue qu'une copine avait employé devant elle, trois mois plus tôt, la même expression.

— Une allumée, commenta Rhabia. Cinglée de trucs mystiques à la con. On travaillait ensemble dans un peep-show, à Clichy. Mais ça ne l'empêchait pas de se rendre, je ne sais où, régulièrement, dans une « maison de méditation » d'après ce qu'elle disait. Elle montrait son cul plusieurs fois par jour à n'importe qui, mais elle faisait aussi partie des « élus » comme elle disait, de ceux qui avaient découvert la Lumière. Une fois, elle m'a parlé de Mithra, elle m'a raconté les sacrifices de taureaux, dans l'Antiquité, le symbole du soleil, des machins comme ça. Elle avait l'air d'y croire.

— Et puis ? fit avidement Corentin.

Rhabia reposa sa tasse sur le plateau.

— Et puis c'est tout. Moi, je me foutais un peu de sa gueule, alors elle s'est énervée. Elle m'a dit que j'étais une anti-Mi.

— Une anti-Mi ?

— Anti-Mithra évidemment. Quand Tifany a parlé de la Cité de Mi, ça a fait tilt.

— Tu la vois encore, cette fille ?

— Mais oui. Je l'ai même pistonnée pour qu'elle se fasse un peu de blé en jouant dans des romans-photos, comme moi.

Son visage s'éclaira.

— Tu l'as vue, au studio, quand tu es venu rue Vincent-Faguet. Mais si ! Elle était là. Tu ne peux pas ne pas l'avoir remarquée. Une Noire magnifique.

Boris revit dans sa mémoire l'immense Noire entraperçue dans la cabine de maquillage, son long visage sombre d'idole sauvage, sa moue dédaigneuse, son air de mépris souverain.

— Je crois que je me rappelle, dit-il enfin.

— A chaque séance de photos, elle fait toute une histoire parce qu'elle ne veut pas qu'on photographie son tatouage.

— Son tatouage ?

— Oui, tu n'as pas remarqué ? Elle a un dessin sur le poignet gauche...

— Et il ressemble à quoi ce dessin ?

— Bof... deux espèces de demi-cercles avec un rond au milieu et puis un truc écrit que je n'ai jamais pu lire. Il paraît que c'est du latin.

— Deux demi-cercles avec un rond au milieu ? s'écria Tifany en la regardant.

Boris comprit tout de suite à quoi elle pensait. La bague énorme de « l'homme en noir », à sa main gauche, celle où il avait six doigts.

— Tu pourrais le dessiner, le tatouage de ton amie ? demanda Boris.

— Je crois, fit Rhabia.

Il alla demander du papier et un feutre à Snarck, puis revint. Quand Rhabia eut terminé son croquis, Boris interrogea du regard Tifany.

— Oui, fit celle-ci d'une voix blanche. C'est le même dessin. Exactement le même.

Boris se tourna vers Rhabia.

— Le nom de ta copine ? Comment s'appelle-t-elle ?

— Calypso.

— Calypso comment ?

— Calypso tout court.

— Tu sais comment la joindre ?

— Non. Mais elle travaille souvent rue Vincent-Faguet. Presque tous les jours, à vrai dire.

Boris dégringola l'escalier. Il remonta dix minutes plus tard. A String Company, on lui avait indiqué que la jeune femme ne devait pas venir aujourd'hui. On lui avait donné son numéro de téléphone personnel, mais elle n'était pas là non plus, il n'y avait que son répondeur. Il n'avait pas jugé nécessaire de laisser un message.

— Écoute, murmura Rhabia, je ne devrais pas te le dire à toi, mais elle fréquente presque tous les soirs une boîte à partouzes. Le patron la paye pour qu'elle soit là et qu'elle s'envoie des types.

— Le nom de la boîte ?

— *Caïn et Anabelle*. Dans le XVIIe. Mais j'ignore l'adresse exacte.

— Je la trouverai.

Il considéra une dernière fois le dessin de Rhabia avant de le plier et de le glisser dans une des poches de son blouson.

— C'est bizarre... fit Tifany lentement.

Elle mâchonnait une corne de croissant. Elle le reposa sur le plateau.

— C'est bizarre, reprit-elle, je crois bien que le type d'hier soir portait lui aussi un tatouage. Ça me revient maintenant. Au poignet gauche. Avec des symboles analogues...

CHAPITRE XVI

Boris se pencha sur la grande feuille où l'ordinateur avait reconstitué de toutes pièces, un mois plus tôt, sur les indications et les témoignages de ses victimes, la physionomie plutôt patibulaire de celui que Tifany appelait « l'homme-singe ».

Car il n'y avait plus aucun doute, à présent. Faxé une première fois à la Brigade Mondaine par l'inspecteur principal José Duraz, de la Brigade Criminelle, puis refaxé par les soins de Boris à Vincennes, chez Snarck, le portrait-robot avait été examiné par l'animatrice de *Caméra d'enfer*. Et authentifié immédiatement.

Dans le bureau des Affaires Recommandées, au 36 quai des Orfèvres, il faisait étouffant, ça sentait le tabac froid et la sueur d'hommes, mais ni Boris ni Aimé n'en étaient incommodés. Trop absorbés par l'enquête. Par le gibier qui se présentait enfin. Par la chasse qui commençait.

— Ce qui est curieux, émit Brichot, c'est que ce type, auparavant, n'a jamais essayé de trucider les femmes qu'il agressait. Pourquoi a-t-il commencé avec Tifany ?

A la première heure, ce matin, Brichot, comme prévu, avait contacté José Duraz, et lui avait demandé tout ce qu'il savait sur l'escaladeur de façades.

A vrai dire, à la Crime, on n'était pas très avancé, sur cette affaire, Duraz le reconnaissait volontiers. Des plaintes avaient commencé à affluer, quelques mois plus tôt, émanant de femmes qui toutes avaient reçu la « visite » de l'étrange individu, et leurs récits étaient à peu près semblables.

Hormis les trois premières qu'il avait violées carrément tout en les injuriant, il s'était contenté, avec les autres, de les obliger à se dévêtir et les avait examinées sous toutes les coutures. Puis il avait filé comme il était venu.

Le périmètre dans lequel il opérait était large. C'était aussi bien Paris que ses proches banlieues, et toujours des appartements situés au rez-de-chaussée ou au premier.

Le nombre de ses victimes était impressionnant : quarante-six. Tifany Flow était la quarante-septième.

Et on ne disposait contre lui que d'un seul atout : ce portrait-robot. C'était beaucoup et c'était peu. C'était insuffisant, en tout cas, pour le coincer au milieu des centaines de milliers d'hommes, des millions même, qui habitaient la région parisienne.

Boris consultait les notes prises par Brichot.

— Tiens, dit-il, Tifany est la troisième à avoir remarqué un tatouage sur son poignet gauche.

Brichot se grattait la moustache.

— Ouais, fit-il, mais je me demande à quoi ça nous mène, tout ça. Franchement, on cherche un tueur, un type maigre, avec six doigts à une main, et on tombe sur une espèce de brute au nez écrasé. Le seul rapport entre les deux étant ce symbole plus ou moins ésotérique. Avoue que c'est maigre.

— Peut-être, murmura Boris. Mais pour le moment, on n'a rien d'autre à se mettre sous la main.

De ses yeux noirs, il dévorait toujours le portrait-robot.

— D'une façon ou d'une autre, ce type a un lien avec le tueur. A nous de trouver lequel.

— Et tu comptes le découvrir dans cette boîte à partouzes ?

— Le *Caïn et Anabelle* ? Pourquoi pas ?

— A condition que l'amie de Rhabia, Calypso, s'y trouve, fit observer Brichot.

Boris sourit de toutes ses dents.

— Inch Allah, mon vieux Mémé.

— Et tu y vas tout seul ? interrogea Brichot.

— Non, répliqua-t-il. Un type seul dans une boîte à partouzes ça se remarque trop.

Il allongea le bras vers le téléphone.

— Je crois bien que je vais demander à Rhabia de m'accompagner, elle connaît Calypso, ça pourrait rendre le contact plus facile...

***

Le *Caïn et Anabelle* ne s'annonçait, dans cette étroite rue déserte du quartier des Ternes, que par une enseigne minuscule, bleue et rose, qui ne clignotait même pas. Ici, on misait sur la discrétion. Boris claqua la portière de sa R18, la contourna et rejoignit Rhabia. Celle-ci était très en beauté dans une longue robe noire empruntée à Tifany et qui moulait les ondulations de son corps comme une seconde peau. Ses yeux étincelaient aussi, et le rose de ses pommettes n'avait rien d'artificiel. Boris la soupçonnait de s'être envoyée, avant de quitter avec lui le pavillon de Vincennes, la dose d'héroïne que son organisme malade, malgré les apparences, réclamait. Il n'en avait rien dit. On s'occuperait de ça plus tard, quand toute cette affaire serait terminée.

Comme la conversation avec le cerbère chargé de filtrer les arrivants s'éternisait, Boris décida d'employer les grands moyens et sortit sa plaque de policier. Un large sourire éclaira le visage du cerbère qui se cassa en deux pour les laisser entrer. Ce n'était pas la première fois que Boris constatait qu'une modeste plaque de police valait les plus chaudes recommandations du monde pour s'introduire dans une boîte à partouzes.

— Ne vous inquiétez pas, fit-il, votre boxon ne m'intéresse pas et je n'ai pas l'intention de vous faire des ennuis. Je cherche quelqu'un, c'est tout.

Laissant le cerbère se multiplier en courbettes, Rhabia et Boris franchirent une petite porte, traversèrent un couloir obscur tendu de velours rouge, et débouchèrent dans une salle aux lumières tamisées, avec des banquettes profondes, un long bar et une banale musique d'ambiance. Ils se juchèrent sur des tabourets, commandèrent deux coupes de champagne, et examinèrent la salle.

Vingt ou trente hommes et femmes plus ou moins habillés étaient assis ou dansaient. Quelques couples, dans des recoins sombres, se livraient à des activités plus intimes, mais sans grande conviction apparente.

— Tu vois Calypso ? interrogea Boris.

Rhabia sirotait lentement son champagne.

— Non, dit-elle. Mais peut-être derrière la porte du fond, là-bas...

Ils débarquèrent dans un espace obscur dont le sol était en pente douce. Dans le fond de la pièce, un écran géant. Occupé par un sexe en gros plan, un pal d'ébène gigantesque, un membre de Noir immense que léchaient avidement les langues roses de deux filles, une rousse et une blonde.

Personne ne faisait vraiment attention au film qui passait dans cette « salle de projection » assez spéciale. Le vrai spectacle était dans la salle, sur les rangées de divans de velours qui s'alignaient comme des rangs de fauteuils dans une salle de cinéma classique. Les yeux de Boris et de Rhabia s'habituèrent peu à peu à la pénombre. Ils distinguèrent bientôt des couples, des trios ou des quatuors en train de composer des figures compliquées sur les divans.

— Regarde, souffla Boris à sa compagne, je crois que c'est elle !

Rhabia se tordit le cou et, profitant d'une lueur plus claire de l'écran, reconnut en effet Calypso qui, trois rangées plus bas, se faisait embrancher en levrette par un gros homme trapu tandis qu'une femme, accroupie sous son buste lui léchait le bout d'un sein échappé de son soutien-gorge rouge.

— Va m'attendre au bar, proposa Rhabia après un temps de réflexion. Je vais essayer de lui parler d'abord.

Boris attendait au bar depuis déjà dix minutes, lorsque Rhabia apparut enfin, accompagnée de Calypso. Dans sa longue robe rouge, elle parut à Boris encore plus magnifique que dans son souvenir.

— Je crois que vous vous êtes déjà vus, fit Rhabia.

Calypso jaugea Boris d'un long regard, un vrai regard de fauve. De minuscules pépites rouges dansaient dans ses yeux charbonneux.

— Je ne crois pas, dit-elle enfin.

— Mais si, insista Rhabia. A String Company.

La Noire haussa les épaules.

— Possible, dit-elle. Je n'en ai pas le souvenir.

Boris lui offrit de boire du champagne avec eux. Elle refusa, préférant un whisky.

— Je lui ai parlé de la Cité de Mi, fit Rhabia. Je lui ai expliqué que c'était grave, qu'il fallait qu'elle te dise tout ce qu'elle savait.

Calypso haussa de nouveau les épaules. Sur l'une d'elles, la gauche, Boris aperçut le fameux tatouage. Presque imperceptible sur la chair chocolaté de la jeune femme. Sans trop en avoir l'air, il l'examina. Le grand cercle, au centre, était un soleil. Les deux demi-cercles, autour, étaient des cornes. Des cornes de taureau. Le taureau de Mithra. Le tout ne faisait pas plus de quatre centimètres.

— Je ne sais pas grand-chose, fit-elle en avançant les lèvres dans une moue boudeuse. Je n'ai jamais été vraiment adepte de ce mouvement. J'étais attirée, c'est vrai. Mais maintenant, j'ai laissé complètement tomber.

— Depuis quand ? interrogea Boris

— Deux, trois mois.

Il sortit de sa poche le portrait-robot de « l'homme-singe ».

— Vous le connaissez ?

Elle se pencha sur le croquis.

— Non, dit-elle enfin.

Boris désigna l'épaule gauche de la jeune femme.

— Il porte pourtant le même tatouage que vous.

— Oh ! ça ce n'est rien. Un gag. Un pari entre copains.

— Qu'est-ce que c'est la Cité de Mi ? questionna Boris.

— La Cité de Mi ?

— C'est important, insista Boris. Des gens ont été tués. D'autres vont l'être peut-être encore. Il faut que vous nous aidiez.

Un nuage passa sur le regard sombre de Calypso.

— Écoutez, dit-elle en avançant les seins sous sa robe rouge, il faut que je parte, j'ai un rendez-vous et je suis déjà en retard. Mais venez demain. Chez moi. J'essaierai de répondre à toutes vos questions.

Boris, de mauvaise grâce, nota son adresse. Un immeuble boulevard Vincent-Auriol, dans le XIIIe. La Noire avala ce qu'il lui restait de whisky, embrassa Rhabia et tendit la main à Boris.

— A demain, dit-elle.

— A demain, fit Boris qui regrettait déjà de la laisser filer.

Elle lui souriait. Le premier sourire de la soirée.

Dès qu'elle se retrouva dehors, dans la chaleur de la nuit, le sourire de Calypso retomba.

Ceux qui venaient de la questionner sur la Loge Mithraïque Rénovée, étaient des ennemis du mouvement. Des anti-Mi. Elle en était sûre. Même Rhabia était une anti-Mi. Il fallait qu'elle alerte le Grand Maître. Ce flic voulait détruire la Loge. Elle ne pouvait pas laisser faire.

Curieusement, elle n'avait pas menti à Boris sur sa non-appartenance à la Loge, dont elle n'avait jamais été qu'une sympathisante. Ce qu'elle n'avait pas dit, c'est qu'il lui avait suffi d'approcher deux ou trois fois le Grand Maître, le Fils des Atlantes, pour être convaincue que tout ce qu'il racontait était parole d'évangile. Notamment quand il sommait ses disciples de lui dénoncer tous les ennemis du mouvement.

Elle n'avait pas menti non plus sur sa propre adresse,

boulevard Vincent-Auriol. Elle y occupait un trois-pièces avec une amie, une Guadeloupéenne prénommée Christelle.

Celle-ci dormait quand elle arriva, une demi-heure plus tard, mais elle se réveilla. Elle entendit Calypso téléphoner longuement, puis raccrocher. Ensuite, il y eut des bruits, du remue-ménage dans la pièce voisine. Elle se réveilla complètement et se leva. Et découvrit Calypso en train de faire sa valise.

— Je pars quelques jours, indiqua celle-ci. Ne t'inquiète pas, tout va bien.

Elle boucla sa valise. Puis :

— Un type va venir, demain matin. Un flic. Pour me voir. Dis-lui que j'ai dû partir en voyage pour mon boulot.

Christelle, mal réveillée, se demandait encore quel boulot pouvait bien exiger ainsi le départ précipité de son amie en pleine nuit, que déjà cette dernière s'engouffrait dans sa vielle 205 toute cabossée et démarrait.

Le Grand Maître, Fils des Atlantes et détenteur des secrets de Planetah, l'attendait chez lui.

⁂

Le docteur Benefacto attendait effectivement Calypso rue de l'Amiral-Mouchez et bouillait de rage.

Déjà, l'expédition ratée de Marcel Marabi l'avait mis hors de lui. Il avait dû faire de gros efforts pour se contenir, ne pas tuer l'ancien boxeur, là, sur place, dans son appartement. Évidemment, s'abandonner à la colère de cette façon aurait été une énorme erreur indigne de lui.

Et voilà que l'étau continuait à se resserrer, les flics se rapprochaient. Même s'ils étaient encore loin de découvrir la vérité, ils ne cessaient de progresser dans sa direction. Ils avaient même montré à Calypso un portrait-robot qui ne pouvait être que celui de cet imbécile de Marabi.

« L'Opération Apocalypse » ne pouvait plus attendre. Il

était temps de préparer son déclenchement, même si quelques-uns des hommes qui devaient y participer ne pouvaient se libérer à temps.

Oui, il allait s'occuper de cela dès qu'il aurait liquidé Calypso. Il n'avait pas encore choisi la façon dont il allait opérer avec elle. Il regarda sa montre. Il avait encore vingt minutes environ pour y penser.

CHAPITRE XVII

Boris Corentin et Aimé Brichot tournaient comme deux fauves en cage dans le petit appartement du boulevard Vincent-Auriol, sous l'œil de Christelle, la colocataire de Calypso, qu'ils venaient de réveiller à neuf heures du matin et qui regardait ces deux flics avec des yeux encore gonflés de sommeil.

— Partie en voyage pour son boulot, répéta Boris. Ce sont ses mots exacts ?

— Mais oui, fit la Guadeloupéenne en triturant machinalement les amples manches de son kimono bleu.

— Partie ! Envolée ! Hop ! Comme ça ! Et ça ne vous a pas paru bizarre ?

— Mais si, justement. Tellement bizarre que je lui ai posé la question. Elle n'a rien voulu me dire. Elle avait l'air très pressée...

Boris avait fait le tour du propriétaire. Calypso avait visiblement embarqué toutes ses affaires, en tout cas tous ses vêtements, et elle n'avait pas l'intention de revenir.

La piste si ardemment souhaitée, recherchée, se perdait. Le fil se rompait. Il se serait battu.

Brichot se rapprocha de Christelle.

— Je peux aller voir par là ? interrogea-t-il.

La Guadeloupéenne haussa les épaules.

— Si vous voulez. C'est ma chambre.

Brichot s'engagea dans une pièce que baignait la pénombre. C'était la seule qu'ils n'avaient pas visitée. Il alluma la lumière. Quelques instants plus tard, il appelait Boris. Celui-ci le rejoignit. Suivi de Christelle.

Punaisé au milieu d'autres photos, un cliché représentait Calypso. Debout, souriante, en robe d'été. Avec derrière elle un château. Un manoir plutôt, avec des tourelles et un fronton, au-dessus de la porte principale.

Boris se tourna vers Christelle :

— Où a été pris ce cliché ?

La Guadeloupéenne secoua la tête.

— Je ne sais pas. Calypso me l'a donné il y a quelques semaines. En souvenir.

Elle fronça les sourcils.

— Je crois que ça a été pris au cours d'un week-end en Normandie.

— Où ? souffla Boris.

— Je ne sais pas. Mais elle est allée plusieurs fois là-bas, cette année.

Boris adoucit le feu de son regard.

— Écoutez, je peux vous emprunter ce cliché ? Nous vous le rendrons, je vous le promets, nous allons seulement en faire une copie.

— Allez-y, fit la Guadeloupéenne.

Boris retira les punaises qui tenaient la précieuse photo. Il l'examina de plus près.

Derrière Calypso, au fronton du manoir, il y avait une sorte de bas-relief sculpté dans le granit.

Deux cornes de taureau entourant un soleil.

Et une inscription latine difficilement déchiffrable pour le moment.

— On fonce, Mémé, jeta Boris. On a trouvé la Cité de Mi !

Dans l'après-midi du même jour, tous les ordinateurs couplés de la police et des gendarmeries de Normandie commencèrent à fonctionner à plein régime. Les téléphones et les télex firent le boulot pour lequel ils avaient été fabriqués. Sur la demande de Boris Corentin et d'Aimé Brichot, les hommes du SRPJ de Rouen furent sur le pied de guerre. Avec une mission et une seule : retrouver un manoir portant à son fronton, sculpté en bas-relief, le symbole des adorateurs de Mithra, ainsi que leur devise, que les labos de la police, en agrandissant la photo, n'avaient pas tardé à déchiffrer : *Sol invictus*. Soleil invincible... La devise latine des prêtres de l'ancienne religion mithraïque...

Mais la nuit passa, puis encore une journée, une nuit et une autre journée, sans que Boris et Aimé qui se rongeaient les sangs à Paris, n'aient de nouvelles de toutes ces recherches.

Boris avait un peu vite dit qu'ils avaient trouvé la Cité de Mi. Restait maintenant à la localiser, et c'était une toute autre histoire.

⁂

Le troisième jour était un dimanche.

Un beau jour pour mourir, songeait gaiement le docteur Marc Benefacto, qui avait revêtu pour l'occasion sa cape de Grand Maître de la Loge, toute blanche et frappée du symbole mithraïque.

Il faisait un soleil resplendissant, et quand il termina son discours, dans l'immense salle voûtée du château de Bourgainville, une ovation gigantesque lui répondit.

Ses fidèles, bouillants d'amour, tendaient les bras vers lui et criaient qu'ils étaient prêts à lutter contre les armées de l'Antéchrist dont Benefacto leur avait annoncé la venue, à mourir même éventuellement pour défendre la « Lumière ».

Ils étaient là une cinquantaine. Cinquante hommes et femmes galvanisés, vibrants, fanatisés. Et qui avaient tout laissé derrière eux, qui avaient rompu avec leurs proches, leurs amis, leurs familles, pour suivre la « Lumière ». Qui avaient aussi donné tous leurs biens, leur patrimoine, leur fortune, pour connaître la « Vérité ».

Parmi eux Benefacto identifiait bien des visages familiers. Celui de Barbara Vasseur, par exemple. Celui de Micheline Alliran et de tant d'autres encore.

Celui aussi de Garoudy, Serge Garoudy, le roi des virements électroniques, l'expert financier qui s'était occupé pendant des années des biens mobiliers et immobiliers du mouvement, avant de se décider à trahir et à passer à l'ennemi. Garoudy à cause de qui il fallait maintenant tout détruire.

Celui, surtout, de Marcel Marabi, dont la présence ici était précieuse entre toutes à ses yeux, puisque bientôt, dans moins d'une demi-heure maintenant, Marabi ce serait lui...

Quant à Calypso, la grande Noire superbe qui était venue se jeter dans la gueule du loup, une nuit, elle avait payé de sa vie son attachement à la Loge. Son corps, enfermé dans un sac de jute lesté de grosses pierres, avait coulé à pic au fond de la Seine, juste après les Andelys.

Benefacto était arrivé la veille au soir à Bayeux, la ville la plus proche du manoir de Bourgainville, et il y avait passé la nuit dans un motel. L'y avaient rejoints quinze des vingt « tueurs volants », comme il les appelait, venus de partout en Europe : Allemagne, Suisse Belgique, Italie, etc. Quinze des vingt hommes prévus à l'origine, les cinq autres n'ayant pu se libérer à temps pour cette opération avancée de deux jours. Quinze jeunes tueurs de la nouvelle génération. Quinze « Eurotueurs » aux allures de cadres moyens, avec des bagnoles et des costumes de cadres moyens. Seules leurs ambitions ne ressemblaient pas à celles des cadres moyens, ni les moyens qu'ils utilisaient pour les réaliser.

A priori, ils n'étaient pas là pour tuer. Mais pour abattre éventuellement ceux qui, voyant leurs « frères » sombrer dans la mort, seraient pris d'un réflexe de survie et tenteraient de s'enfuir.

Ils étaient surtout là pour préparer les suites de ce « suicide collectif » : l'effacement de toutes les traces de la Cité de Mi, de ceux qui y avaient habité et des documents qui pouvaient s'y trouver.

Rien ne devait tomber aux mains de l'ennemi.

A la grande surprise de Benefacto et de ses « tueurs volants », il n'y eut pas de résistance ni d'actes désespérés. Le Grand Maître de la Loge Mithraïque Rénovée, à la fin de son sermon, annonça à ses fidèles qu'ils allaient tous communier. A cet effet, on distribua des gobelets remplis d'un breuvage assez peu ragoûtant d'aspect, mais dont Benefacto leur expliqua qu'il leur donnerait la Force (avec une majuscule) de résister à l'assaut des armées ennemies. Qu'ils ne s'étonnent pas s'ils se sentaient perdre conscience. Après un moment d'évanouissement, ils se réveilleraient neufs, bourrés d'énergie, combatifs et même invincibles.

Tous « communièrent » donc, en avalant ce breuvage où des doses massives de penthiobarbital avaient été mélangées à un curarisant utilisé en anesthésie. Deux poisons ultra-violents auxquels s'ajoutaient des doses non moins massives de Valium pour provoquer un engourdissement rapide des sujets les plus résistants.

Un quart d'heure après, cinquante corps sans vie jonchaient la grande salle voûtée souterraine du manoir de Bourgainville. Les fidèles de Mithra étaient tous morts.

Il ne restait plus aux Eurotueurs qu'à s'occuper, à travers tout le château, des systèmes de mise à feu télécommandés destinés à être déclenchés à distance, par téléphone, au moyen d'un programmateur téléphonique.

Dix minutes plus tard, de Bayeux, dans une cabine publique, l'un des Eurotueurs donnait téléphoniquement le signal de l'« Apocalypse », provoquant le déclenchement en chaîne d'un circuit électrique spécial, une « centrale domotique »[1] sur laquelle étaient branchées des horloges reliées au dispositif de mise à feu et des vannes électriques desti-

1. Système permettant de commander par téléphone toutes les installations électriques d'une maison.

nées à laisser sortir le gaz d'une quinzaine de bouteilles de Butane. Pour faire bonne mesure, plusieurs salles du sous-sol du château avaient été bourrées de jerricans d'essence.

Marc Benefacto n'eut pas le plaisir de voir s'élever les flammes et la fumée, par-dessus les tourelles de ce qui avait été son royaume. Au volant de sa BX noire, sur l'autoroute, il regagnait déjà Paris.

Il n'y avait plus de Loge, plus de Grand Maître, plus de Fils des Atlantes, plus de Planetah, plus d'adeptes. Plus de Benefacto non plus.

L'avenir était à lui et il sifflotait de bonheur.

⁂

Quelques instants avant le déclenchement de l'« Apocalypse », à Paris, au 36 quai des Orfèvres, Brichot déboula dans le bureau des Affaires Recommandées. Une feuille de papier à la main.

— J'ai eu l'idée d'appeler les RG et de leur demander communication de la liste des sectes implantées en France, annonça-t-il. Au fait, tu sais combien il y en a ?

— Aucune idée, murmura Boris.

— Plus de deux mille. Et contre lesquelles on ne peut pratiquement rien. Fonder une secte n'est nulle part assimilé à un délit. Il faut trouver d'autres chefs d'accusation. Les Italiens, par exemple, recourent à l'association de malfaiteurs. Les Américains à l'escroquerie émotionnelle. Les Français à l'escroquerie spirituelle...

Il s'interrompit.

— Mais l'intéressant, c'est qu'en épluchant la liste des RG, je suis tombé sur un truc. Une Loge Mithraïque Rénovée qui, entre autres biens immobiliers, en possède un en Normandie, à Bourgainville, près de Bayeux. Ça n'a sûrement rien à voir, mais...

— Comment ça, rien à voir ?

Boris s'était levé. Il arracha presque des mains de Brichot la liste des RG, y jeta un coup d'œil, puis, se ruant sur le téléphone :

— Mémé, tu es génial ! s'écria-t-il.

Le gendarme de service, à Bourgainville (Manche), s'appelait Roland Taillard et il était à deux ans de la retraite. Il explosa d'un grand rire lorsqu'il entendit ce flic de Paris, à la Brigade Mondaine, laisser entendre que le manoir de Bourgainville pouvait bien être un repaire de dangereux malfaiteurs.

— Des doux dingues, oui ! dit-il lorsqu'il eut arrêté de rire. Mais des malfaiteurs, non, monsieur l'Inspecteur. Ou alors ça m'étonnerait beaucoup. Il n'y a pas plus tranquilles que ces gens-là. Leur château, je m'y suis rendu quelquefois, et ils m'y ont toujours accueilli avec la plus grande amabilité.

Il fit un grand geste vers la fenêtre de son bureau.

— Et même, figurez-vous que je le vois, le château, de ma fenêtre ! Je le vois tous les jours ! Et croyez-moi, ça ne ressemble pas à un repaire de malfaiteurs.

Machinalement, il se tourna dans la direction que son bras indiquait.

Et se figea.

Il y eut un silence.

Au bout du fil, Boris s'égosillait.

— Allô ? Allô ?

— Bon Dieu, monsieur l'Inspecteur, cria enfin le gendarme Taillard. Il est en flammes, le château ! Il brûle ! Il crame le château !

A Paris, Boris avait déjà raccroché. Avec Aimé, il étudiait le moyen le plus rapide pour être à Bayeux dans les plus brefs délais.

Prévenu par téléphone de l'accélération des événements, Charlie Badolini leur offrit de prendre sa voiture, une Safrane, ainsi que le chauffeur qui allait avec.

Dix minutes plus tard, ils filaient sur l'autoroute de l'ouest. Direction Bourgainville, son manoir et ses fous.

CHAPITRE XVIII

— Allez, circulez ! Il n'y a rien à voir, circulez !

Plusieurs gendarmes s'égosillaient inutilement, tenant de repousser la foule des badauds qui, de minute en minute, s'accumulaient autour des grilles du parc de ce qui avait été le manoir de Bourgainville. Il en venait de partout, de Caen, de Cherbourg, des stations de la côte aussi, maintenant que les radios et les télés avaient interrompu leurs programmes habituels pour annoncer l'incroyable nouvelle : une tuerie collective comme on en voit rarement, du moins en France, un holocauste de masse, le suicide de tous les adeptes d'une secte qui jusqu'ici n'avait jamais fait parler d'elle : la Loge Mithraïque Rénovée.

Des estafettes de la police et de la gendarmerie, des ambulances du SAMU, des voitures de pompiers et des motopompes, stationnaient autour du château. Pendant une heure, malgré les lances à incendie mises très vite en place, la chaleur des flammes avait été trop puissante pour qu'on puisse s'approcher des multiples brasiers. Quand l'ardeur du feu avait commencé à décliner, les premiers sauveteurs s'étaient rués dans les décombres. Au sous-sol, ils avaient découvert des dizaines de corps calcinés.

Boris zigzagua au milieu des gendarmes et des pompiers pour rejoindre Brichot. Celui-ci, debout près de la Safrane de fonction de Charlie Badolini, s'entretenait avec ce dernier par le téléphone de bord.

— Vous ne pouvez pas imaginer le spectacle ici, patron, c'est l'horreur ! Tout le manoir a grillé d'un coup ! Oui, probablement avec des systèmes de mise à feu à distance, ou un truc comme ça. Des survivants ? Ici ? Ça m'étonnerait. Attendez, Boris revient. Je vous le passe...

Boris Corentin empoigna le récepteur.

— Oui, patron, dit-il. Non. Pas de survivants. Sûrement pas ici, dans le château. Les sauveteurs commencent à compter les morts. Combien ? On ne sait pas encore. Beaucoup, en tout cas. Des dizaines, oui. L'identification des cadavres ? Je viens de discuter avec l'un des médecins légistes. Il m'a dit que pour certains ça va être presque impossible. La chaleur a été si violente qu'il y en a quelques-uns dont la denture elle-même a été détruite. De plus, comme vous le savez, le feu diminue les corps de façon spectaculaire, rabougrit leur poids et leur taille... Reste pour nous à savoir ce qu'était exactement cette secte son rapport avec le ou les tueurs lancés aux trousses de Tifany Show...

Il y eut encore quelques brefs échanges, puis Boris raccrocha.

Dans le ciel, de lourdes colonnes de fumée noire bouillonnaient. Le château ne flambait plus. Toute sa charpente s'était écroulée. Seuls les murs les plus épais avaient tenu. Ils se dressaient dans le vide comme un décor de carton-pâte. La façade notamment était intacte. Et dans le granit, quoique noirci par les flammes, le symbole de Mithra demeurait parfaitement visible, avec ses cornes de taureau, son soleil et sa devise latine.

La Cité de Mi n'était plus. Le feu d'une incroyable « Apocalypse » l'avait anéantie.

⁂

Pendant plus d'une semaine, tous les journaux firent leurs gros titres sur les « fous de Mithra » comme ils les appelaient. Très vite, bien entendu, l'attention des journalistes se concentra autour de la figure principale de la secte : l'étrange docteur Marc Benefacto, psychothérapeute ayant pignon sur rue, mais aussi « gourou », prophète complètement allumé, et homme d'affaires avisé qui savait faire passer à la caisse ceux qu'ils galvanisait en leur disant qu'ils devaient imiter le Christ et les Apôtres et abandonner, pour le suivre, tous les biens de ce monde. A son profit, bien sûr.

Boris Corentin et Aimé Brichot s'intéressèrent eux aussi de très près à Benefacto. Plusieurs photos du médecin furent montrées à Tifany Flow et elle identifia immédiatement « l'homme en noir », l'être étrange dont elle avait croisé la route et qui l'avait fascinée comme le serpent paralyse l'oiseau lorsqu'il s'approche de son nid pour y manger les œufs.

Il n'y avait donc plus de mystère de ce côté-là. C'était bien Benefacto qui avait tué Fabrice Delcaux et tenté à de multiples reprises de supprimer Tifany. Pourquoi ? Ça, c'était un autre problème.

De multiples explorations du vaste appartement de Benefacto, rue de l'Amiral-Mouchez, ne donnèrent aucun début de réponse. L'appartement avait été vidé. Il ne restait rien de celui qui l'avait occupé.

Plus fructueuses furent les investigations menées par les Brigades financières à travers le monde sur le patrimoine de la Loge Mithraïque. Très vite, les enquêteurs découvrirent qu'il s'agissait d'une véritable multinationale, un vaste empire financier et immobilier aux incroyables ramifications. Sous couvert de sociétés civiles immobilières, Benefacto et ses conseillers financiers avaient acheté des propriétés un peu partout, aussi bien en France qu'ailleurs dans le monde.

A la télé, on organisa des débats sur les sectes en général et sur celle de Bourgainville en particulier. D'anciens adeptes, en rupture de Loge Mithraïque, vinrent évoquer ce qu'était la vie quotidienne à Bourgainville et dans d'autres propriétés sur lesquelles régnait Benefacto. On s'étonna une fois de plus de la crédulité de ceux qui étaient tombés sous la coupe de ce médecin délirant. On chercha des mobiles cachés à « l'Apocalypse » où avait sombré la Cité de Mi. On parla de trafics d'armes, de filières de blanchiment d'argent, de règlement de comptes sanglant à bases financières. Certains mêmes évoquèrent l'hypothèse que la secte n'était qu'un écran, une façade, derrière laquelle se cachait une puissante machine à recycler l'argent sale de la mafia. Mais on n'en avait aucune preuve.

Même le déroulement exact des faits, à Bourgainville, demeurait un mystère. Suicide collectif ? Tuerie programmée ? Seul le docteur Benefacto aurait pu répondre à ces questions. On le soupçonnait de ne pas être mort parmi ses disciples. On lança un mandat d'arrêt internation~l contre lui.

Dans le doute, et malgré ses protestations, Tifany Flow continua à bénéficier — bien malgré elle — d'une garde rapprochée de la police.

⁂

Quinze jours après le drame, tomba enfin une nouvelle décisive. Les médecins légistes avaient formellement identifié, parmi la cinquantaine de morts carbonisés du château de Bourgainville, le cadavre de Marc Benefacto.

L'expertise dentaire ne laissait aucun doute. Le psychothérapeute, Grand Maître de la Loge Mithraïque Rénovée et Fils des Atlantes, avait disparu parmi les siens.

Ce jour-là, Boris, dans le bureau des Affaires Recommandées du quai des Orfèvres, songea que Tifany allait être enfin soulagée. Elle n'aurait plus aucun policier à ses trousses pour la protéger. L'homme qui avait voulu la tuer n'était plus.

Avec la mort officiellement confirmée de Benefacto, l'intérêt pour l'holocauste de Bourgainville et pour l'église en folie qu'il avait dirigée, retomba comme un soufflé. La presse et la télévision passèrent à d'autres scandales, d'autres affaires et d'autres tueries.

Le docteur Marc Benefacto était définitivement enterré.

⁂

Le docteur Marc Benefacto se sentait d'excellente humeur. Il avait lu toute la presse depuis trois semaines, il avait même écouté la radio et regardé la télé (en sourdine) grâce à un petit poste à piles acheté quelques mois plus tôt en prévision de sa réclusion, et tout ce que les journalistes avaient raconté sur lui l'avait bien fait rire.

Le box dans lequel il vivait depuis trois semaines était situé au quatrième sous-sol d'un parking du quartier de la Défense. Il l'avait loué pour un an, six mois auparavant, et complètement aménagé. Réfrigérateur, lit de camp et provisions diverses encombraient l'espace. Ainsi qu'une vieille Ford Escort volée aussi quelques mois plus tôt et dont il ne s'était encore pratiquement pas servi.

Le box se refermait grâce à un rideau de fer qu'on actionnait avec une télécommande. Quand il l'avait abaissé, Benefacto était comme chez lui. Un « chez lui » un peu étroit, certes, mais il ne pouvait pas faire le difficile.

De longue date aussi, il avait entreposé ici tous les produits nécessaires pour modifier son visage. En tant que médecin, il n'avait eu aucun mal à se procurer du gel de silicone, de la novocaïne et des seringues. Il avait fait le travail lui-même, déformant légèrement son nez et ses joues. Assez légèrement, mais suffisamment aussi pour qu'on ne puisse l'identifier.

L'opération n'avait été ni longue ni douloureuse. Il en restait encore quelques séquelles. De légères décolorations de la peau sur ses joues, notamment, qui s'effaceraient bientôt, et un pansement sur son nez, qu'il enlèverait dès demain.

Ainsi pourrait-il se faire faire des photos d'identité qu'il collerait sur l'un de ses passeports. Pas celui qui portait le nom de Malorsenna. Un autre où il figurait sous le patronyme bien français de Prouvost. Jacques Prouvost. C'est sous ce nom qu'il décollerait de Roissy pour l'Australie après-demain. Là-bas, il redeviendrait Malorsenna le temps de récupérer les malles qu'il avait enregistrées sous ce nom.

Il se laissa aller sur le lit de camp. Tout le monde le croyait mort et la vie était belle.

Il ne lui restait plus qu'une petite mission à accomplir, mais elle pouvait attendre demain, quand il n'aurait plus de pansements.

⁂

En trois semaines, le temps avait changé, on était au début de septembre, il pleuvait, et c'est abritée sous un parapluie que Tifany opérait.

Cette fois, elle y allait direct, carrément, sans fioritures ni circonvolutions. En short de cuir et tee-shirt mauve sous un vaste imperméable largement entrouvert pour laisser apparaître sa magnifique poitrine et ses longues cuisses rondes, elle arpentait le trottoir de gauche (en descendant) des Champs-Élysées, elle accostait les types seuls et leur demandait :

— Ça ne vous dirait rien d'aller tirer un coup avec moi ?

La plupart des hommes sursautaient, la regardaient et commençaient à engager la conversation. Quelques-uns s'enfuyaient comme si on avait essayé de les violer, d'autres rougissaient brutalement et en perdaient l'usage de la parole.

Tout cela était filmé bien entendu par Gordon Borelly, son caméraman, planqué comme toujours à bonne distance, derrière une estafette, et qui engrangeait de la pellicule inédite pour les soirées chaudes de Paris-Câble et de son émission-vedette, *Caméra d'enfer*.

Il était presque midi et Tifany qui travaillait depuis dix heures du matin commençait à sentir la fatigue lorsque, s'apprêtant à accoster une nouvelle victime, un quinquagénaire rondouillard sous une casquette à carreaux, elle se figea.

Une silhouette mince, élégante, se tenait à un mètre d'elle sous la pluie. Elle la reconnut instantanément. Costume de toile sombre. Cravate sombre. Chemise blanche. Sous les cheveux courts et noirs, le visage était méconnaissable, le nez plus gros, les joues un peu gonflées, les pommettes moins saillantes. Mais les lèvres étaient toujours aussi minces, et les yeux ressemblaient toujours à deux galets lavés dans l'eau d'un torrent.

Tifany eut l'impression qu'un courant d'air glacé l'enveloppait.

La main gauche de l'homme était enfoncée dans la poche de sa veste. Sa main à six doigts. Est-ce qu'il avait toujours son énorme bague en argent ? se demanda la jeune femme. Non, sûrement pas, maintenant que le symbole de la Loge Mithraïque avait été montré des dizaines de fois à la télé et dans les journaux.

Il la regardait en souriant. Il bougea un peu sa main enfouie dans la poche de sa veste. Puis il leva l'autre main, la droite. Il tenait un papier où quelques phrases étaient écrites. Tifany comprit qu'il se souvenait qu'elle avait un micro dissimulé sous son tee-shirt, comme chaque fois qu'elle travaillait, et qu'il ne voulait pas parler pour ne pas donner l'éveil au cameraman. Il avait pensé à cela aussi.

Elle fit un pas en avant et lut le message.

« Inutile de te dire que je suis armé. Si tu tentes quoi que ce soit, si tu cries, si tu appelles à l'aide, si tu lâches le moindre mot, je t'abats. Tu sais que j'en suis capable, n'est-ce pas ? »

Il retourna le papier. Elle lut encore :

« Tu vas seulement dire au cameraman qu'un besoin pressant t'oblige à aller aux toilettes et tu te dirigeras vers ce café, là-bas. »

Il y avait effectivement un café-tabac à quelques dizaines de mètres, en contrebas.

Tifany avait porté violemment la main à sa poitrine, entre ses seins, comme pour réprimer les battements de son cœur. Elle regardait l'homme en noir d'un air désespéré. « Pourquoi ? » semblait-elle l'interroger. Elle heurta sa poitrine trois fois : « Pourquoi moi ? paraissait-elle répéter. Pourquoi moi ? »

Il ne répondit pas. Il souriait toujours. Glacée, elle se résigna à obéir. Le cameraman lui cria cordialement : « OK, va pisser, prends ton temps », et remonta dans l'estafette qui lui servait à la fois de planque et à entreposer son matériel d'enregistrement.

Il ne pleuvait plus. Tifany replia son parapluie et se dirigea à pas lents vers le café-tabac, suivie par l'homme en noir, et marchant comme on va à l'abattoir.

Au moment d'entrer dans le bistrot, derrière Tifany qu'il avait finalement décidé d'abattre de la façon la plus simple, dans l'une des cabines du sous-sol de ce café, avec son CZ 83 sur lequel il avait monté un silencieux, Marc Benefacto se sentit bousculé par un passant et se retourna pour protester vertement.

En même temps, il perçut une violente contraction autour de son poignet gauche. Une main de fer l'immobilisait, l'empêchant totalement de sortir son arme. Il pivota sur lui-même et se trouva face à deux yeux noirs étincelants, dans un visage à la mâchoire puissante et aux cheveux bouclés noirs.

Face aussi au canon du RMR Spécial Police que lui mettait sous le nez l'inspecteur divisionnaire Boris Corentin.

— Tu bouges un cil et ta cervelle de dingue va éclabousser toute la vitrine du bistrot, lâcha Boris entre ses dents.

Benefacto dut lâcher son arme parce que la main de Boris, tordant son poignet, lui faisait mal.

L'instant d'après, deux menottes claquaient.

— Bienvenu dans le monde des vivants, docteur Benefacto, murmura Boris Corentin.

*
**

Une montre dont le cadran représentait une femme nue, debout, dont les bras fixes indiquaient midi pour l'éternité, tandis que ses jambes tournaient pour donner l'heure, s'écartant ou se rejoignant au gré du temps qui passe, était posée par terre, au chevet du lit. Deux Gitanes légères fumaient dans un cendrier. Dehors, rue de Turbigo, la pluie fouettait les voitures. Il faisait sombre et froid. On n'était que le 15 septembre. L'hiver commençait tôt, cette année.

Sur le lit du studio de Boris Corentin, une femme était étendue, une femme dont les jambes splendidement ouvertes semblaient imiter la position de celles de la petite femme dessinée sur le cadran de la montre et qui indiquaient quinze heures quarante-cinq.

Et, entre ses cuisses, Boris qui la possédait à grand coups de reins, déclenchant des roucoulements étouffés jaillissant par saccades de la gorge de Tifany Flow.

Une heure qu'elle était là et ils n'avaient pratiquement pas parlé, jouissant de se retrouver ensemble, entre deux rendez-vous, deux obligations, dans le tourbillon de la vie qui les avait repris chacun de son côté.

Tifany poussa enfin un cri strident au moment où Boris se déversait en elle. L'orgasme la tendit en arc-de-cercle. Puis elle retomba et parut évanouie.

Elle se redressa, attrapa sa montre et poussa un juron.

— Je vais être en retard, s'affola-t-elle.

Boris prit dans le cendrier sa Gitane légère et en tira quelques bouffées tandis que Tifany se rhabillait en hâte. Dix jours maintenant que tout était fini, et Benefacto sous les verrous. Aux mains des psychiatres, qui tentaient d'évaluer son degré de responsabilité, c'est-à-dire l'état de sa raison. Benefacto s'amusait bien avec eux. Par bribes, il leur lâchait des informations contradictoires sur les liens de la Loge Mithraïque avec la Mafia sicilienne. Il se distrayait aussi en les lançant sur des fausses pistes concernant l'identité du malheureux qui avait péri dans les flammes à sa place et dont la denture avait été considérée comme la sienne. On sentait que sous les verrous il n'avait pas renoncé à manipuler ceux qui l'approchaient.

Une seconde fois, le vacarme médiatique avait été énorme. La « résurrection » du Grand Maître de la Loge Mithraïque Rénovée, qu'on croyait mort dans les flammes, avait stupéfié tout le monde.

Mais pas Boris, qui dès le rapport des médecins légistes annonçant l'identification de son cadavre de la façon la plus formelle grâce aux comparaisons avec sa fiche dentaire, avait voulu en savoir plus.

Sur sa demande pressante, on avait procédé alors, à partir des restes du prétendu Benefacto, à de nombreux tests génétiques.

Les conclusions de ces tests furent non moins formelles que les premières conclusions des médecins légistes : le mort du château de Bourgainville n'avait rien à voir avec le psychothérapeute devenu gourou.

Celui-ci était vivant, quelque part terré, et Tifany était toujours menacée.

Boris Corentin et Aimé Brichot, se relayant, avaient donc continué à assurer autour d'elle une protection discrète mais constante et rapprochée. Quand elle travaillait en pleine rue, dans la foule, il avait été convenu qu'au moindre danger elle cognerait par trois fois le micro qu'elle portait dissimulé sous ses vêtements.

Ce qu'elle avait fait, sur les Champs-Élysées, dès qu'elle avait aperçu Benefacto.

Tifany s'était rhabillée. Son jean à moitié boutonné, elle ondula en se penchant au-dessus de Boris, ce beau flic à qui elle devait d'être toujours vivante.

— On se revoit quand ? murmura-t-elle en l'embrassant.

Il l'enlaça en disant que ce serait quand elle voudrait, et parcourut des mains ses formes voluptueuses. Ils chavirèrent sur le lit. A un moment, elle l'attrapa et le sentit s'ériger à nouveau sous ses doigts, long, massif et palpitant. Elle l'effleura des lèvres puis le regarda.

— Je crois que je suis en train de prendre goût à ta protection rapprochée, avoua-t-elle.

Puis elle ne dit plus rien parce qu'elle l'avait dans la bouche et qu'il l'emplissait totalement jusqu'au plus profond de la gorge.

Achevé d'imprimer en janvier 1995
sur les presses de l'Imprimerie Bussière
à Saint-Amand (Cher)

N° d'impression : 220.
Dépôt légal : février 1995.

Imprimé en France